# 星宿海への道

宮本 輝

幻冬舎

# 星宿海への道

装幀　幻冬舎デザイン室
装画　ヒエロニムス・ボッシュ
「快楽の園」
（ＰＰＳ通信社）

# 第一章

人間の足跡《あしあと》どころか、いかなる生き物の足跡もない死の砂漠を歩いてみたことがおありでしょうか。あれは恐怖と蠱惑《こわく》が混ざりあって湧《わ》き出てくるある種の快楽といえるかもしれません。

振り返ると自分の足跡が風紋の上に長々と穿《うが》たれているというのに、前方にはただ果てしない砂漠と風紋だけしかない光景のなかにたたずんでいるのは、快楽という言い方以外いかなる言葉もみつからないようです。

立ち停《ど》まり、振り返り、熱い天を仰いだあと、誰もがもっともっと足跡を前方に刻みつけたくなるのですが、このまま朽ち果てるまで歩きつづけてしまいそうな恐怖を感じて自分を押しとどめることでしょう。

死の砂漠それ自体も、そこを永遠に歩きつづけたくなる人間というものも、やはり途轍《とてつ》もない何物かだといえるかもしれません。

私は去年の秋、中国・新疆《しんきょう》ウイグル自治区のタクラマカン砂漠の西端をそうやって五百歩ほど歩きました。それから約五十キロ南のカシュガル郊外の小さな村で、兄を見た最後の人物であるウイグル族の長老と逢《あ》ったのです。

丸い帽子を頭に載せた長老は、村の真ん中の回教寺院からカラコルム渓谷へと延びる道を指差し、お前のお兄さんは、わしの孫の自転車に乗ってこの道の向こうへ消えて行ったのだと言いました。

孫はまだ十歳だったから、自転車を売ってくれといって千元もの大金を渡されて、大喜びで家に走り帰った。まさか自転車で高地の大平原を行き、国境を通過してクンジュラーブ峠を越え、パキスタンに行ってしまうはずはあるまいと我々は笑ったが、お前のお兄さんはそれきり戻っては来なかった、と。

その道は、死の砂漠とは違って、延々と豊かなポプラ並木に挟まれているのですが、青い靄《もや》がたちこめていて、私には夜明けの海のように見えました。

だからこそ、私はなぜ兄がここから引き返さず、カラコルム渓谷へとわけ入る道へと向かったのかが、ほんの少し理解できそうな気がしたのです。

たとえ五百歩でも自分だけの足跡を砂漠につけてみた私には、兄のなかの火が、ふいにどうしようもなく烈《はげ》しく燃え盛っていったさまが、まざまざと見えたとでも言ったらいいのでしょうか。

私は無駄だとは思いながらも、ウイグル族の長老に、この道からでも星宿海《せいしゅくかい》へ行けるのかと訊《き》きました。長老は星宿海が何かも知りませんでした。私は紙に「星宿海」と書いて示してみましたが、ウイグル族の長老に漢字は読めませんでした。

カシュガルの公安警察から派遣された馬仲鳴《ばちゆうめい》さんは、瀬戸雅人《せとまさと》という日本人観光客の失踪《しっそう》事件に政治的背景はないと結論を下していました。それは中国の公安当局の結論でもあったのです。

しかし、兄が消えた地域は、中国とパキスタンとの国境に近く、西側はタジキスタンとアフガニスタンの国境とも接しているため、麻薬の密輸に関与しているのではという疑いを残していました。とりわけアフガニスタンから流入してくる麻薬は、中国にとってもパキスタンにとっても厄介な問題だったのです。

ですから、兄がカシュガル郊外の村で失踪したとき、私の家にも、兄の勤めていた会社にも、日本の警察が、それも公安部の者と思われる刑事が何回も訪れ、兄の思想的背景も含めて、徹底的に調査をしたのです。しかし、それらに関する疑念をいささかでも裏づけるものは出てきませんでした。

七千メートル級の峰々に取り囲まれたカラコルム渓谷にも、そこから北側のパミール高原にも、幾つかの少数民族が遊牧生活をおくっていますが、それらの人々の住む地域に行くためには、切り立った巨大な岩山と目もくらむ深い谷と、突然の気候の変化でどう流れを変えるかわからない激流を幾つも越えなければなりません。

そのための食料も持たず、装備もしていない人間が、無事にどこかの部族の住むところに辿《たど》り着くことは不可能でした。

私は物見遊山《ものみゆさん》の観光客ではなかったので、カシュガル郊外の村の、回教寺院の横の、焼きたてのナンを売る店の前から、兄が自転車に乗って消えて行ったという道だけをカメラにおさめ、馬仲鳴さんと、通訳の常珍康《じょうちんこう》さんとともにカシュガルの街に戻りました。

その途中、小型のマイクロバスのなかで、馬仲鳴さんに、星宿海のことを訊いたのはなぜなのかと訊かれました。

「兄は、星宿海を見てみたいというのが夢だったものですから」

と私は答えました。

「星宿海は青海省《せいかい》だ。ここから東へ二千キロもある。カシュガルから自転車で青海省の星宿海へ行ったかもしれないって？　日本人は勤勉だから、やりかねないな」

馬仲鳴さんは、小馬鹿にしたように唇を歪《ゆが》めて笑い、これで砂嵐《すなあらし》や落石の危険地帯から脱《ぬ》け出してカシュガルへ戻れることにほっとしたのか、大きな欠伸《あくび》をしました。

いわばすでに片づいたのも同然の事件のために、カシュガルから五十キロ南の村への道を、失踪者の弟と同行しなければならなかったことが、いかにも迷惑気でした。

「きっと強盗に遭ったんだよ。中国中強盗だらけだ。ウイグルの連中が強盗団を組織してる。あの村みたいな小さな地域にいたって不思議じゃないからね」

これは自分ひとりの考えであって、公安警察の見解ではないが、と念を押してから、馬仲鳴さんはそう言って、それきり話を打ち切ったのです。

私はカシュガルで二泊し、翌々日、飛行機でウルムチへ行き、そこからまた別の飛行機に乗り継いで北京《ペキン》へ飛び、北京で一泊したあと、日本へ帰ったのです。

帰国してすぐに、私は兄が勤めていた尼崎市《あまがさきし》の〈タツタ玩具《がんぐ》〉を訪ね、カシュガル郊外の村まで兄と一緒に旅をした江藤範夫《えとうのりお》さんと、社長の竜田健介《たつたけんすけ》さんに逢いました。

おもちゃを製造するプレハブの工場の二階が事務所になっていて、兄の机はまだそのまま置かれてありました。

「女子社員が、瀬戸さんの机に花を活《い》けようとしたんで、そんなげんの悪いことせんとき、死んだと決まったわけやないんや、ちゅうて怒っときましたんや」

と社長は作業衣の胸ポケットから煙草を出しながら言いました。

竜田社長と兄はおない歳《どし》で、中学卒業と同時にタツタ玩具に就職したときの兄を覚えている唯一の人物でした。

江藤範夫さんは四十五歳で、タツタ玩具では兄の後輩にあたり、仕事上だけではなく、個人的に兄と最も親しかったと思われていました。

旅行会社が企画したシルクロード十日間の旅に兄を誘ったのは江藤さんのほうだったのです。

「お疲れになったでしょう。遊びの旅でも疲れるとこやのに、お兄さんの消息を確かめるために、向こうの警察に足を運ばなあかん厄介な旅やから」

と江藤さんは言いました。

労をねぎらわなければならないのは、弟である私のほうでした。

兄が、異国の辺境の地で行方をくらましたために、ツアーに参加した他の人たちと離されて、五日間も現地の公安警察で事情聴取を受け、帰国後も日本の警察に何度も呼ばれて、江藤さんが被《こうむ》った精神的な重圧は並大抵のものではなかったはずです。

しかも、カシュガルを観光した翌日の自由行動の日に、特別な料金を払って郊外の小さな村へ足を延ばしたがる兄にしぶしぶ同行したあげくの事件だったのです。

兄は、カシュガルに着くとすぐに、タシュクルガンには行けないものかと、ホテルの旅行コンダクターに訊いたそうです。

タシュクルガンの人々が、広大な新疆ウイグル自治区にあって独自なのは、ウイグル族ではなくタジク族だという点でした。

ウイグル族と総称される人々とタジク族とではどこがどう違うのか……。少数の異族が、異族のままにオアシスで存在しつづけてきたのはなぜか……。

日頃無口な兄が、憑《つ》かれたように喋《しゃべ》りつづけるのを、江藤さんは奇異な思いで聞いていたといいます。

「異族って漢字を何回も紙に書いて、ぼくに説明するくせに、『異族って何やろ』って訊きはるんですわ。読んで字の如《ごと》しで、異なった民族って意味とちゃうんですかってぼくが言うと、いや、もっと違う意味があるような気がするって」

私は江藤さんがメモ用紙に書いた「異族」という文字を見つめました。私は胸を衝《つ》かれる思いでした。他者への恨みごとや、現状への鬱憤《うっぷん》や、不幸への怒りなどを決して口にしないまま、血のつながりのない私の兄として、私の両親の子として生きてきた兄の、深い内面への岸辺に立った気がしたのです。

兄はタシュクルガンへ行くつもりで江藤さんとカシュガルを出発したのに、途中のウイグル族の村で姿を消したということになります。

さらに私を粛然とさせたのは、竜田社長が、まだ試作の段階で完成品ではないのだがと言いながら、私に見せてくれたゼンマイ仕掛けのおもちゃでした。

それはブリキ製の亀《かめ》の親子で、親亀は七、八センチ、子亀は三センチほどで、ゼンマイを巻くと子亀が親亀の背にのぼっていくのです。うしろから甲羅の背中へとのぼってくる子亀を、親亀は首を振りながら待っています。

ゼンマイ仕掛けで動くのは子亀だけで、親亀の体内には歯車もゼンマイも入っていません。だが、子亀の動きから伝わる震動に反応して親亀の首が上下左右に揺れるようにゴムで細工がしてありました。

「これ、雅ちゃんのアイデアですねん」

と竜田社長は言いました。

子亀を親亀の背に這《は》いのぼらせることはさして難しい仕掛けではないのだが、のぼったところで動きを止めさせてしまうにはどうしたらいいのかがうまくいかなかった。だが、それは歯車に小さなストッパーを接合させることで、なんとか解決できた。あとは、亀らしく、もう少し動きを緩慢にさせることができれば完成品として商品化できる。

竜田社長は、そう説明してくれました。

「コンピューター・ゲームの時代に、こんな前時代的なおもちゃを作ってるのは、全国では、うちの会社も入れて三社だけです。雅ちゃんがいてくれてなかったら、親父《おやじ》が死んで、この会社を継いだとき、私は路線を変えてたかもしれへんのです。そやけど、結果的には、こんなおもちゃを作りつづけてきたお陰で、うちの社は食うていけてる。もういつつぶれてもおかしないっちゅう風前の灯《ともしび》みたいな時期が何回もあったけど、雅ちゃんは、それこそ日本中のおもちゃ屋や露店業者を訪ねて、一個、また一個と註文《ちゅうもん》を取って来てくれた。日本中、歩かへんかったところは高い山くらいのもんやったんです」

自分の声が沈んでいるのに気づいたのか、竜田社長は咳払《せきばら》いをして、声を大きくさせ、

「強盗団に営業の仕方を教えて、こつこつ働け、急がば廻《まわ》れやと説教して、そのうち帰って来まっせ」

と笑いました。

私は、せっかくの中国旅行だったのに、どうしてシルクロードへ行ったのか、なぜ星宿海ではなかったのかと江藤さんに訊きました。

「星宿海……」

江藤さんはいったい何のことかといった顔をしました。

「星宿海て、何ですか？」

「兄は、星宿海のことを話したことはありませんか？」

「さあ、ぼくの記憶にはないですねェ」

と江藤さんは言いました。

私は、兄の女性関係についても訊いてみました。

「特別親しい女はいてはれへんかったみたいですね。五十歳にもなるっちゅうのに、一度も結婚したこともないっちゅうので、瀬戸さんはホモやでなんて言うやつもいてましたけど」

と江藤さんは言って、そうではないことは、自分がいちばんよく知っていると、社長を気にしながら、つけくわえました。

「なんや、俺がいてたら喋りにくいことでもあるんやったら、席を外そか？」

社長に笑顔でそう言われて、

「まあ、なんちゅうか、女好きでした」

とだけ江藤さんは答えました。

「地方の都市に出張に行ったりすると、そのての女と遊べる店にね」

「もうええ加減に身を固めたらどうやって、私も何回勧めたかわかりませんけど、雅ちゃんはただ笑うだけでねェ」

竜田社長がそう言ったとき、江藤さんは、私を探るように見つめ、何か言おうとして、結局、黙り込んでしまいました。

私はゼンマイ仕掛けの親子亀をいつまでも見ていました。

兄の失踪事件のために、ひとりで中国領の南西端まで行ってから一年がたって、とうとう私は、兄がひとり住まいをしていた大阪市大淀《おおよど》区の二ＤＫの賃貸マンションを処分しました。

私には、兄が死んだとはどうしても思えず、そのまま借りておいたのですが、毎月の家賃はまさに無駄払いで、いつまでもあきらめきれないままではいけないと決心したのです。

レンタカー会社で二トントラックを借り、二人の息子に手伝わせて、城東区の私の家に兄の持ち物を移したのは十月十日でした。

「雅おじちゃん、ひょこっと帰って来そうな気がすんねんけどなァ」

大学三年生の長男が、何か忘れ物はないかとマンションの部屋のあちこちを点検しながら言ったとき、私はことしの六月に兄が五十一歳になったことを思い出しました。

私は、兄のマンションから引きあげてきた荷物のなかから、寝具や下着類だけひとまとめにして、廃品回収業者に金を払って廃棄してもらい、残りはすべて幾つかの段ボール箱に入れ、家のなかの、考えつくありとあらゆる場所に分散して納めました。

私の家も小さかったので、天袋にも納戸《なんど》にも押入れにも余分な空間はありませんでしたが、それでもなんとか五箱のうちの四箱は整理できました。

残りの一箱は、どうにもしまい場所がなく、私と妻の寝室に置かざるを得ませんでした。

その段ボール箱には、高校二年生の次男の字で「仕事関係の本、ノート、その他」と書かれてありました。

タツタ玩具といっても、ハイテクを使った精密なものではなく、コンピューター・ゲーム機器でもありません。木やブリキやプラスチック製の、ゼンマイを使って動く玩具を製造販売する社員三十名ほどの会社です。

そのような玩具は、もはやこの日本からはほとんど姿を消したと思われているようですが、古いものを珍しがったり、懐古趣味的な愛好家や蒐集家《しゅうしゅうか》が意外に多いだけでなく、日本中の縁日でも人気があって、大きな収益はないものの、会社として成り立つ程度の需要はあるのです。

兄が就職したころ、そのような玩具を作る工場は尼崎市だけでも十二、三あったのですが、いまは一社だけになってしまいました。兄の勤めていた会社では、いまでもビー玉を作っています。

中学の卒業を間近にひかえたとき、父は兄に高校への進学を勧めました。我が家もらくな家計ではないが、これからはせめて高校を出ていなければ世間で肩身の狭い思いをすることになると父は言いました。

けれども、兄はどうしても働きたいと言い張り、おもちゃを作る工場が中卒の男子社員を募集しているチラシを見せたのです。

兄が中学を卒業した昭和三十九年あたりは、中卒者たちは金の卵と呼ばれて、さまざまな業種の工場が、賃金の安い労働力を得ようと躍起になっていました。いわゆる〈集団就職列車〉が上野駅や大阪駅などに多くの中卒者たちを運んでいた時代だったのです。

父は、どうしても働きたいのならば、なにもそんな小さな町工場ではなく、大手の自動車メーカーや電気製品メーカーにすればいいではないかと言いました。

しかし兄は、自分はおもちゃが好きなのだと、おそらく初めて父の意見を受け容《い》れず、自分の希望を主張したのです。

ゼンマイで動く小さな車や動物たちは、兄にとっては憧《あこが》れを超えた、一種の執着の対象だったのでしょう。

「そんなにおもちゃが好きかァ……」

父は少し首をかしげて微笑《ほほえ》み、人間は自分が好きな仕事につくのがいちばんしあわせなのだと言って、兄と一緒にその玩具工場へ行き、雇ってもらうことを決めてきたのでした。

兄が私の両親の養子となり、私にとっては二つ歳上《としうえ》の兄となったのは、兄が八歳のとき、昭和三十年の冬でした。

ですが、それより一年前から、ほとんど毎日、私はマサトと盲目の母親が、大正区の車の通りの多い道で、朝から晩まで物乞《ものご》いをしているのを目にしていました。

マサトの母親は、足も動かすことができず、膝《ひざ》から先が内側に折れ曲がったままで、移動するためには両腕を足代わりにして、道を漕《こ》ぐように動かすしかありませんでした。

年齢は四十歳くらいに見えましたが、何日も洗っていないと思われるほつれた髪や肌の色や、疲弊してやつれた上半身の歪みが、実際の歳よりも老けさせてしまっていて、あるいは三十二、三歳であったかもしれません。

そのころ、私たち一家は大正区のS橋の近くに住んでいたのですが、盲目の母親とマサトは、S橋から大阪港へとつづく工場街に近い、名のない木の橋の下をねぐらとしていました。いつ、どこから、その木の橋の下へとやって来たのか、私たちの近辺に住む人たちのなかで知っている者はいませんでした。

「危のうてしょうがないんや。耳を頼りに、走って来た車の前に両手を使《つこ》うて出て来て、何か恵んでくれって、その両手を突き出しよる。物乞いはぎょうさんおるけど、あの親子は、なんやしらん、特別や」

私の家の隣に住むトラックの運転手は、打ち水をした家の前に木の長椅子《ながいす》を置き、そこで父と将棋を指しながら言いました。

「あの子、歳は幾つぐらいやろ」

と父が訊きました。

「さあ、紀代志《きよし》ちゃんより二つ三つ上かなァ」

たみやん、と呼ばれているトラックの運転手は、私を見てそう言いました。

「ほな、もう小学校に行かなあかん歳やなァ。このへんの学校の先生とか、役所の連中は、あの子をどうにかしてやろうとは思わんのやろか」

父の言葉に、

「こないだ、町会長が、あの母親に訊いたんや。名前とか、身寄りの者のこととか」

とたみやんは言いました。

「へえ、それで?」

「母親は何ひとつ喋らへん。代わりに、あの子が大きな元気な声で、『ぼくはモカリマサトや』て。そしたら、母親が土の上に指で『藻刈雅人、八つ』と書いたそうや。とにかく、目が見えん女が手さぐりのなぐり書きやから、藻刈雅人とわかるまで時間がかかったって言うとった」

「字が書けるっちゅうことは、目が見えへんようになったのはそんなに小さいころやないっちゅうことやなァ」

「ああ、そうか。そういうこっちゃなァ」

「なんにも喋らんと、指で地面に字を書いたっちゅうのは、あの母親は、口もきくことがでけんのやろか」

父の問いに、たみやんはかぶりを振り、

「いや、喋れるんや。自分の息子を呼んでる声を聞いたやつは多いし、俺も、あの女が息子に『お母ちゃんの近くにいとき』て言うてるのを聞いたことがあるよってになァ」

と言いました。

「たみやん、さっき、あの物乞いの親子は特別やって言うたけど、何が特別やねん？」

父に訊かれて、たみやんは自分の駒《こま》を穴熊《あなぐま》囲いの戦法へと動かしながら、うーんと考え込んだあと、

「どない言うたらええんやろ……。つまり、なんやしらんけど、明るいんや」

と答えたのです。

「明るい……？」

「あの女の、子供の可愛《かわい》がり方も、なんちゅうたらええのか、見てる者《もん》の胸が熱うなるっちゅうのか……。子供のほうも、毎日が楽しそうで、自分ら親子のことを、ぜんぜん恥かしがってない

っちゅうのか、物乞いをやってることが楽しいてしょうがないっちゅうのか……。仲のええ親子が、いつ車に轢《ひ》かれるかわからん道で、楽しそうに物乞いしてるっちゅうのか……」

それは父も同感だったのでしょう。父は頷《うなず》きながら、盤上をのぞき込み、

「そやけど、あの道は危ないで。トラックの運転席は高いから、親子の姿が運転手に見えへんことが多いんや」

父は、戦前からある川沿いの倉庫会社に勤めていたので、そこに出入りするトラックの運転手たちからも、物乞いの親子のことを耳にしていたのです。

昭和三十年といえば、日本は敗戦による貧しさから立ち直ってはいませんでした。朝鮮戦争から得た特需景気も一部の人たちを潤しただけで、市井の庶民に恩恵はありませんでした。

親子に施しをする者は少なく、いったいどうやって命をつないでいるのかと近辺の人々の話題になっていましたが、よほどのどしゃぶりの日以外は、大正区S橋の近くの道で物乞いをつづけたのです。

私の記憶では、物乞いの親子をいじめる者はいませんでした。

極《ご》く稀《まれ》に、別の町から遊びに来た子供たちが、親子を侮蔑《ぶべつ》の言葉で囃《はや》したてたりすることはあっても、近くにいるおとなに叱《しか》られて、たちまち口を閉ざしました。

あの時代、間違ったことをする子供たちを叱るおとながたくさんいたのです。

しかし、それだけではなく、親子には、侮蔑や嘲笑《ちようしよう》を軽はずみに浴びせられない、何か不思議な雰囲気がありました。

それは、巷《ちまた》にたむろする乱暴者や、幼い私たちにさえ伝わってくる、ある種の荘厳さであったと言ってもいいでしょう。

汚れた、破れ穴だらけの、黒ずんだ服を着た、目を覆いたくなるような境遇の親子から漂っていた荘厳さとは何だったのか。私には適確に表現する言葉が、いまでもみつかりません。

少し自分から離れたところに行った息子を、聴覚を頼りに捜して招き寄せる際の母親の表情は、それを目にした人々を思わず見惚《みと》れさせるほどに、愛情に満ちていました。

母親の周りで、ときおりひとりごとを言ったり、道に落ちているガラスの破片や錆《さ》びた釘《くぎ》をおもちゃにして遊んだりしながら、マサトは絶えず母親の体のどこかに触れていました。

その瞳に、境遇を哀《かな》しむ翳《かげ》はなく、母親と一緒にいることが嬉《うれ》しくて仕方がないという輝きが失われることもありませんでした。

通りがかりの誰かがお金を投げてくれると、マサトはそれを拾い、背後から両腕を母親の首に巻きつけて、固く抱きついていきました。

あれほどまでに、互いの愛情を示し合う親子を、私は他に知りませんでした。

私が自分の母に、うしろから抱きつくと、

「マサトちゃんの真似《まね》をしてからに……」

と母にひやかされたものです。

そして、マサトのように、母親に全身を預けていって、うるさがられたり、ひやかされたりする子供は、私だけではなかったようです。

その年の九月の夜、私は父に、

「お父ちゃんの運転する車に乗せたろか」

と誘われました。

父は、もう二カ月ほど前から、たみやんに車の運転を習っていたのです。

場所は、S橋から二百メートルほど離れた空地でした。

かなり上達して、もう少しで運転免許証を貰《もら》える試験を受けられるだろうと、たみやんに言われていたのです。

その夜は、たみやんの一家は親戚《しんせき》のお通夜で奈良に出向いて留守だったのですが、

「おまわりにみつからんようにしィや」

とたみやんは自分の軽トラックのキイを置いていってくれたのです。

「バックしながら、直角に曲がる練習や。空地と川沿いの道に線を引いてなァ、そこから外れんようにバックできるようになったら、古川橋の試験場に行くんや」

と父は軽トラックを置いてある空地へと歩きながら言いました。

空地は校庭ほどの広さがありました。倉庫が五軒建っていたのですが、空襲で壊れて、瓦礫《がれき》だらけになったままだったのです。

乗せてやると言ったのに、私は見張り役でした。

夜になると、滅多に車も人も通らないのですが、たまに自転車に乗った警官が巡回してくるこ

とがあって、もし運転の練習をしているところをみつかったりしたら、無免許運転の現行犯ということになり、罰金どころか、試験を受けられなくなるからです。

父は、川沿いの道と空地とに石を並べ、それを目印に練習を始めました。

私は道に立って、左右に視線を配り、車や人がやって来たら、それを父に報《しら》せるのです。

「どうや。うまいもんやろ。直角にバックするのは難しいんやで」

父は、うまくいくたびに、私にそう言いました。私は、そのたびに、乗せてくれとせがみ、道の左右に目を凝らし、

「誰もけえへん。ずうっと向こうまで、誰もおれへん」

と言いました。

そろそろ練習を切り上げようとして、

「よし、乗せたる」

と父は言い、助手席のドアをあけました。

そして、私を乗せて、父はバック・ミラーを見たり、首を捩《ねじ》ってうしろを見たりしながら、慎重にハンドルを切り、車をバックさせて行き、直角に曲がりかけて、急ブレーキを踏みました。よほど慌てたのか、ブレーキを踏んだあと、ギアを戻さないまま軽トラックから降りようとしたため、車はさらにうしろに動きました。

いったい、いつのまにそこにやって来たのか、軽トラックの荷台の下に、マサトの母親がいたのです。

「大丈夫か？」

父は悲壮な声で訊きました。暗がりのなかからマサトが走って来て、母親の手を引っ張りました。

マサトの母親は、肩と胸を押さえながら、聞き取りにくい声で、しきりに謝りつづけ、荷台の下から這い出て、S橋のほうへと戻ろうとしました。

父はそんなマサトの母親を制し、気をつけていたのだが、まったく見えなかった、申し訳ない、どこか怪我《けが》はしていないかと訊きました。

母親は、大丈夫だというふうに何度も頷き返し、マサトと手をつないで、逃げるようにS橋のほうへと戻って行ったのです。

いったん家に帰った父は、懐中電灯を持って、落ち着かない様子で再び出て行き、一時間近く戻って来ませんでした。

心配した母は、おにぎりと玉子焼きを作って、それを弁当箱に入れ、

「そやから、道で運転の稽古《けいこ》なんかせんときて、なんべんも言うたのに」

と言い、さらにリンゴを二個、エプロンのポケットに入れて、私に留守番をしているように命じ、S橋のほうへと向かいました。

やがて一緒に家に戻って来た父と母は、どうしてマサトの母親は病院に頑として行きたがらないのだろうと顔をしかめて言いました。

「こめかみのとこのすり傷は、たいしたことはないとしても、ずうっと胸を押さえたままやし

……、女の私にも胸のとこを見せようとせえへんし……」

母の言葉に、

「本人が大丈夫やて言うんやからなァ。ゆっくりゆっくりうしろに下がって行ってたから、たいしたことはないと思うんやけど、停めてから、いっぺん、がくんと動いたから……」

と父は言いました。

翌日、父から話を聞いたたみやんは、もし事が大きくなれば、免許証のない人間に車を貸した自分にもお咎《とが》めがあると言い、父をなじりました。

父も母も、もし盲目の女が、あとあと誰かに入れ知恵されて、脅迫まがいの行動に出たらどうしようかと怯《おび》え、それ以後も再三女に病院に行こうと促したそうです。

けれども、頑として診察を拒否しつづけるうちに、打撲の痛みも去ったのか、胸を押さえる素振りも見せなくなりました。

盲目の親子と親しい人間は誰ひとりいなくて、あの夜の事故のことは、私たち一家とたみやん以外は知らないまま、一カ月がたった十月十二日の昼に、マサトの母親が死んだのです。

信号待ちをしていたバスの運転手も、十人ほどの乗客も、アスファルト道に前のめりに突っ伏していく盲目の物乞いを見ていました。

道を歩いていた人も、女が深く頭を垂れ、地面に額をすりつけて、施しを頼んでいるのだと思いました。

マサトは、そんな母親の背に載って、何かを話しかけていたといいます。

不審に思った通行人の報せで警官がやって来たときには、マサトの母親はすでに息絶えていました。

栄養失調による衰弱死だという医者の所見が伝わってくるまでの、父の狼狽《ろうばい》と怯え方は尋常ではありませんでした。

父も母も、もしかしたらあのときの怪我は、やがて命に及ぶほどのものだったのかと思ったのでした。

父は、警察に行って何もかも話そうとしましたが、それは、ときには母によって、ときにはたみやんによって制止されました。

検死をした医師が、栄養失調による衰弱死と結論を下したのだから、きっとそれが正しいのに違いない。もし、胸の打撲が原因ならば、医師にはわかるはずで、そのことは警察に伝えられ、警察はいちおう近辺の住人に心当たりはないかと訊くだろう。

母も、たみやんも同じ意見でした。

物乞いの女の死について、父を怯えさせる噂話《うわさばなし》はどこにも生まれませんでしたが、父の口数は減り、沈思黙考して心ここにあらずといった状態がつづき、夜遅くに、声を潜めて母と話し合っている声が頻繁に聞こえました。

それから何回か、父と母は私が学校に行っているあいだに、揃《そろ》って出かけることが多くなり、十一月の末に、突然、あした引っ越しをすると私に告げたのです。

引っ越しを手伝ってくれたのは、たみやんでした。たみやんだけが、急な引っ越しの理由を承知していました。

父は熟慮の末、盲目の母親を喪《うしな》った藻刈雅人という少年を、自分の子として育てることに決めたのです。

そのためには、マサトのことを知っている人間のいない地で暮らすことが肝要だと判断しました。

マサトは港区にある施設に引き取られていました。

私は、荷物を積んだトラックの助手席で、きょうからお兄さんができるのだと、たみやんに教えられ、それがマサトであることを知ったのです。

たみやんが、私たち一家の家財道具を、城東区の新しい借家に運んでいるあいだ、父と母は役所と施設に行き、幾つかの必要な手続きを済ませて、藻刈雅人とともに市電に乗り、とりあえず小さな荷物だけが運び込まれた家にやって来ました。


ここまでの出来事のほとんどを、私は後年、母から聞いたのです。

私は、まだ引っ越しの荷物が散乱している木造の二階家にやって来た兄の姿を鮮明に覚えています。

長く伸びていた髪は坊主刈りにされ、施設で風呂に入れられてこぎれいになった肌は女の子のように白く、細い首の下に、大きすぎる灰色のセーターを着ていました。

市電の停留所の前にあった靴屋で母から買ってもらったズック靴の箱を胸に抱き、

「紀代志や。きょうから雅人の弟や。雅人よりも二つ歳下の六歳や」

という父の言葉に小さく頷き返し、まばたきもせず私を見つめたのです。

私は、照れ臭くて、畳の上ででんぐり返しをしたり、壊れて水の出なくなった水鉄砲を撃つ真似をしました。

父と母とたみやんが、家具を家のなかに運んでいるあいだ、兄は狭い縁側の隅に正坐して、小さな庭の日溜《ひだ》まりを見ていました。

その夜、たみやんが帰ったあと、私は両親に二階に呼ばれ、きのうまでの雅人のことは、決して誰にも口外してはならないと言われました。このことは、たみやんの奥さんも子供も知らないのだ、と。雅人の母親のことは、たとえ家族しかいないところでも話題にしてはならない、と。

それは、行儀を注意されたり、いたずらを叱責《しっせき》されたりするときとはまるで異なった、強い畏《い》怖《ふ》を私に感じさせたのです。

兄は新学期になるまで、施設の学校へ通い、それから私と同じ小学校に入学しました。本来ならば三年生なのですが、一年遅れの二年生として、でした。

私よりも二つ歳上なのに、なぜ一年しか学年が違わないのかという当然の疑念を投げかける者は多かったのですが、小学校にあがる年に大怪我をして、一年近く療養していたのだと、私たちも教師も口裏を合わせていました。

兄に関する明瞭《めいりょう》な思い出は、私が小学校六年生のころから始まります。私が十二歳、兄が十四歳。父は四十二歳、母は四十歳。昭和三十六年です。

なぜ、それまでの約六年間の記憶が曖昧《あいまい》なのか……。

それはきっと、私たちのあいだにある、遠慮や禁忌が大きすぎたからではないかと思われます。私の脳裏から、盲目の母親と一緒に物乞いをしていた兄の姿は消えることがなく、どんなことがあってもそれを口にしてはならないという約束が、弟としての私を金縛りにさせる瞬間が幾度もありました。

たぶん、それは父や母も同じだったことでしょう。

私の両親がどんなに善人であったにしても、雅人を養子として育てる決心の裏には、あの夜の事故への罪ほろぼしだけではなく、父の不注意を見ていた雅人の口封じも兼ねるという計算がなかったとはいえないのです。

そして、そのような自分たちの姑息《こそく》さが、父と母を絶えずぎごちなくさせ、兄も無意識のうちに、それに感応していたのは自然な成り行きでした。

しかし、最も大きな要因は、雅人という少年の、あまりにも特異な生い立ちでした。

表面的には歪みのない、尖《とが》ったところもない、柔順で思慮深い性格であったにせよ、盲目の母親との物乞いの生活のなかで、兄が見たもの、感じたもの、心に刻みつけられたものは、余人の計り知れぬところだったのです。

父と母が、私が、そして雅人が、無自覚に屈託なく、親子として、兄弟として、極く自然に語り合い、触れ合うようになるまで、やはり六年という歳月が必要だったのでしょう。

母は、雅人の母になろうとして、己の知恵の限りを尽くし、雅人もそれに応《こた》えようと孤独な努力をしました。しかし、雅人にとって「母」とは、自分を産み、路上で物乞いをして自分を育て、朽ち果てるように死んでいった「あの母」だけでした。この特異な一組の母と子のつながりは、何人《なんぴと》も介入できない、侵すべからざる世界だったのです。

小学校を卒業し、中学校に入学するあいだの短い春休みに、私たち一家は同じ町にある別の借家に引っ越しました。

部屋数も家の造りも似たようなものでしたが、新しい借家には風呂があって、しかも家賃は千円高いだけだったからです。

その引っ越し作業の際、兄の机の奥に隠されていたおもちゃがみつかりました。

それは、私が失《な》くしたとばかり思っていたゼンマイ仕掛けの車とか動物とかビー玉でした。

「あっ、これ、ぼくのんや」

私が兄の机の奥を指差して叫ぶと、兄は顔を青ざめさせて、父と母を見つめ、家から出て行ったのです。

兄は十四歳になり、声変わりが始まっていましたから、弟のおもちゃを盗んだまま、自分の机の奥に隠していたことを忘れてしまっていたのです。

母は、走って兄を追いかけ、

「弟のもんを盗まんでも、お母ちゃんが買《こ》うてあげたのに」

と言ったそうです。

そして、兄を促して帰って来ると、

「紀代志が、買うてもろたおもちゃを粗末にするから、こらしめてやろうと思て隠したんやて。そやけど、そのうち、隠したことを忘れてしもたんやて」

と父と私に言いました。

父は納得したふりをして、

「雅人、紀代志に謝りんかいな」

と言いました。

すると、兄はふいに大声で泣きだしたのです。いったいどれほどの涙が蓄積されていたのかと思うほど、兄の目からは涙がこぼれ落ち、糸を引くような悲痛な嗚咽《おえつ》はつづきました。

私も両親も顔を見合わせ、茫然《ぼうぜん》と、そして悄然《しょうぜん》と立ちつくしていました。雅人が泣くのを初めて見たからです。

「ぼく、盗んだんや。ぼくは泥棒や。ぼくは乞食《こじき》の子ォやから」

「雅人、なんちゅうことを言うんや。乞食の子ォやて？　誰が乞食の子ォや。お前、夢でも見たんか？」

父が怒鳴りました。

「ぼくは、ここの家の子ォと違うんや」

その言葉で、母は兄の頭を平手で殴り、それからその頭を胸に抱きました。

「ぼくが、雅人兄ちゃんにあげたんや。ほんまやでェ。ぼくが、あげたんや」

私はそう言って泣きました。

「もうええ。引っ越しや、引っ越し。雅人、自分の机と紀代志の机を運べ。日が暮れてしまうがな。風呂付きの家やでェ。きょうから、もう銭湯に行かんでもええんやでェ」

父は兄の尻を叩《たた》いて促し、

「乞食の子ォやて……。けったいな夢を見よったもんや」

とひとりごとのようにつぶやき、蒲団袋《ふとんぶくろ》をかついで、借りたトラックの荷台へと運びました。

私は、

「雅人兄ちゃん、雅人兄ちゃん」

と何度も呼びながら、振り向いてくれない兄のうしろをついて歩きました。

「紀代志、持てるもんをトラックに運ばんかいな。お兄ちゃんの足手まといや」

泣き腫《は》らした目で母は言い、

「ここの家の子ォと違う、なんてことをまた言うたら、お小遣いの値上げは中止や」

と兄を叱りました。新学期になったら、毎月のお小遣いを三百円上げてくれることになっていたのです。

新しい借家への引っ越し作業が終わり、父がビールを飲みだしたころ、今夜から自分だけの部屋になる二階の六畳の間から降りてくると、

「紀代志、あのおもちゃ、ぼくにくれへんか?」

と兄は私に訊きました。

「みんな、壊れてるでェ」

「ぼく、全部、直せるでェ。ゼンマイの錆《さび》を取ったらええんや」

「ゼンマイの錆なんか取れるのん？」

兄は道具箱からドライバーと紙やすりを出し、車輪の歪んでいるおもちゃの車の解体を始めたのです。

芯棒《しんぼう》から外したゼンマイを伸ばし、何度も紙やすりでこすり、再び巻き直して芯棒をハンダで固定し、二十分ほどで動くようにしてしまいました。

そんな兄を見つめていた父が、

「雅人は、俺とお母ちゃんの大事な子ォや。雅人のええとこも悪いとこも、みんな知ってるんや。雅人は気が優しいて、頭の回転がええ。きれいな心をしてるんや」

と言いました。

「ぼくの悪いとこは？」

雅人は父に訊きました。

「引っ込み思案で、自分の言いたいことをはっきり言わへんとこや。学校でも、たぶんそうなんやと思うなァ」

私はそのときの兄の嬉しそうな、はにかみの笑顔を、いまでもまざまざと思い浮かべることができます。

その日を境に、兄は変わっていきました。父と母が、どうしてもぬぐい切れなかった遠慮のようなものを捨てたことも、その要因だったかもしれません。

中学二年生になってすぐに、兄は中国の詳細な地図を買ってほしいと母に言いました。

教師は五十五歳が定年でしたが、講師として書道と図画を教えている室井秋梅《むろいしゅうばい》という人は七十二歳で、生徒たちは陰で「ヤギジジイ」と呼んでいました。

山羊《やぎ》のような白い顎鬚《あごひげ》をはやしていたわけではありませんが、痩《や》せて猫背の、目と目のあいだの広い、皺《しわ》だらけの顔は山羊にそっくりだったのです。

秋梅は雅号で、私たちは本名を知りませんでした。ただ、秋梅先生が、書の世界では知られた人であることと、彼の父が高名な歴史学者で、とりわけ中国の歴史家として何冊かの著書を出した人物であることは、誰からともなく私たちに伝わっていたのです。

生徒が騒ぐと癇癪《かんしゃく》を起こして、自分の杖《つえ》を投げつけたりする、相当に偏屈な先生でしたが、飄々《ひょうひょう》として、どこか間の抜けた喋り方には滋味があって、生徒の多くは秋梅先生を好きでした。

その室井秋梅先生が、瀬戸雅人という、一年遅れで中学二年生となった生徒を、なぜかひどく気に入って、学校側が自分のために特別に設けた部屋に、しょっちゅう雅人を呼び、墨をすらせたり、筆を洗わせたりして、石炭ストーブの上で焼いた餅《もち》とか芋とかをご馳走《ちそう》してくれたのです。

「黄河《こうが》の水は天より来たる」

秋梅先生は草書体で書いたその言葉を兄に渡し、「星宿海」の話をしてくれたのだと、兄は母に言いました。

「なァ、星みたいな湖があんねんて。黄河はそこから生まれてくるんやて。地図で調べたけど載ってないねん。地図専門の店が梅田《うめだ》にあって、そこへ行ったら、中国の詳しい地図が売ってんねん。買うてほしいねんけど」

「地図ぐらい、買うたげるでェ」

「そやけど、ちょっと高いねん」

「なんぼぐらいすんねん？」

「さあ、その店に行ってみなわからへん……」

兄は母からお金を貰い、バスに乗って梅田に行くと、大きな地図を買って来ました。それは八枚綴《つづ》りで、一枚が約五十センチ四方もあったため、八枚を貼《は》り合わせると、兄の部屋の壁をすべて覆ってしまいました。

その大きすぎる地図の、星宿海のところを、兄は黄色い円で囲みました。黄色い円は、北京から遠く離れた、チベットに近い、青海省の真ん中よりもやや南側にありましたが、私は地図のあまりの大きさに驚くばかりで、星宿海がいったい何なのか、まるで興味はありませんでした。

「雅人兄ちゃん、星宿海に行くんか？」

私の問いに、兄は、さあと首をかしげ、

「行きとうても行かれへんねん。日本と中国は国交がないから自由に行き来がでけんねやて秋梅先生が言うてはった」

と答えました。

ちょうど、そんな折、兄の体にちょっとした異変があったのです。

兄は、私たちの家族として暮らし始めたとき、すでに、右の首から肩にかけて帯状のタムシがあり、それはどんな治療をしても完治しなかったのですが、地図を買った日からほどなくして、赤い痕《あと》は残っているものの、痒《かゆ》みはまったく失《う》せ、肌につらなっていた無数の湿疹《しっしん》による爛《ただ》れた粒々も消えてしまったのです。

盲目の母親と暮らしていたときにかかった皮膚病は、市販の薬では治らず、専門医の薬によっても完治することなく、症状の軽重は異なっても、常に兄の首から肩にかけて、我慢できない痒みをもたらしつづけていました。

とりわけ暖かい時期になると、首の部分のタムシは隠しようがなく、近所の親たちは、雅人の首には触れてはならないと自分の子供に言いました。タムシはうつるから雅人の指にもさわってはならない、と。

それを気に病んだ母は、兄の首に包帯を巻いたり、ガーゼを当てて絆創膏《ばんそうこう》で貼ったりしましたが、そうすることで痒さはいっそう烈しくなり、湿疹そのものも湿潤化して、症状は悪化するばかりでした。

兄は、自発的に、風呂には私や両親が入ったあとに入るようになり、タオルも自分のものだけを使いました。

もうこの薬が効かなかったら、いまの医学では皮膚をはぎ取るしかないと医者が冗談混じりに言って、製薬会社から取り寄せてくれた新薬さえも効かず、両親も兄自身もあきらめてしまい、いっさいの薬を塗らなくなったというのに、タムシは、大きな地図が兄の部屋の壁を占めた日を境に、急速に死滅していったのです。

私は、「ちょっとした異変」と言いましたが、兄にとっては、突然、奇跡が起こったのと同じだったでしょう。

兄の記憶によれば、五歳か六歳のときにかかったようだというタムシの完治は、兄を快活にし、外で走り廻って遊ぶのが好きな少年に変化させたのです。

しかも、そのしつこくて忌わしい皮膚病の完治から日を置かず、兄は変声期を迎え、産毛《うぶげ》が濃くなり、背が急速に伸びだしました。

「霊験《れいげん》あらたかな地図やがな」

父は、まんざら冗談でもなさそうな口振りで、地図の前に立って、拝む真似をしたものです。

その年の夏休みが始まってすぐに、母が病気をして寝込んでしまいました。

お腹《なか》の調子が悪いのだと、父も母も私たちに言いましたが、やがてそれは嘘《うそ》で、じつは母が流産したことがわかりました。

「もうじき四十一にもなろっちゅうのに、恥かしいわ。雅人にも紀代志にも言われへん」

「恥かしいことないがな。寺岡の恵《けい》ちゃんは四十四で末の子を産んだし、向かいの角田《つのだ》さんとこも、お前とおんなじ歳で二人目を産んだんや」

「男やったんやろか、女やったんやろか……。妊娠してるなんて夢にも思わへんかったから、土《ど》橋《ばし》さんとこのお婆ちゃんのお葬式の日に手伝いをしに行って、台所と二階とを何回も昇り降りして……。あれがあかんかったんやなァ」

「生まれてけえへんほうがええ子は、流産するそうや。母体が感知して、そんな子がお腹のなかで育たんようにするから、流産するって、誰かが言うとった。つまり、流産ちゅうのは、母親の体がそのように指示して起こるらしいで」

「そんな話、初めて聞いたわ」

「死んでしもた子ォのことなんか考えんと、ゆっくり休んどき。お医者さんは大丈夫やて言うてくれたんやから」

寝ついてすぐに、怖い夢を見たのか、それとも尿意によってなのか、目を醒《さ》ました私は、父と母の会話を聞いてしまったのでした。

私は兄の部屋の襖《ふすま》をあけ、

「雅人兄ちゃん、雅人兄ちゃん、もう寝たんか？」

と声を忍ばせて呼びながら、兄の枕元《まくらもと》に四つん這《ば》いになって近づきました。私の両手は固い本や金属に触れ、それらが散らばる音が響きました。

兄は起きあがって、勉強机の上のスタンド・ランプをつけました。私が触れた木や金属は、ゴムやゼンマイ仕掛けの車とか動物たちでした。

こんなものを枕元に並べ、明かりを消して何をしていたのかと思いましたが、私はいま聞いた両親の会話を兄に話したのです。

「妊娠してたっちゅうのは、ぼくらに弟か妹ができるとこやったんやろ？」

と私は訊きました。

「そんなこと、ぼくにはわからんわ」

兄は不機嫌に言って、そのほとんどが、かつては私のものであったおもちゃを、丁寧にひとつずつ、机の引出しにしまいました。

「流産したら、どないなんのん？　お母ちゃんの病気、治るんかなァ」

兄は、それには答えず、

「紀代志、ぼくの首を見てくれ」

と言って、スタンド・ランプを持つと、それを自分の首のところに近づけました。

「また痒いのん？」

「痒いみたいな気がするねん」

日に灼《や》けた兄の首には、タムシの薄い痕はありましたが、新たな湿疹も爛れもみつかりませんでした。

「きれいなもんやで。痒いのはあせもとちゃうか？」

「ああ、そうか、あせもかもしれへんなァ」

安心したようにささやいて、兄は私に、母の病気のことは誰にも喋ってはならないと釘を刺しました。

「紀代志は、家のこと、何でもぺらぺら喋るんやから」

「ぼく、喋ったらあかんことは喋らへんで」

ふくれっ面をして、私はそう言いました。

「紀代志は、喋りやから」

「ぼく、喋りとちゃうでェ」

「お父ちゃんがテレビを買うてくれたとき、買うって決めた日に、もうあっちこっちで喋ってたやろ」

「うん……。あのときは、たかちゃんにだけ喋ったんや。そしたら、たかちゃんがみんなに言うて廻りよってん」

兄は私に声を落とすようにとささやき、私から目をそらし、

「ぼくのこと、絶対に誰にも言わんといてや」

と言ったのです。

私は兄の言葉の意味がわからなくて、兄の首から肩にかけてのタムシのことかと錯覚し、

「治ってしもたって言うたらあかんのか？」

と訊きました。

「タムシがうつるから雅人と遊ぶなって言うやつがおるから、ちゃんと治ってしもたって、ぼく、たかちゃんにも、土橋の坊主にも言うてしもた」

「タムシのことやあらへん」

と兄は言い、しばらく口を閉ざしました。

私は、そのころすでに、兄が私たちの家族となる前のことを思い出したりもしなかったのです。

「ぼくが、ちっちゃかったときのことや」

と兄は言いました。

それは、私たちの家では決して口にしてはならない絶対的な禁忌であったので、私は強くかぶりを振り、大正区に住んでいたころのことは忘れてしまったと言いました。

「ほな、思い出したら喋るんか？」

そう訊き返した瞬間の兄の目は、細くすぼまって青い光を発したようで、私は恐怖に似た思いを抱きながら、もう一度かぶりを振りました。

「紀代志が、ぼくのちっちゃかったときのことを誰かに喋ったら、ぼくは紀代志とは一生口をきけへんからな」

「ぼくは絶対に喋らへんでェ。雅人兄ちゃんのちっちゃかったときのことなんか、喋ったりせえへんわ」

私は心外だというふうに、そう言いながら、なぜか涙が溢《あふ》れてきたのです。さまざまな感情が、十三歳の私を哀しくさせたのです。

兄は少し慌てた様子で、私に、泣いてはいけないと諭し、土橋の坊主とは遊ばないようにと言いました。

土橋の坊主とは、近所に住む配管工の次男で、私より一つ歳上の少年でした。子だくさんの家で、四人の男の子はいつも父親に、手動式のバリカンで頭を刈られていたのですが、その子だけ毛髪の色素が薄いために、刈られた直後は、まるで剃《そ》ったように光るので、「土橋の坊主」と呼ばれていました。

土橋の坊主は、学校では口数の少ない、ごく普通の少年のようでしたが、家の近くでは仲間を集めて、運河のあちこちに棲息《せいそく》する野鼠《のねずみ》を空気銃で撃ち殺したり、泥をこねて作った舟に野良猫を乗せて流し、溺《おぼ》れ死んでいくのを眺めて楽しんだりするのが好きでした。

運河……。正しくは城北《しろきた》運河という呼称でしたが、私たち子供だけでなくおとなたちも、ただ運河と呼んでいました。

大阪市の北側から西側へと流れる淀川《よどがわ》、それに南東側を流れる寝屋川《ねやがわ》とをつなぐために造られた運河は、それに沿って工場や倉庫や砂利採集会社を集める結果となって、私たちの町を灰色化し、泥水の悪臭で絶えず包んでいました。

この運河の畔《ほとり》は、私たち少年には格好の遊び場でしたが、兄はよほどの用がないかぎり、幾つもの橋が狭い間隔でつづく運河に近づこうとはしませんでした。

いまになって思えば、城東区を流れる運河と橋のつらなりは、盲目の母親と橋の下で暮らした幼い日々の光景を兄に甦《よみがえ》らせるものでしかなかったのではないでしょうか。

「あんなことをするやつは、大きなったら人殺しになりよるわ」

と唾棄《だき》するように言って、兄は地図に印した黄色い円を指差しました。

「ここが星宿海や」

そして、秋梅先生が教えてくれたという星宿海に関する幾つかの逸話を私に語ったのです。

「黄河はなァ、この星宿海で生まれて、五千四百六十四キロも流れて行って、この渤海《ぼっかい》で終わるんや。黄河は、ちょっとでも暴れたら、村や町どころか、ちっちゃな国でも流してしまうほどの凄《すご》い河やのに、それが始まるとこは、星宿海っちゅう、星の数ほど小さな湖が集まってるとこなんや」

「星宿海て、海と違うのん？」

と私は訊きました。兄は地図をよく見ろと私に言いました。

「これが海に見えるか？」

「そんなら、なんで海っちゅう字がついてんのん？」

「初めて見た人が、てっきり海やと思い込んだのかもしれへんけど、昔の中国人は、大きな湖を海と表現したんやて、秋梅先生が言うてはった。なァ、紀代志、想像してみィ。星の数ほどの小さな湖を遠くから見たら、誰でも海やと錯覚すると思えへんか？」

私は兄に言われたとおり、その光景を想像してみようと、ほんの少し努力してみましたが、私の心に浮かんだのは、近所の焼肉屋のおじさんが店の横の空地に三脚で立てた天体望遠鏡と、それを使って私に見せてくれた天の河でした。

〈城北門〉という名の焼肉屋の主人夫婦は韓国人で、どちらも日本語はほとんど喋れませんでしたが、兄と同級生の三男は韓国語よりも日本語のほうが上手で、小学生のころから星の観察が好きでした。

彼は大切な天体望遠鏡を親しい友だちにすらさわらせませんでしたが、それを買ってくれた父親にだけは文句が言えず、ときおり、そのときの気まぐれで星空を見たがる父親に命じられて、空地に天体望遠鏡を運び、三脚に取り付けるのです。

黄承勲《こうしょうくん》が彼の本名でしたが、学校では柳原勲《やなぎはらいさお》という日本名を使っていました。

兄と黄承勲は、やがて「星宿海」と「天の河」を通じて仲良くなり、親友としてつきあいがつづいたのですが、ある日を境に絶交状態となったようです。

黄承勲こと柳原勲は、両親の死後、城東区から別の場所に引っ越していきました。彼が瀬戸雅人のカシュガルにおける失踪事件を知っているのかどうかは、私にはわかりません。

「想像でけへんわ。天の河みたいなんかな」

と私が言うと、兄は驚き顔で見つめ返し、

「そうやねん、天の河やねん。星宿海を天の河やと思てた人が昔の中国にぎょうさんいてたんや」

兄は高揚した表情で言いました。

「天の河から、どこを通って、どんなふうに地球に来たて想像したんやろ……」

どこかうっとりした顔つきでつぶやき、夏休み中に、天の河と星宿海を作るつもりだと私に言ったのです。

「作るて、どないやって作るのん？」

「どないやって作るかなァ……。これから設計図を描《か》くんや」

そのとき父が襖をあけ、お前たちの話し声が耳について眠れないと叱ったので、私は暑くて窓をあけたら蚊がたくさん入って来たので、雅人兄ちゃんの部屋に逃げて来たのだと誤魔化しました。

「ぼくの部屋にも扇風機を買うてェなァ」

「なんで蚊帳《かや》を吊《つ》れへんのや」

「蚊帳を吊ったら、よけい暑いもん」

「ドブに薬を撒《ま》いても、運河で蚊が湧きよるから焼け石に水や」

父はそう言って、殺虫剤の噴霧器を持つと、私の部屋に行きました。

この運河に湧く蚊をなんとかしてほしいと、町内会の人たちは何度も区役所に抗議しましたが、役人は抜本的な解決に動きだそうとはしなかったのです。

両親も私も、とりわけ蚊に刺されることに弱い体質でしたが、兄は平気でした。

「なんで雅人兄ちゃんは、蚊に刺されても痒うないんや」

と私が深い考えもなく言って、あとで母にひどく叱られたことがあったので、私はそれ以来、家の周辺の蚊の多さを話題にするのを避けていたのです。


それから十日ほどたって、母の体調もほぼ元に戻り、家事に疲れる様子も見せなくなったころ、私は、焼肉屋〈城北門〉の横の空地で、天体望遠鏡をのぞく兄と勲の姿をみつけました。

「マサト、天の河ばっかり見るな。ほかにも星があるがな」

市場でセリをするおじさんに似た声で、勲が言い、

「うん、そやけど、もうちょっと見せてェや」

という兄の声で、私が空地を見やると、勲が兄の頭を叩いていたので、私は慌てて身を隠しました。

勲にケンカで勝てる者は界隈《かいわい》ではひとりもいませんでした。

当時、すでに身長も百八十センチ近くあったうえに、腕っぷしも強く、何かというと店の調理場の肉切り包丁を持ち出すので、素行の悪い高校生たちも勲とは距離を置いていたのです。

私が郵便ポストの陰に隠れたのを見ていたらしく、兄は笑いながら私を呼びました。

「紀代志、これが天の河や。勲の望遠鏡で見せてもらい」

「望遠鏡とちゃうやろ。天体望遠鏡や。省略せんといてくれよ」

そう言いながら、勲はバットを振りながら私に近づいて来て、

「なんで、隠れとんのじゃァ」

と怒鳴ったので、私はポストの陰から走り出て、兄の横に行きました。

「マサト、お前の弟は、俺のこと黴菌《ばいきん》やと思てるみたいやで」

「勲がバットを振り廻してるから怖がってんねや」

と兄は笑いました。

私は、兄と勲が、いつのまに仲良くなったのかと思いながら、天体望遠鏡をのぞきましたが、レンズと自分の目との距離が合っていなかったのか、何も見えませんでした。

〈城北門〉は国道一号線沿いにあったので、交通量も多く、市電がしょっちゅう行き来していま

した。

市電が停留所に停まり、勲の兄が降りて来ました。私は、柳原晃一《こういち》という日本名の、勲の兄が、その後の瀬戸雅人に何等かの影響を与えた人間だと思っています。

柳原家には、両親と、長女、長男、そして次男の晃一、三男の勲、それに歳の離れた末娘がいました。

長男は難波《なんば》のキャバレーでトランペットを吹いているという話でしたが、私は見たことがなく、長女はすでに嫁いでいました。末娘は、当時まだ小学校の三年生だったのです。

五人兄妹のなかで、次男の晃一はとびぬけて勉強がよくできたので、高校生になるとすぐに市電で二駅ほど京橋のほうへ行ったところに住む大学生の下宿に勉強を教えてもらいに通っていたのです。

晃一は兄を見て、

「また天の河か？」

と言って微笑みました。勲と同じくらい背が高かったのですが、肩幅や胸幅は薄くて、夏以外はいつも黒い学生服を着ていたので、私たちは「コウモリ傘」と陰で呼んでいました。

柳原晃一は、その後、京都大学の医学部に進み、大学四年生のときに両親の反対を押し切って日本に帰化し、医師になって十年近く病院に勤めたあと、兵庫県の尼崎市内で〈柳原病院〉を開業して今日に至っています。

兄は、中学を卒業して尼崎のタツタ玩具に就職し、いつのころか駅でばったりと晃一と出会い、それを私に電話で報せてきたことがありました。

晃一が医者になったのは知っていましたが、尼崎市内で開業したことを私たちは知らなかったのです。

「どれが星宿海や?」

晃一は、そう訊きながら、弟の天体望遠鏡をのぞきました。彼は、天の河のほかに、星宿海という星があるのだと錯覚していたようでした。

「星宿海なんか見えるかいや」

勲が知ったかぶって、自分の兄に言いました。

「星宿海なんて、マサトが勝手に作りよったんや」

「ぼくの作り話とは違うがな。大昔の中国人の想像や。星宿海は、ほんまに中国にある湖や」

と兄は言いました。

「天の河とどんな関係があんねや?」

晃一に訊かれて、兄は、秋梅先生から教えてもらった二、三の伝説を恥かしそうに話して聞かせたのです。

「へえ、中国人の考えそうなことやなァ」

と晃一は言い、店の二階にある住居から世界地図帳を持って来て、涼みがてら、星宿海を捜しましたが、その地図には載っていませんでした。

兄は、このあたりだと指で示し、中国では二千年近く、黄河の源流がどこなのかわからなくて、さまざまな伝説が生まれたが、なぜか星宿海は、瓢箪《ひょうたん》の形をして、絵地図に描かれるようになったと説明しました。

「瓢箪……。なんでや？」

晃一に訊かれて、兄は、わからないと答えました。

「瓢箪から黄河の水がこぼれ出てるんか？　へえ、おもしろいなァ」

そう晃一が言うと、勲は、インサイドに入って来るボールは、こうやって右の脇をしめて打つのだと何度もバットを振ってから、

「黄河なんか、どうでもええやんけ。兄貴は何でも調べたがるんや。そんなこと調べとったら、大学に落ちるぞ」

と言いました。

「勲も、ちょっとは勉強せえよ。マサトは勉強してるか？」

晃一にそう訊かれて、兄は、自分は勉強はあまり得意ではないのだと答えました。

「こいつとこの兄弟は、うちとは反対や。弟のほうが頭がええんや」

勲の言葉で、兄はまた恥かしそうにして、天体望遠鏡をのぞきました。

「そんなことないやろ？　マサトは頭の良さそうな顔やがな」

晃一がそう言って、店の二階に行ってしまい、勲も、天の河を見ることに飽きてバットの素振りを始めたころ、土橋の坊主が、いつも子分のように従えている二人の同級生と一緒に市電のレールを渡って来て、路地へと走って行きました。

土橋の坊主が、段ボール箱をかかえていたのを目にした勲は、

「あいつら、いっぺん、どつきまわしたほうがええで。また犬の子か猫の子かを殺しよんねや。なんであんな可哀相《かわいそう》なことが平気でできよるんやろ」

とつぶやき、天体望遠鏡を住まいのなかにしまうと、バットを肩に載せ、私と兄に、ついて来るようにと促しました。

「あいつら、運河に沈めたる」

「そんなこと、やめとこ。勲、きついことしたらあかんで」

兄はそう言いながら、土橋の坊主たちを追って小走りで路地に向かった勲のあとをついて行ったのです。

私も、少しあとから運河のほうへと急ぎました。土橋の坊主たちが空気銃を持っていることを私たちは知りませんでしたし、夜の運河の暗闇《くらやみ》を仕事の場所とする娼婦《しょうふ》が商売を始める時刻になっていたことにも気づきませんでした。

運河から流れて来た水が、路地の一角で行き場を失くし、その周辺で悪臭を放つ水溜《みずた》まりとなって、街灯のおぼろな光を受けていました。

勲と兄と私は、油膜の浮く水溜まりを注意深く跨《また》いで、赤ん坊の泣き声が聞こえてくるアパートの裏側から運河の岸辺へと出て、土橋の坊主たちの様子を窺《うかが》いました。

橋の下には、砂利運搬船とそれを引っ張るポンポン船が停まっていて、その近くから土橋の坊主たちの声と、猫の鳴き声が聞こえました。

「マサト、お前、あっちから行け」

勲は、橋とは反対側の、塀代わりにブリキの板を立てているだけの工場の裏手を指差してから、橋のたもとへと足音を忍ばせて走りました。

「猫や。また猫を殺しよんのや」

と私がささやくと、兄はここにいろというふうに手を上下させ、工場の裏へと中腰になって歩いて行きました。

運河で挟み打ちされた土橋の坊主が、唯一の逃げ場である路地に逃げ込んで来れば、私が迎え撃つ格好になることに気づき、私は慌てて兄のあとを追いました。

土橋の坊主もケンカが強かったので、私はそんな場所に隠れていることが怖かったのです。

「なんで来たんや？　あそこにおらなあかんがな」

工場のブリキの塀が破れていて、そこからおとなひとりがやっと身を隠せる程度の穴があいていました。兄はそこに身を屈《かが》めて、土橋の坊主たちの様子を見ながら、私にそう言いました。

「そやけど、あそこにおったら怖いもん」

私は兄と体をくっつけて、橋のたもとを見ました。勲は、いかにもどこかに行くふりをしながら橋を渡り、土橋の坊主に怪しまれないようにして姿を隠しました。

猫の乗った段ボール箱が、薄明かりの運河に勢いよく押し出され、それは私と兄のいるほうへと流れ始めました。

けれども、運河の流れは遅く、段ボール箱はすでに濡《ぬ》れていたのか、すぐに沈んでしまい、猫は溺れて、すさまじい声をあげながら水面でもがきました。

その猫に向かって、土橋の坊主は空気銃を構えたのです。

「あっ、空気銃を持ってる」

兄はそう言うと、勲にそのことを報せようとしてブリキ塀の破れ穴から出て立ちあがりました。

けれども、橋の上を走って来る勲の姿が見えた瞬間、兄は私の肩を押さえて、再び身を屈めたのです。

私が、どうしたのかと訊きかけると、兄は慌てて私の口を掌《てのひら》でふさぎました。

溺れてもがいてる猫の声と同じような声が、五メートルも離れていない岸辺から聞こえてきました。そして、その声の主の長い影が、浮き沈みしている猫のところへと伸びていました。

私は兄の制止も忘れて立ちあがり、工場の横の狭い空地をのぞき込もうと身を乗り出し、水溜まりに足を取られて運河の畔へと滑り落ちました。

勲の走って来る足音と、それに気づいて川沿いを散り散りに逃げ始めた土橋の坊主たちの足音が私の頭上で聞こえました。

しかし、それはすぐに遠ざかって行き、猫も水面から消え、尺取り虫の動きに似た影だけが残りました。

私は泥まみれになって運河の畔から這いあがり、兄を捜しました。兄は工場のブリキ塀に身を隠したまま、影の主を見つめていました。

長いスカートを腰までめくりあげた女が、両手を前に突き出してドラム罐《かん》をつかみ、男がそのうしろで腰を動かしていたのです。

ひそかな川のせせらぎのような音が、男と女の腰のあたりから聞こえました。

私は口のなかが乾いて、兄を呼ぶことができませんでした。兄は微動もせずに、男と女を見ていました。

ふいに近くで足音がして、土橋の坊主たちが橋のたもとから再び工場の裏へと走って来るのと同時に、反対側の岸辺に立ちはだかる勲の姿が見えました。

「マサト、あいつらを捕まえんかい」

そう叫びながら、勲がバットを握って近づいて来たとき、女が頬《ほお》を手で押さえてうずくまりました。

男は陰茎をズボンから出したまま、女に何か叫び、私と兄のいるところに走って来ると、兄を突き飛ばし、土橋の坊主たちに意味不明の言葉を浴びせて橋を渡って行ったのです。

「マサト、早《は》よ逃げんかい。あのガキら、ほんまに空気銃を撃ちよるぞォ」

そう叫ぶと、勲は来た道を走って逃げました。

兄は四つん這いになったまま、私の名を呼び、土橋の坊主たちが路地から市電の走る道に逃げて行ったのを確かめ、女が頬を押さえてうずくまっているところへ歩を運んだのです。

私は咄嗟《とっさ》に駆けだすと、女の傍らで腰を屈めて声を掛けようとしている兄の手をつかみ、土橋の坊主が逃げて行ったのと同じ方向に走りました。

「怪我してはるでェ。空気銃の弾《たま》が当たったたんや」

私に手をつかまれて走りながら、兄は何度もそう言いました。

「ぼくらが撃ったんと違う」

兄が、何か言うたびに、私はそう言い返しました。あそこにいたら大変なことになるという恐怖以外なかったのです。

ただならぬ気配を漂わせて帰宅した私と兄を見て、母は驚き顔で、何があったのかと訊きました。兄の顔は青ざめていましたし、私はドブの臭《にお》いのする泥を手や肘《ひじ》や尻につけていたのです。

「ぼくらが撃ったんと違うねん。土橋の坊主が撃ちよってん」

私の言葉で母は血相を変え、

「撃った？　何を撃ったんや？」

と訊きました。

「空気銃や」

と私は言いました。

「えっ！　誰かに当たったんか？」

それまで黙っていた兄が、

「女の人の顔に当たってん」

と言った途端、母は持っていた蠅叩《はえたた》きで兄と私の頭や肩を何度も打ちすえ、

「なんてことをしたんや。その人、どないなりはったんや？」

と訊きました。

土橋の坊主の撃った空気銃の弾が、川べりにいる女の顔に当たったのだと知ると、母は再び、兄と私を蠅叩きで叩きながら、どうしてその人を放ったまま逃げて来たのかと叱り、うろたえながら、私たちを伴って運河の畔へと急ぎました。

「お母ちゃん、やめとこ。あの人ら、怖いで」

兄がそう言うと、母は飛びあがるようにして、平手で兄の頭を叩き、

「目ェにでも当たってたら、大変なことになるがな」

と言いました。

「目ェと違う。ほっぺたを押さえてはった」

そう言った私の頭を三回殴って、

「自分らが悪いことないのに、なんで逃げたんや」

と叱ったのです。

雅人兄ちゃんよりも、ぼくのほうをたくさん叩いた……。私はそう思って腹を立て、すねたように立ち止まり、

「ぼくは行けへん。ぼくが悪いんと違う」

と言いました。

「怪我をしてる人をほったらかしにしてきたのが悪いことないってか?」

滅多にない剣幕で母にそう言い返され、私は、雅人兄ちゃんはいま一発しか殴られなかったのに、自分は三回だったと抗議したのです。

「いまはそんなこと言うてる場合やないやろ」

母にまた叱られて、私は口を尖らせ、母の背を睨《にら》みつけながら、ついて行きました。

女はドラム罐の横の、割れた土管に腰を降ろして、ハンカチを頰に当てていました。

母が、どこを怪我したのかと訊くと、

「そんなにたいしたことあれへんみたいや。もう血は止まったから」

と女は言って、小さなハンドバッグから煙草を出して火をつけました。

「子供らがアホなことをしてからに」

「この子らが撃ったと違うねん。うち、見えててん。空気銃やろ？　あの橋のほうから走って来て、空気銃を撃ちよったんや。見えててんけど、まさかうちに当たるとは思えへんかった……。傷、どないなってる？」

女は母にマッチの入った箱を渡し、頰を見せました。マッチの火で見ると、三ミリほどの血の点が頰にあり、浅く肉が削られていました。

母は、女が何によって生業《なりわい》を得ているのかを当然知っていましたので、どうしたらいいのか思案したようですが、私と兄に、薬とガーゼを持って来るよう命じました。

「台所の棚のいちばん上に薬箱があるから、それを持っといで」

けれども、女はそんな必要はないと断わり、

「弾が当たったとき、えらい痛《いと》うて、目のほうにまで痛みが走ったから、大怪我をしたもんやと思うて、うろたえたんや。そやけど、たいしたことないみたいやから」

と言って、きついパーマをあてた長い髪を手で梳《す》きあげました。

それなのに、兄は家に向かって走りだし、すぐに薬箱を持って帰って来ました。

「うち、顔で稼いでるわけやないねん」

そう言って笑みを浮かべ、女は母に消毒液を塗ってもらうと、自分で傷口にガーゼを当てて絆創膏を貼りました。

それまで気づかなかったのですが、ドラム罐の横には、火のついた蚊取り線香が置いてありました。

ここに長くいるのは、あまりいいことではないといった意味の言葉を母につぶやき、空気銃を撃った子供は何という名かと、女は兄に訊きました。

「マサトって子ォか?」

兄はかぶりを振り、雅人は自分のことで、空気銃を持っていたのが誰なのかは知らないと答えたのです。

「ほんまに知らんのん?　あんたのケンカ相手やろ?」

ケンカ相手ではないが、あの子たちは野良猫を捕まえて、それを運河で溺れさせて遊ぶのが好きなので、やめさせようとして争いになったのだと兄は説明しました。

工場の西側の路地から人がやって来る気配がしたので、女は母に礼を言い、人に見られないうちにここからいなくなったほうがいいと促して、立ちあがりました。

母は、その夜の出来事を父には黙っていてくれました。

風呂からあがり、パンツ一枚の格好で私が兄の部屋に行くと、兄は畳の上に両膝を立てて坐《すわ》り、中国の地図を見つめていました。

「土橋の坊主、ほんまに撃ちよった。勲ちゃんを撃ちよったんかなァ」

私がそう言うと、

「さあ……」

と首をかしげ、三メートルほどの近さから撃てば、空気銃でも人を殺せるらしいと言いました。

私は物干し場に出て、そこから上半身を突き出し、家の裏側の暗闇に目を凝らしました。あの女がいた場所は、私の家のちょうど裏側にあたるのですが、家と運河とのあいだには、アパートや倉庫や鉄屑《てつくず》屋や小さな工場がひしめいています。

「勲ちゃんは、土橋の坊主を、このままにはしとけへんわ」

私がそう言うと、兄はなにやら物思いにふけってから、

「瓢簞て、なんぼぐらいすんねんやろ……」

とつぶやきました。

「たけちゃんの家にあるでェ」

「あんな大きいやつと違《ちご》うて、このくらいの瓢簞や」

兄は掌を突き出し、

「ここに載るくらいの瓢簞があったら、ぼくの星宿海が作れるんや。瓢簞なんか、どこに売ってるんやろ」

と言いました。

私は、父と梅田に行ったとき、阪神百貨店と阪神電車の駅につながる地下道に、小さな瓢箪を吊り下げて売っている店があったと言いました。

「大きいのから小さいのまで、ぎょうさん売ってたで。地下道にいろんな県の特産品が並んでんねん。秋田県の店、三重県の店、島根県の店……。どこの県の店やったか覚えてへんけど、瓢箪を売ってる店があったで」

「この地図、高かったから、瓢箪まで買うてほしいなんて言われへんわ」

兄は、私の顔をちらっと見てから、丸い目を動かして、

「紀代志、お前がお母ちゃんに瓢箪を買うてほしいって言うてくれへんか」

と切り出したのです。

「そんなん、いやや」

私は口を尖らせて拒否しました。

「なァ、紀代志、頼むわ」

「そんなん、嘘やて、すぐばれるわ」

「紙粘土で作ってみたんやけど、うまいことといかへんねん」

兄も物干し場に来て、手すりに跨がって、あきらめきれないかのように私を見つめましたが、ふいに手すりから離れ、路地に目をやりました。

さっきの女が、運河のほうから通りへと歩いて来たのです。

私と兄も、二人で話をする際、冬と雨の日以外はたいてい二階の物干し場に出たのですが、女が私たちの家の横を通るのを目にしたことはありませんでした。

女は袖《そで》なしのワンピースを着て、小さなハンドバッグを持ち、うなだれて歩いて来ると、通りの手前で立ち停まり、あたりを窺っていました。人がいないかどうかを確かめていたのでしょう。二階の物干し場からは、女の髪を飾っている赤いリボンが見えました。女は通りに出て、何気なく振り返り、私と兄とに気づいたのです。

「へえ、あんたらの家、ここかァ?」

と言って、女は背を向けたまま、ハンドバッグを持った手を振りました。ハンドバッグの中身がぶつかり合う音がしただけで、他に物音は聞こえませんでした。

その夜を契機として、兄は夜になると不審な行動をとるようになったのです。

二階の物干し場は風通しが良くて、真夏は格好の涼み場所で、風呂からあがると、父や母までも、団扇《うちわ》を持ってあがって来て、西瓜《すいか》を食べたり、よもやま話をしたり、ときには水を入れたバケツを持って来て、線香花火で遊んだりしたものです。

父が勤める倉庫会社は、始業時間が朝の七時と早かったので、父はどんなに遅くとも夜の十時には床につきました。

仕事が終わるのは午後の四時でしたが、父はそれから勤め先には内緒で、大阪港から二トントラックで砂糖を此花《このはな》区の千鳥橋にある精糖会社の倉庫まで運ぶアルバイトをしていました。

大阪港から千鳥橋までトラックで二往復して帰宅すると、たいてい夜の八時ごろになります。風呂に入り、晩飯を食べると、父はもううつらうつらとしてしまって、敷いてある蒲団に腹這《はらば》いになり、好きな将棋の本を開いたまま寝てしまうのが常でした。

階下の明かりを消して、母が床につくのが十一時。

安普請《やすぶしん》の木造の借家は機密性が悪く、二階での足音も話し声も、ほんの少し乱暴に戸を開閉する音さえも階下に響くので、私と兄は、両親が寝入ってしまうまで、一挙手一投足に気を配らねばなりませんでした。

しかし、疲れて眠り込んでしまうと、父も母も、よほど大きな物音でもしないかぎり、目を醒ましたりもしないので、私たちは、母の言葉を使えば「ごきぶりみたいに」台所に降りて行って食べ物を捜したり、それぞれの部屋でラジオを聴いたり、物干し場で愚にもつかない話に興じたりするのです。

ところが、あの夜以来、兄は木の丸椅子を玄関の前に置き、そこで自分だけの時間をすごすようになりました。

以前と違って、何かにつけてひとりになりたがるようになっていたので、私は変だなと思いながらも、兄が突然、自分の部屋でも物干し場でもなく、玄関を出たところの、通りに面した、植木鉢の並ぶ一角に、夜の居場所を変えたことを、さして気には留めませんでした。

お盆が終わったころ、私は外で涼んでいる兄が、ときおり、どこかに姿を消すことに気づいたのです。

勲のところで天体望遠鏡をのぞいているのであろうと思っていた私は、道で逢った勲に、

「マサトのやつ、このごろ、俺のとこに来よれへん。あのときのこと、怒っとんのかなァ」

と話しかけられて、いったい兄は夜更けにどこに行っているのかと考えました。

するとごく自然に、運河の畔のブリキ塀の隙間《すきま》と、あの女の姿が浮かんだのです。

しかし私は、兄の、何事にも慎重すぎる性分を知っていましたので、何やら恐ろしいものがたくさん待ち構えていそうなあの場所に、兄がひとりで行くはずはないとも思いました。

それに兄は、それまで夜の運河の畔に行くことを極端に避けていたのです。

八月二十日に、たみやんが四十六歳で亡くなりました。

城東区に引っ越して来た日以来、私と兄とは、たみやんこと民村清一《たみむらせいいち》とは逢うことがありませんでした。

たみやんが父との約束を守りつづけたとしたら、たみやんの家族は、盲目の女の遺児が瀬戸家の養子として引き取られたことは知らないのですから、当時の役所の限られた人間以外には、瀬戸雅人の過去を知る者は、いなくなったのです。

その夜、お通夜から帰って来た父は、ビールを飲むとすぐに寝てしまいましたが、十二時前に目を醒まし、二階にあがって来ると、兄を呼びました。兄は、自分の部屋にも物干し場にもいませんでした。

私は、たぶん、丸椅子を表に出して、そこでひとりで何かしているのだろうと言いました。しかし、玄関を出たところには丸椅子だけがあって、兄の姿はなかったのです。

父は高等教育を受けていなかったので、なにかにつけて、これからの社会には学歴が必要だと私たちに言ったものです。

倉庫会社での経理の仕事以外に、夜、運転手のアルバイトをやり始めたのは、私と兄を大学に行かせるための費用を、いまから準備しておこうという算段だったようです。

だから、中国にあるという星宿海なる場所に心を奪われて、飽かず地図を見ているかと思えば、どこかで拾って来たゼンマイ式のおもちゃを修理して生き返らせ、部屋中にそれらを並べて遊んでいる兄に、高校進学のための勉強を強く促そうと思い立って、二階にあがって来たのでした。

「悪い友だちでもでけたんとちゃうやろなァ。こんな遅うに、どこに行ってしもたんや」

父は眉根《まゆね》を寄せて、怒ったように言いました。

「たちの悪い連中とつきおうたらあかんのや。朱に交われば赤くなるっちゅうて、どんな人間とつきあうかで、進む道が変わってしまう」

「ぼく、捜して来るわ。勲ちゃんとこやと思うで」

「勲ちゃんて、焼肉屋のか？」

「うん、天体望遠鏡持っとんねん。マサト兄ちゃん、それで毎晩、天の河を見とんねん」

私はそう言いましたが、じつのところ、兄は別の場所にいそうな気がしていました。

「父親が自分の子供に勉強せえ、勉強せえなんて言うのは、あんまりええことやないんや。そんなことを言うのは、母親の仕事や。そやけど、お前も雅人も、高校へ行くための勉強どころか、夏休みの宿題もほったらかしやないか。きょうは八月の二十日やぞ。夏休みは、あと十日しかないんや。紀代志、お前、宿題はどないなってるんや？　この一カ月、ちょっとでも机の前に坐って勉強したんか？」

矛先《ほこさき》が私に向けられたので、私は、

「マサト兄ちゃんを捜して来るわ」

と言って走りだしました。

私はとりあえず〈城北門〉の隣の空地へ行ってみましたが、行くまでもなく、おそらくそこにはいないことがわかっていたのです。

すぐに引き返し、私は家の前と暗い路地を避けて遠廻りし、あの女が商売をしているところから三百メートルほど東側の、明るい街灯に照らされている橋のたもとまで行き、油膜が流れとは逆の方向に動いている川面《かわも》の向こうに目を凝らしました。

捨てられた座蒲団《ざぶとん》が、綿の半分をはみ出させて浮かんでいて、その周りで空の哺乳壜《ほにゅうびん》が回転していたのを、不思議なほどに鮮明に覚えています。

大雨のときに削られた深い凹《くぼ》みがあり、そこから川の水は工場の横の排水溝へと流れ込むために、橋のたもとには小さな渦が巻いています。

流れて来た汚物は、そこに集結して渦と一緒に回転をつづけるのです。回転しながら分散し腐敗していくのですが、セルロイドのおもちゃや、川の水が入り込まない壜の類《たぐい》は、あるときは一カ月も二カ月も、同じ場所で渦の一部と化して移動しません。

ゴムの吸い口がついたままの哺乳壜は、水が流入しないだけでなく、ゴムが浮き代わりになるので、川の一角の渦のなかから動こうとしない代表的な物のひとつでした。

大正区に住んでいたときも、私は川の渦のなかに何度も哺乳壜を見たものです。それは、私にとって哀しい物の象徴でした。なぜ哀しいと感じるのか、私にはわかりませんでしたが、川の汚物のなかに哺乳壜をみつけると、私は哀しくなったのです。当時、赤ん坊を川に捨てる貧しい人たちが多かったからかもしれません。

私は橋を渡って向こう岸へ行きました。そして対岸を見つめながら、西へと歩きました。土橋の坊主が、いつも猫を沈める場所は、暗くて見えませんでしたが、あのちょっとした騒動の夜、私が身を潜めていた工場のブリキ板の塀は見えました。

丈の高い雑草が茂っていて、工場の煙筒が川面に映っていました。煙筒がなければ、その風景は、兄と盲目の母親が暮らしていた倉庫街の一角に酷似していることに気づいて、私は歩を停め、鉄屑置き場のなかの、錆びた有刺鉄線の塊りに身を隠し、女がいるであろう窪地《くぼち》を見つめたのです。

女の姿は見えませんでしたが、兄とおぼしき輪郭が、工場の塀の隙間ではなく、細い土の道から一段低くなっている川岸に見えました。

兄は、雑草と、捨てられたタイヤや錆びたラジエータに混じって、微動もせず、母親のなかにいる胎児のような格好で、女がいるであろう場所を盗み見ていました。

胎児というのは適切な表現ではありません。胎児をさかさまにしたようなと言うほうが正しいのでしょう。

兄はあそこにいつまで潜んでいるつもりだろう。心配した父が捜しに来て、兄をみつけたらどうなるのだろう……。

私は気が気ではありませんでした。父は心配性で、せっかちだったので、私や兄が雑踏で迷い子になったりすると、ひとところで動かずに待ちつづけることができず、そのためにかえって行き違いになるという事態が一度ならずあったのです。

〈城北門〉の近くに兄を捜しに行った私が帰って来なければ、父はさらに心配して、家の周辺を捜し廻り、界隈の子供たちが悪さをする場所として知られている城北運河の畔に足を延ばすはずでした。

私は対岸から兄を呼ぼうかと思いました。父にみつかるのを案じただけではなく、私のいるところに押し寄せて来た蚊の大群に音《ね》をあげたからでした。

けれども、私は来たときよりもさらに足音を忍ばせ、鉄屑置き場から出て、欄干《らんかん》に隠れるように身を屈めながら橋を渡り、国道に出ると、いかにも〈城北門〉のほうから帰って来たかのようにして、兄は勲と天体望遠鏡をのぞいていたと父に言ったのです。

「もうすぐ帰るて言うてたで」

台所の豆電球の下でビールを飲んでいた父は、私の言葉で安心したのか、

「お父ちゃんが怒ってたて言うといたか？」

と訊きました。

「心配して怒ってるんやで。ちゃんと、そない言うといたか？」

私は、ちゃんとそう伝えたと言い、蚊に刺された肘や膝を掻《か》きむしり、手を洗って二階にあがりました。

そのとき、兄が帰って来たのです。額に汗が噴き出ていて、息が荒く、ニキビが散っている頰や口元が脂で光っていました。

まさか父が起きているとは思っていなかったのでしょう。兄は父を見ると、うろたえた表情で、

「お母ちゃんは?」

と訊き、顔を隠すようにして、手を洗いました。

「たみやんとこに泊まるんや。たみやんの奥さん、気が狂たみたいになってしもてなァ。歳取ったお姑《しゅうとめ》さんには手が負えんのや。たみやん、まだ四十六で、子供は五人もおって、みんなまだ小さいからなァ。いちばん上の子が中学一年生で、いちばん下の子は四つや……。正式な社員と違うて、請け負いの運転手やったから、何の補償もあらへん。五月に買うたトラックの月賦がぎょうさん残っただけや」

たみやんは、朝、元気に出かけて行き、トラックに荷を積んで一服しているとき、

「あれ? 俺、ちょっとおかしいでェ」

と言ったきり意識を失ったのです。

すぐに救急車で病院に運ばれたのですが、病院に着いたときはすでに息を引き取っていました。

クモ膜下出血ということでした。

「十六歳のときに、いちじくを食いすぎて、下痢《げり》で三日間寝ただけで、それ以後は風邪をひいた

こともない。虫歯も一本もない。どんなに大酒を飲んでも、二日酔いもしたことない。十両まで行った元相撲取りと腕相撲して勝ちよった……。そんなたみやんが……。呆気《あっけ》ないもんやなァ」

それから父は、兄に、夜の九時を過ぎたら、友だちの家に遊びに行ってはいけないと言いましたが、勉強のことは口にしませんでした。

兄は風呂場で顔と足を洗い、二階の自分の部屋にあがると、蒲団を敷いて、すぐに明かりを消しました。

私の部屋とは襖一枚で仕切られただけで、物干し場に行くには、兄の部屋を通らないわけにはいきませんでした。私はまだひとりでビールを飲んでいる父の様子を窺い、たぶん物干し場で涼みながら飲みつづけることはあるまいと見当をつけて、二階にあがると、物干し場に行きました。

「お父ちゃんが、お兄ちゃんを捜しに行けて言うから、ぼく、捜しに行ってんで」

私は背を向けて、蒲団に横たわっている兄にそう言いました。

「捜しにて、どこにや?」

「勲ちゃんとこ……」

私は、城北運河の岸辺に身を潜めていた兄を、対岸から見ていたことは口にはしませんでした。私の心身にも、おとなになるための兆しが芽ぶき始めていたということもあるのでしょうが、兄が隠したがっていることを、あえてあばきたててはいけないと感じたのです。

私が思慮深い少年だったというわけではありません。盲目の物乞いの母親と暮らしていたころの兄の姿を断片的にせよ記憶していた私は、その少年が私の兄として新しい生活を始めたとき以来、なにかしら大きな枷《かせ》をはめられたような、窮屈な、不自由な心理状態のなかに落ち込んだのだと、いまとなっては思わざるを得ないのです。

私の家には、決して口外してはならないことがある。それは、家族みんなが知っているのに、たとえ冗談にせよ、遠い昔話としてにせよ、口にしてはならないのだ……。

自明の真実なのに、それを完璧《かんぺき》に忘却したかのように、あるいは、そのようなことはなかったものとして、互いに黙し合って生活しなければならない……。

そんな禁忌を隠し持つことが、私たちをついにのびやかにさせなかったのは当然だったのですが、表面上は私たちの家族になりきって、柔順な息子として、おとなしくて思いやりのある兄として生活していた瀬戸雅人という少年の内部は、私たち以上に大きな枷によって自由を奪われていたはずです。

兄は、自分の育った境遇も、自分の実の母のことも、片時も忘れたりはしなかったでしょうし、私たちに対する遠慮のようなものを、決してぬぐい捨てることはできなかったはずです。

そして、そのことを、父も母も私もわかっている……。兄も、充分に承知している……。

いまになって、私は、あのような特異な幼児期をおくり、ある日突然、血のつながりのない一家のなかに放り込まれて、家族の一員として暮らさなければならなかった兄の、持って生まれた思慮深さや、温厚な性格や、心根の清らかさを、天の恵みのように感じてしまうのです。

しかし、その天の恵みは、兄の奥深い部分の何かを少しずつ歪めつづける因子でもあったのではないのか……。私にはそう思われてなりません。

物乞いの女がこの世に遺《のこ》した孤児として、施設で育ちつづけたほうが、はるかに、兄はのびやかであったのではないのか。そのほうが、大きな枷から自由でありつづけて、自分の過去を捨てるにせよ受け容れるにせよ、兄の心次第であったはずだ。

私たちの家族となることが、兄を不自由にし、あらゆることに我慢を強いらせ、寡黙でありつづけさせたのだと私は考えてしまうのです。

けれども、兄が八歳のときから私たちの家族として生きたことが、はたして兄にとって幸運なことだったのかどうかを論議しても仕方がありません。それはまったく詮《せん》ないことだといえるでしょう。

それにしても、「星宿海」とは、兄にとっていったい何だったのでしょうか……。

「瓢簞、買えるねん」

物干し場で、わずかな涼風に当たっていた私に、兄はそう言いました。

「へえ、お母ちゃんが買うてくれるのん？」

私が訊くと、兄は寝返りを打って、私に顔を見せ、お金を拾ったのだと言いました。

「どこで？」

「市電の停留所で」

「なんぼ拾たん？」

「五百円。お年玉に貰《もろ》たお金を足したら、紙粘土とか絵具《えのぐ》とかも買えるかもしれへん」

「五百円も拾たん？　いつ？」

「さっき」

私は、兄が嘘をついていることがわかりました。兄は市電の停留所のある国道になんか行っていない。どこにも廻り道をせず、あの運河の畔へ行ったに違いない、という確信があったのです。

「森田屋でハンバーグ・ランチが七人前も食べられるで」

と私は言いました。京橋のほうへバスで一駅行ったところに開店した洋食屋のハンバーグ・ランチには、目玉焼きが一個と、ケチャップで炒《いた》めたスパゲッティまでが付いていたのです。

兄は笑い、あした梅田に行って瓢箪を買ったあと、秋梅先生の家に行くのだと言いました。

「お父ちゃんが、勉強せえて言うとったで。マサトは高校に行くための勉強を、ぜんぜんしよれへんて、怒っとったわ」

「ぼく、高校には行けへんねん。中学を卒業したら、働くねん」

「えっ！　そんなこと、いつ決めたん？」

決めたというわけではないのだが、そうしたいと思っているのだと兄は小声で言い、まだ父や母には黙っていてくれと頼みました。

「お父ちゃん、絶対にあかんて言うわ」

「うん、怒られるやろなァ」

それから兄は、ふいに話題を変え、たみやんという人は、どんな人だったのかと訊きました。

私は、たみやんについて知っていることを兄に話し、

「引っ越しのときも手伝《てつど》うてくれはってん。たみやんのトラックで」

と言いました。

「ぼくのことを知ってはったんやろ?」

「ぼくのことって?」

私は兄の質問の意味がわからないといったふうにとぼけて訊き返したのです。兄は、それきり、たみやんのことには触れないまま、また寝返りを打って、目を閉じました。


あれは、夏休み最後の夜でした。暑くて寝苦しく、私は夜中の三時ごろに目を醒ましました。ひそやかな話し声が、物干し場のほうから聞こえたのです。それは、女の声でした。私は、物干し場に母がいるのかと思い、枕元の目覚まし時計を見ました。いくらなんでも、母が起きている時間ではありませんでした。

すぐに物干し場の床に何かが転がる音がして、そのあと、

「エビエや。エビエのスミタ・メリヤス」

という声が聞こえて、国道のほうへと歩いて行く足音がつづきました。

私は、四つん這いになって、襖を細くあけ、兄の部屋と物干し場を盗み見ました。

兄が、物干し場から部屋に戻り、机の引出しに何かをしまいました。

あの娼婦の声だったような気がしましたが、私は朦朧《もうろう》としていたので、そのまま蒲団に戻って眠ってしまったのです。

真紅《しんく》の地に紫色の花の絵柄が染められたアロハ・シャツを着た男が訪ねて来たのは、それから

五日ばかりあとでした。

男は、煙草の吸い口を親指の爪《つめ》にしきりに叩きつづけながら、人には言えない稼業ながらも、けなげにひとりで生きている女に空気銃を撃ったガキがいるそうだが、もしそのガキがお宅の息子ならば、ちょいと訊きたいことがあると父に言いました。

あの夜のことをまったく知らない父は、男の風態に嫌悪の表情を向けたまま、いったいどういうことかと母を見ました。

「空気銃を撃ったのは、うちの子ォと違います」

仕方なく、母はそう言ってから、土橋という家の子の仕業だと男に教えました。

男は座敷の上がり口に腰を降ろし、その土橋というガキのところには、さっき行って来たのだが、自分が捜しているのは、どうやら、お宅の息子らしいのだと言いました。

「まあ、空気銃の件は、別のこととして始末をつけるとしてやなァ、俺が教えてもらいたいのは、女が、なんでお宅の息子に瓢簞を買うてやったのかっちゅうことやがな」

「瓢簞……。何のことですやろ」

母は、台所にいた兄に視線を向けながら、そう訊きました。

話の持っていき方は、そのての絡みに慣れている者特有の、曲がりくねった論法でした。

一気に核心に迫っていかず、さまざまな材料を混ぜ合わせて、話をややこしくさせながら、少しでも金になる糸口を捜すというやりくちなのです。

「それは俺が訊きたいんですがな、奥さん。俺は、何の罪《とが》もない、かよわい女のほっぺたに、空気銃を撃つてな非道なことをするガキには、その百倍の報いをこれから受けさせまっせ。そやけど、女がここで生きる糧を得られへんようにしてしもたやつにも、ちょっと反省してもらわなあきまへんわなァ」

「うちの息子が、何をしたっちゅうです？」

父が訊くと、男は、ここは蚊が多いと言って笑い、靴を脱ごうとしました。

「話はそこでして下さい。家にあがってもらうわけにはいきまへん」

父は、もし許可なく座敷にあがるなら警察を呼ぶと言いました。

「すぐ帰りまんがな、お父ちゃん」

男は片足だけ畳に載せ、

「女に瓢簞を買わせたんは、どっちや？」

と私と兄を見つめました。

「どんな女が、うちの息子に瓢簞を買うてくれたのかは知らんけど、それがどないしたっちゅうんです？　女が瓢簞を買うたらあかんのかいな」

父はそう言ってから、私たちに二階にあがるように目配せしました。

「問題は、瓢簞を買うまでのいきさつでんがな、話せば長いような短いような……。奥さん、マッチおまへんか」

階段をのぼりかけた兄は、意を決したように、

「瓢簞を買うてもろたんは、ぼくです」

と言いました。

「そうやろ？　やっぱり買うてもろたんやろ？　あんたやな、土橋っちゅうガキに空気銃を撃たせたんは」

「ぼく、そんなこと、させてへん」

「じゃかっしゃい！」

男は、もう片方の靴を脱ぎ、いかにも座敷にあがりそうな格好をして、

「お前が撃てと指示したんやて、あの真喜子《まきこ》ちゃんが泣いて言うたんや。生まれたときから不幸つづきの娘で、俺も気の毒に思て、女の顔に傷をつけたやつをこらしめなあかんと言うたんやけど、ショックを受けてしもて。わかるか？　ショックて英語やで。ショック。衝撃や。日本語で衝撃やがな。奥さん、マッチ、貸しとくんなはれ」

そう言うなり、男はあがり込んで、台所でマッチを捜し始めたのです。

「不法侵入とちゃいまっせ。マッチをなァ、捜してんねん。マッチ、どこでんねん」

「ここに来はった用事は何ですねん、うちの息子が瓢簞を買うてもろた理由を訊きたいのと違いますのか？　うちの息子が、誰かに空気銃を撃たせたのが、ほんまかどうかと訊きたいんでっか？」

父は言って、自分のズボンのポケットからマッチを出し、男に渡すと、兄を見やって、

「雅人、この人の言うてはることは、ほんまか？」

と訊きました。

兄は強くかぶりを振り、あのとき、勲ちゃんも一緒にいたので、勲ちゃんに訊いてもらってもいい、自分は土橋の坊主に撃てなどとは言っていないと、顔を蒼白《そうはく》にさせて訴えました。

「警察に来てもらお。人の顔に空気銃を撃つなんてことは犯罪や。犯罪は警察におまかせしようやないか」

そんな父の言葉を遮り、

「あんた、瓢簞を買うてもらうくらい、真喜子ちゃんと仲良しやったんやなァ。真喜子ちゃん、どこ行ったんや？」

と男は訊きました。

「ぼく、知らん」

「知らんのか……。ほな、あんたが空気銃を撃たせたちゅうことになるんやで。女の顔は、百円や二百円では弁償でけへんのや」

さらにたたみ込むように、男は薄笑いを浮かべながら、こう言ったのです。

「俺の友だちのスクーターを川に沈めたのも、あんたか？」

兄は血の気を失ったまま、何度も唾《つば》を飲み込み、それも自分ではないと言いました。

私は、震える脚で家から飛び出し、交番所へと走りました。

ならず者のような男が勝手に家にあがり込んで、父に暴力をふるおうとしている……。

私は、悲壮な表情と口調で、交番所にいた中年の警官にそう訴えました。

警官は電話でどこかに連絡してから、私と一緒に走って、家に来てくれましたが、男は座敷から降り、警官が来たからといって、べつに意に介さないといった顔つきで煙草を吸っていました。

警官は、男をひと目見て、どのような手合《てあい》かを見抜き、事情を訊きました。

「人捜しをしてるだけでんがな。ここの子ォが、知ってるんやないかと思て、教えてもらいに来たんや。そらまあ、マッチを借りるために、ちょっとあがらしてもろたけど、それが犯罪でっか?」

男の言葉が本当かどうかを確かめ、

「たとえマッチを借りるだけでも、いやがってる人の家に勝手にあがるのは、あかんで」

と警官が言うと、男は殊勝に何度も頭を下げ、愛想笑いを浮かべながら、家から出て行きました。

「人捜しって、誰を捜しに来たんや?」

警官は、去って行く男を引き止めようとはせず、私たちにそう訊きました。

「さあ、マキコっちゅう女の人らしいんです。運河の、工場の横の空地で客を取ってた女らしいんやけど、うちの子ォが、そんな女のことを知っているはずはおまへん。何かの勘違いですやろ」

と父が言うと、警官は面倒臭そうに何度も頷き、帰って行きました。警官にとっては、たいした騒動でもないし、男を交番所に連行して事情聴取をするほどでもないと判断したのでしょう。

「しつこうに来よったら、どないしたらええんです?」

父は表に出て、警官に訊きました。何かあったら連絡してくれ。警官は振り向きもせず、大通りへと歩きながら、そう言いました。

「何かあったときは、もう遅いがな」

父は玄関の鍵《かぎ》をかけてから、そう言い、お前は本当に何も知らないのだな、何のかかわりもないのだなと兄に念を押しました。

兄は、知らないと言い張り、自分は土橋の坊主に空気銃を撃たせたりもしていないと、私に助けを求めるような視線を向けました。

「雅人が、そんなことをする子ォやないのは、お父ちゃんもお母ちゃんも、よう知ってる」

母は、男が吸った煙草の吸い殻が入っている灰皿に水をかけながら、そう言い、兄と私に二階にあがるよう目配せしました。

父が風呂に入っているとき、母は二階にあがって来て、いくら嘘をついても、私を騙《だま》せるものではないと兄に詰め寄ったのです。

「なんで、あの人が、雅人に瓢箪を買うてくれたりするんや？　雅人は、さっき、はっきりと、『瓢箪を買うてもろたんは、ぼくです』って言うたやないか。その瓢箪はどこにあるんや？　お母ちゃんに見せてみ」

あの夜の一件については、母はあくまで父の耳には入れないつもりだったようです。父も、さて何があったのかは知らないが、近所の子供同士のちょっとしたいざこざに、兄も巻き込まれたのであって、そんなことはこの界隈に住んでいれば、しばしば起こり得る些細《ささい》な出来事にすぎないので、目くじらをたてて叱るまでもないと思い、その夜は不問に付したのでしょう。

兄は壁に凭《もた》れ、立てた膝を両手でかかえて坐っていましたが、何度か無言で母を上目遣いに見やったあと、観念したように立ちあがり、押入れの襖をあけました。

押入れのなかの蒲団や枕は、天気のいい日は必ず母が干すので、押入れのなかに何があるのか母はすべて知っています。

母は怪訝《けげん》な面持ちで押入れのなかをのぞき込み、兄は二段になっている押入れの、蒲団を積み重ねてある上段にのぼり、天井板を外すと、縦五十センチ、横七十センチほどの板を両手でかかえて、座敷に降りました。

その板の上に構築されていたものは、なんと奇妙で、おぞましくて、蠱惑的だったことでしょう。

ボール紙を微細に切って、それを何段も重ね、左下には崑崙《こんろん》山脈の裾《すそ》野とチベットが、左上には砂漠と幾筋もの川が、右下には平野と丘陵が、右上には蛇行する黄河と都市と町、それに農地が、盛りあがったり陥没したりしながら、見事な色彩をほどこされた一匹の蝶《ちょう》の羽と化していました。

そして、それだけ何の色も塗られていない瓢簞が、緑や青の、星の形をした無数の色紙の上に立っていたのです。

しかも、瓢簞の細い口の上には、紙粘土で作られた、身長一センチほどの母と子が、手をつないで、笑顔で星の形の色紙を見ていました。

兄は、瓢簞の位置を少しずらすふりをしながら、一組の母と子をそっとポケットのなかに隠し、

「ニスを塗ったら完成やねん」

と言いました。

「この星の形の色紙は何やねん?」

母は、驚愕《きょうがく》とも感嘆とも困惑ともつかない顔で、その精緻《せいち》な模型を見つめてから、そう訊きました。

「湖や」

「瓢箪は、星宿海か?」

「うん。星宿海の中心や」

「お母ちゃん、大きな蝶々かと思たわ……」

そう言って、母は私に、

「なっ、紀代志。蝶々の羽に見えるなァ」

と同意を求めるように訊きました。

兄がポケットに隠したものが、いったい何を意味しているものなのかは、母には即座にわかったはずでした。けれど、母はそのことには触れず、

「雅人は、ほんまに器用やなァ。いつのまに、こんなもんを作ったんや……。勉強もせんと、星宿海、星宿海。なんで星宿海が瓢箪でないとあかんねやろ……」

とつぶやきました。

古くから中国では、黄河の源が巨大な瓢箪から湧いているという伝説があったことは、母も私

も、兄に何度も聞かされていたのですが、たとえそれが想像の模型にせよ、兄が作りあげた世界は、混沌《こんとん》とした何かの内部のようでもあったのです。

その「何か」が、いったい何なのか、私だけでなく、きっと母にもわからなかったことでしょう。

母はあらためて、なぜあの女が瓢箪を買ってくれたのかと訊き、あの夜のお礼に何か欲しいものを買ってやると女に言われて、小さな瓢箪が欲しいと言ったら、買って来てくれたのだという兄の言葉に、

「ふーん、わざわざ買うて来てくれはったんかいな」

とだけ言って、階下に降りて行きました。

腑《ふ》に落ちないこと、もっと問い詰めなければならないことはあったのに、母もまた不問に付したのは、針金の上に紙粘土を丁寧に付着させ、眉も目も口も楽しげに笑っている母と子の、手をつないだ姿に仕上げられた小さな小さな人形のせいだったと、私はいまあらためて思い知るのです。

マキコという娼婦の行方を捜していた男は、二度と私たちの家には訪れませんでしたが、兄にはしつこくつきまとっていました。

あるときは校門の近くで、あるときは国道のどこかで、あるときは〈城北門〉の横の空地でといった具合にでした。

そして、そのことを、私も両親も気づきませんでした。兄は男に怯えつづけながらも、自分の胸に秘めて、口外しなかったからです。

ですが、到底堅気《かたぎ》の人間とは思えない派手な服を着た男が、瀬戸雅人という少年につきまとっていることは、誰の口からともなく両親の耳に入ってきて、これは尋常ならざることだと、意を決して父が男のもとに出向いたのは九月の終わりごろだったと記憶しています。

出向いたといっても、父は男の居場所を知らなかったので、その日は仕事を休み、兄が下校する時間を見はからって学校から家までの道を行ったり来たりしていたのです。

娼婦の行方も、スクーターを運河に突き落としたことも、兄は、知らぬ存ぜぬで押し通しましたが、父も母もある種の勘がはたらいたのか、何も心配することはないし、もし何らかの形でかかわってしまったとしても、自分たちがちゃんと解決してやると説得し、兄の重い口をやっと開かせました。

兄は、あの女がやっと人さまに隠さなくてもいい仕事をみつけ、城北運河の畔から去って、大阪市内のどこかのメリヤス工場で働いていることを打ち明けました。

女は、そのことを兄に話した際、きっと自分を捜して、蛭《ひる》のような男が、この界隈にやって来るに違いないが、たとえどんな甘言を弄《ろう》して行方の手がかりを訊き出そうとしても黙っていてくれと頼んだのです。

もし、ひとことでも手がかりに近いことを喋れば、男は草の根をわけてもみつけだすであろう。そのような嗅覚《きゆうかく》は、あのての男は並外れていて、仲間たちの横のつながりは広く、異常なほどに執念深いのだ、と。

男にみつけだされたら、自分は口にするのもおぞましい世界へ堕《お》ちて行き、二度と再び帰っては来られない。

自分は生まれたときから、父と母を知らない。善良な叔父《おじ》に引き取られて十二歳まで育ったが、時計修理の職人だった叔父が死んでからは、生きるために何でもやった。

偶然、梅田で逢った少女のころの友だちの口ききで、メリヤス工場に雇ってもらえることになったが、その友だちにも工場にも、自分の経歴は隠してある。いま、その工場は景気がよくて、猫の手も借りたいほどで、真面目《まじめ》に働いてくれるなら、身寄りのない、保証人もない女でもかまわないと言ってくれている。このような機会が与えられるのは、自分のような女には、ただただ幸運というしかない。

月々の収入は、いまの稼業の半分ほどだが、運河のドブよりも汚ない男を相手にするしかない生活と比べれば、まさに天国がそこに待っているという気がする。

梅田新道の交差点で偶然に友だちと出逢《であ》い、ゆっくりと話をする時間と、メリヤス工場での面接に行く時間とを得られたのは、ひとえに雅人のお陰だ。

この自分を、がんじがらめにしていた男のスクーターを城北運河に突き落としてくれなかったら、男の目は四六時中離れることはなく、自分をひとときにせよ解放してくれることもなかった。

男は、誰かからまきあげたスクーターを気に入っていたので、泥水を吸い込んで動かなくなったエンジンの修理に躍起になり、三日ほど、金づるの女から目が離れ、スクーターが壊れる原因を作った空気銃の持ち主への仕返しに気持のすべてが向いてしまったのだ。
自分はもう世の中を捨てていた。あの蛭のようなというよりも、蛭の化身、いや、蛭そのものの男から自由になれるのは、自分が歳を取って稼げなくなったときであろうとあきらめ、そのあきらめが、自分の人生そのものだと決めつけてしまっていた。
頰の小さな穴など、すぐに元に戻ってしまう。それにしても、あの土橋の坊主なる子の撃った空気銃の弾は、橋の向こうで絶えず見張っている男のスクーターを、なぜ運河の岸辺へと迷走させたのであろう。空気銃の弾が、あんな遠くまで飛ぶはずはないだろうに……。

兄は、女の言葉を、たどたどしく再現しましたが、私が夜中に耳にした「エビエのスミタ・メリヤス」という言葉は、父にも母にも隠しつづけたのです。

「スクーターを運河に突き落としたのは、土橋さんとこの子ォかいな」

と父に訊かれ、兄は曖昧に頷き返しました。

それでもまた腑に落ちないといった様子でしたが、

「よし、俺がちゃんと話をつけて、もう雅人につきまとうても、あんたが知りたがってることは訊き出すことはでけへんと、あの男に納得させせたる」

と父は言い、夜中に、親に内緒で運河の畔で遊んだりするから、こういうはめになるのだと説教しました。

男と父のあいだに、どんなやりとりがあったのか、私も兄も知りません。しかし、男は、ある日を境に来なくなり、マキコよりも少し若いかと思われる別の女が、工場の横で客を取るようになりましたが、その女も、やがていつのまにか姿をあらわさなくなりました。

「それにしても、雅人の星宿海狂いは、いったい何なんや」

父は、ときおり兄の作った星宿海の模型を見やって、あきれたようにそう言ったものです。

そのたびに、兄は秋梅先生から借りて来た星宿海に関する本を父に見せました。

張騫《ちょうけん》とかプルジェワルスキーとかの名が、兄の口から出て、秋梅先生が模写した星宿海周辺の、いささか戯画的な地図が並べられたりしました。

じつに大雑把《おおざっぱ》に山が描かれ、そのあいだを縫う黄河が描かれ、その黄河の下流が渤海に注ぐのですが、古《いにしえ》の戯画的地図は、流れる黄河を、あたかも人を呑《の》む竜の姿になぞらえ、竜は星宿海という瓢箪から身をくねらせて吐き出されているのです。

秋梅先生が、稀少《きしょう》な文献から模写した地図と、黄河源流に関する幾つかの資料は、書家の字独特の読みにくさと相まって、父には暗号のようなものとしか映らなかったようです。

黄河の源流がいったいどこなのか、古代から中国の人々にとっては謎《なぞ》でした。誰も、その源流を見た者がいなかったからです。

そのために、黄河の源流をつきとめようとする者たちが探検に挑み、大激流に呑み込まれたり、深い谷に落ちたりして命を落としつづけ、いつのまにか中国人的世界観でもって、そこに巨大な瓢箪を置いたのです。

どこかわからないが、黄河の源流は巨大な瓢箪から湧き出ている。その瓢箪は崑崙山脈の近くにあるらしいが、誰もそこに到達することはできない。

ひとたび水量が増すと、一瞬にして一国を壊滅させる黄河が、人間など太刀打《たちう》ちできない暴れ竜だとするなら、その暴れ竜をつかさどる容器の譬喩《ひゆ》として、巨大な瓢箪を創造してみても悪くはあるまい。太古の中国人は、そうやって「黄河源流瓢箪説」なるものを生み出し、その瓢箪のある場所を星宿海と名づけたのです。

しかし、星宿海と名づけられた背景には、もうここから先には黄河がないという場所に立ったチベット人や中国辺境の人もいて、そこには星の数ほどの湖があったと言い伝えられてきたからなのです。

そして、瓢箪説とは別次元のところで、二千年にわたって中国の歴史のなかで生きつづけたのは「黄河伏流重源説」というものでした。

星宿海から西へ遠く二千キロ以上も行ったところにあるパミール高原に発したタリム河は、タクラマカン砂漠の西から東へ流れ、ロプ・ノールという湖に注ぐのですが、その水は砂漠の底や山々の地下を七百キロ近く伏流して、青海省の積石《しせき》山に近い場所で湧き出し、黄河となるというのです。

つまり、黄河は、パミールと積石山の近くという二カ所に源流を持つことになり、しかも、その二カ所をつなぐのが、砂漠の底と山々の地下にある隠された水路だという説でした。

その説を信じる者も信じない者もいたにせよ、黄河という大河への畏怖の思いとともに、二千年にわたって語り継がれたのです。

けれども、十九世紀末に中国やチベットを探検したロシア人、ニコライ・ミハイロヴィッチ・

プルジェワルスキーは、この黄河伏流重源説を科学的に打ち砕きました。

プルジェワルスキーは、星宿海におもむき、その海抜を測定し、ロプ・ノールの海抜と比較しました。星宿海の海抜は四千二百七十メートル、ロプ・ノールのそれは七百五十メートル。さらに、星宿海は淡水で、ロプ・ノールは塩湖であることも証明してみせて、二千年にわたる黄河伏流重源説に終止符を打ったのです。

雅人兄が、黄河源流瓢簞説や伏流重源説、さらにはプルジェワルスキーの科学的論拠を、私たちに順序だてて説明したのではありません。兄の語り口はたどたどしくて、ただ情熱に似たものだけが先走り、かえって話をややこしくさせて、私たちを何が何だかわからなくさせたのです。

兄が、新疆ウイグル自治区のカシュガル郊外の村で姿を消したあと、私は本屋や図書館で黄河源流に関する書物を捜し、とりあえず得た知識が、以上のようなものだったというわけです。

機嫌がいいとき、父は、

「おい、雅人、星宿海を見せてくれ」

と兄に言ったものです。

そのたびに、兄は、いささか迷惑そうに、それでいて嬉々《きき》としながら、自分の部屋からあの模型を持って来ましたが、瓢簞の口には、笑っている一組の母と子の小さな人形はありませんでした。

そこには、二人の人間がいたのだということは、私も母も、父には言いませんでした。

「なんでこないに興味を持ったのかは知らんけど、いつか星宿海っちゅうもんを、自分の目で見てみなあかんなァ」

と父は言いました。そのころは、まだ日本と中国の国交は断絶していましたし、国交回復のときが訪れるのかどうかも予測のつかない時代でしたが、父はいつかそのような時代が来たら、みんなで星宿海を見に行こうと言ったのです。

「こんなとこ、私、行くのん、いややわ。お母ちゃんはハワイのほうがええわ」

と母は笑いながら言い、

「ぼくはニューヨークか、パリに行きたいわ」

と私は言いました。

「雅人、お母ちゃんも紀代志も、水臭いもんやなァ。お父ちゃんは行くで。雅人がここまで憧れてる星宿海なるものを、俺も見たい。ほんまに瓢簞やったら、腰が抜けるで」

「天の河が落ちて来たみたいに、ものすごい数の泉とか湖が散らばってたら、ぼくは腰を抜かすわ」

と兄は嬉しそうに言いました。

「なァ、日本と中国は国交を回復するやろか？」

そんな兄の問いに、

「そうやなァ、お隣さんと、そないいつまでも仲たがいをつづけてるのは、おとなげないけど、日本は戦前も戦中も、中国にひどいことをしたからなァ。軍部には軍部の理屈があったやろけど、そんなもんはあいつらの理屈や。泥棒にも三分の理っちゅうやつで、どんなきれいごとで理由づけしても、大恩ある国に銃の引き金を引いたのは間違いのないこっちゃ。中国にだけやあらへん、日本は朝鮮にも、もっと南のアジアにも銃口を向けた。やったほうは忘れても、やられたほうは子々孫々忘れへん。戦争をやれェ、銃を持てェって命令したやつらは、弾の飛んでけえへんとこで、ふんぞり返っとったんや」

「大恩のある国って、中国は大恩のある国やったんか？」

と兄が訊くと、文字も仏教も芸術も、その他諸々《もろもろ》の文化なるものを、日本が中国や朝鮮から学んだのは、歴史の事実だと父は言いました。

「会社の部長さんが、中国に三年間、兵隊として行かされてはった……。弾が腰骨に当たって、いまでも杖なしでは歩かれへん。大学生のとき、中国語を勉強してはって、非国民て言われて、中国に行ってから、上官に何回も殴られたそうや。靴の裏で殴られて、鼓膜が破れて、右の耳も聞こえへんようになりはったんや。俺は戦争に負けたとき、ああ、これで軍人がえばりちらす時代が終わったと思て、嬉しかった。戦争に負けて、日本は焼け野原になって、なんちゅう不謹慎なことをと周りの連中に言われるかと思てたら、それに似たことを言うのは、俺だけやなかった。たいていの人は、俺とおんなじことを思とったんや」

父はそう言ったあと、

「雅人、いつか星宿海へ行こうなァ。そんな日が来るまで、俺が生きてられたらの話やけどなァ」

と兄と約束したのです。

父が亡くなったのは平成四年の初夏。母はその二年後の平成六年冬。父の享年は七十三歳。母のそれも七十三歳。

どちらも、穏やかな死でした。

父も母も、学歴のない、どこにでもいる市井の人間でしたが、何か事があっても、それを胸にしまっておくことができる人だったと思います。

そのような夫婦の養子となり、好きなおもちゃを製造販売する仕事につき、かけらほどの悪意もなく、悪事も為《な》さず、私の息子たちを可愛がり、若い社員のさまざまな鬱憤の聞き役と相談役を、絶えない仄《ほの》かな笑顔で引き受けつづけた兄が、なぜ星宿海から西へ遠く離れたカシュガルで消息を絶ったのか……。

私は、せめてそのわずかな糸口でもみつけなければ、私のこれからの人生が、突然の、切り裂かれるような別離ばかりで寸断されていきそうな気がしてならないのです。

# 第二章

乳房の静脈が音をたてて浮きあがってくるような感覚がつづいていたが、生まれてちょうど六カ月を迎えたせつは、千《ち》春《はる》が新大阪駅に着いて、プラットホームを歩きだしても目を醒まそうとはしなかった。

樋《ひ》口《ぐち》千春は、自分の肩に掛けただっこバンドのなかで首を傾けて眠りつづけているせつに、

「大阪やでェ。うるそうて、人の多いとこやろ？　せっちゃんは、こんな汚ないところは大嫌いやもんねェ」

と語りかけ、新幹線のホームから在来線への改札口を抜けたが、せつが、もし途中で起きたら、張りすぎて鈍い痛みに耐えられなくなっている乳を吸わせたいと思い、引き返して、タクシー乗り場へと向かった。

タクシーに乗るなんて贅《ぜい》沢《たく》だという思いはあったが、自分は堂々とあの姑息なほどに運のいい

義父の金を使えばいいのだと胸の内で言い聞かせた。いくら赤児を伴っての旅であっても、人前で胸をはだけて乳を飲ませたくはない。

タクシーに乗り、大淀《おおよど》区のA放送局の前まで行ってくれと言って、千春は、せつの首の廻りの汗を拭《ふ》きながら、片方の膝でせつを揺り起こした。それから、バック・ミラーに映らないところに体を移して、ほとんどむりやり、せつの口に乳首をふくませた。

おとといの夜、真喜子から電話があり、せつの顔を見たくてたまらないので、久しぶりに大阪に出てこないかと誘われた。

「写真は何枚か送ってもろたけど、写真だけではなァ。私にも、せっちゃんを抱かせてほしいわ」

抗癌《こうがん》剤の服用をやめた途端、声に張りが出てきた真喜子は、千春とせつが大阪に来たら、一週間の予定で有馬《ありま》温泉に行くつもりだと言った。店の客の紹介で、建物は大きくないが、プールのような大浴場のある旅館で体を鍛えるという計画をたてたので、一緒に行こうというのだった。

夜も昼も場所柄も頓着《とんちゃく》しない天下御免の赤ん坊をつれて、温泉旅館に一週間も逗留《とうりゅう》するのは気がひけたが、千春も真喜子にせつを見せたかったし、ほかならぬ真喜子の頼みとあらば断わるわけにはいかなかった。千春が知るかぎり、真喜子が人にものを頼んだりするのは初めてだったのだ。

千春は、山口県の湯田《ゆだ》温泉に近いN町で、ことしの四月半ばにせつを出産した。

母や、母の再婚相手と顔を合わせることは、よほどのことがないかぎり、有り得ないだろうと思っていたので、出産のためにN町に身を隠すようにして暮らすのは屈辱以外の何物でもなかったが、こうなれば、この自分に負い目や遠慮を抱きつづけている母と義父に恩を売るほうが得策と割り切ったのだった。人生を損か得かの尺度で考えることも肝要だ、と。

前略

きのうウルムチに着きました。漢字で書くと烏魯木斉。ありとあらゆる民族が無秩序にひしめきあって、けたたましい騒音が渦を巻いているような街です。

北京から西安へ。西安からウルムチへ。この飛行機のなかで、生まれてくる子供のことばかり考えていました。

もし子供が女の子だったら、「せつ」という名をつけたいと思います。千春は、そんなひら仮名の古臭い名前なんてと反対するかもしれませんが、ぼくは「せつ」と命名したいのです。男の子だったら、千春がつけたい名にします。

五十歳になって、自分に子供ができるなんて、不思議な怖さと、体のどこかがくすぐったいような嬉しさと……。

ホテルの窓からは大通りと、その道沿いに並ぶたくさんの屋台と、ウイグル人や漢人や、観光客の欧米人たちがいて、ロバ車が行き交っています。

それを見ていると、ぼくにはなんでもできるような気がしてきました。自分に大きな羽がはえたような感じは、この手紙を書いていても、いっこうに消えそうにありません。

こんな気持は生まれて初めてです。江藤さんは西安でお腹をこわして、いま休んでいます。ぼくはぜんぜん平気です。

あしたの昼、飛行機でカシュガルへ行きます。

十月のウルムチはもう深い秋で、少しも暑くなくて、ポプラ並木の葉は落ちつづけて、薄いセーターでは寒いくらいです。

体に気をつけて、走ったり、重い物を持ったりしないように。

十月七日　ウルムチにて
雅人

樋口千春様

千春にこの手紙が届いたのは平成九年十月十七日だった。雅人がシルクロードのツアー旅行から帰って来るのは十月十三日の予定だったが、その日も翌日も何の音沙汰《おとさた》もなく、千春は思い余って、タツタ玩具に電話をかけ、尋常ならざる事態が生じていることを知った。

タツタ玩具には懇意な人間はひとりもいなかった。雅人と最も気の合う友人の江藤範夫にも、千春は逢ったことがなかった。

電話に出た中年の男に、あなたは瀬戸さんとどんなご関係かと訊かれ、友人だと答えた。

男は一瞬ためらったのち、いま瀬戸さんのことで取り込んでいるので、後日、またかけ直してくれと言い、千春は、瀬戸さんに何かあったのか、シルクロードの旅からは十三日に帰国する予定だと聞いていたが、と訊いた。

「それがですねェ、旅先で行方不明になってしもて」

男は、何者とも知れない女に、言ってもいいものかどうか危ぶんでいるような口調で、そう教えてくれた。

それから約一カ月間のことを、千春は明確に思い出すことができない。瀬戸雅人という日本人観光客が、カシュガルの南五十キロのところにある小さな村で消息を絶ち、その行方がわからないという新聞記事を見て、千春は迷った末に、大阪市大淀区のA放送局の近くにある〈ヤキヤキ〉へ行き、稲村真喜子に、自分が雅人の子を宿していることを打ち明けた。

稲村真喜子は、大阪市福島区海老江《えびえ》にあった〈スミタ・メリヤス商会〉が昭和五十年に廃業した年に、真喜子とほぼ同じころスミタ・メリヤスで働きだした女と金を出し合って〈ヤキヤキ〉という屋号のお好み焼き店を開店したのだった。だがその女は七年前に死んだ。

「そのこと、雅人は知ってんのか?」

六十歳のときに子宮癌にかかり、手術をして、一年半、療養生活をしていた真喜子は、やっと店に出てお好み焼きを焼けるまでに回復していたが、抗癌剤の副作用で、体重は元気だったころよりも十五キロも減り、一時間以上、立ち仕事をつづけることはできない状態だった。

それでも、真喜子は、雅人の失踪を知ってから五回もタツタ玩具へ足を運び、現地からの数少ない情報や、捜索の進み具合を知ろうと躍起になっていたという。

「そのうち、みつかるわいな。来年の四月に子供が生まれることを知ってる雅人が、なんで自分から行方をくらまさなあかんねんな。心配せんでもええ。千春ちゃん、あんたの妊娠がわかったのは、いつや？」

「シルクロードへ出発する二日前」

「雅人は、歓《よろこ》んでたんやろ？」

「ウルムチから手紙をくれて、女の子やったら、こんな名前をつけたい、とか、自分の体に羽がはえたような気分やとか書いてあった」

真喜子は、心配することはない、雅人は必ず帰って来ると、繰り返し繰り返し、千春に言ってくれた。

千春は、雅人の失踪を知ったときから、もうあの人はみつからないという思いに取り憑かれ、いったい自分がどうしたらいいのかわからなくて、雅人が四年前に大淀区の自分の住まいの近くにみつけてくれたワンルーム・マンションに閉じ込もり、吉報を報せる電話を待ちつづけた。

ちょうど一カ月たった日、千春は、もう雅人は帰って来ないという確信に囚《とら》われた。一縷《いちる》の望みも断ち切らなければ、時間は刻々と過ぎて、お腹の子は育ちつづける。人間は思い切りが大切だ。いまなら、子を堕《お》ろせる。そう自分に言い聞かせたのだった。

けれども決心はつきかねて、その夜、千春は〈ヤキヤキ〉へ行き、相談に乗ってくれるたったひとりの相手である真喜子に自分の考えを述べ、もう時間がないと訴えた。

「あの人、女の子やったら『せつ』って名前をつけたいって、手紙に書いてはった……」

何気なくそうつぶやいた千春を、真喜子は長いあいだ見つめてから、なぜ子供を堕ろそうなどと考えたのかと怒りだした。

「あの人、もう死んでしもたのに決まってるもん」

そう叫んで、自分でも無様だと思えるほどの、細く甲高く絞り出すような泣き声をあげて、まだ余熱の残っている鉄板に垂れた髪を押しつけている千春に、真喜子は「せつ」という名が雅人の母の名であることを教えた。

それは、雅人から聞いたことのある母親の名とは違っていた。

「せつ……。雅人さんのお母さんは、確か、多美江《たみえ》って……」

「それは、雅人の育てのお母さんや。雅人は小さいときに、あのおうちに貰われてきたんや。雅人のほんまのお母さんは、『せつ』っていう名前や」

もう雅人の実の親は死んでしまったし、兄弟もいなかったらしい。紀代志という弟さんは、雅人とは血のつながりはないのだ。雅人も、自分の本当の親のことはよく覚えていないらしく、そのことについては、ほとんど何も喋らなかった。

真喜子はそう言ったあと、もし、雅人が事故に遭って死んだということが、失踪直後に判明していたとしても、私は子供を産めと勧めることであろうとつけくわえた。

「なんで？　目的地に着くだけの燃料を積んでないことがわかってる飛行機に乗るのはアホやって、真喜子さんの口癖やろ？　私、中国の新疆ウイグル自治区なんて行ったこともないし、シルクロードのオアシス・ルートってとこがどんなとこかは、テレビでちらっとしか見たことあれへんし、カシュガルなんて、どんなとこか想像もつかへんけど、一カ月も消息を絶って、生きてられるとこではないってことくらいはわかるもん……」

真喜子は店のシャッターを降ろし、自分と雅人とは三十五年以上のつきあいだと言った。

「そのころ、雅人は城東区に住んでて、中学二年生か三年生やった。私は二十七。こんなに物の豊かな時代やあらへん。日本中、みんな、まだまだ貧しかってん」

自分はそのころ、ある事情から、身持ちの悪い男につきまとわれていた。その男から自由になれるなら、たとえ死ぬようなめに遭ってもいいとさえ思ったが、手に職もなく、ろくに教育も受けていなかったし、物心ついて以来、人の生き血を吸うことしか考えていない者たちに弄《もてあそ》ばれてばかりいたので、まさに身も心もすさんだという言い方がぴったりの、未来などひとかけらもない、死にかけの老人のような日々をおくっていた。

雅人と知り合ったのは、そんなころだ。

初めて雅人を見たときの気持は、なんと言ったらいいのだろうか……。たとえば、火事のあとの、黒く焼けこげて、まだくすぶっている残骸《ざんがい》の底から、生きてこちらを見つめている清らかな小動物があらわれたとでも表現したらいいのか……。

いやいや、そんな言い方も正しくはない。つまり、この世にはない何かを隠し持っているような……。いや、それも少し違っている……。

「男前ではない天使……。それも違うなァ」

そう言って、真喜子はくすっと笑った。

んだのだ。

雅人が自分の前にあらわれたのとほとんど同時に、まさに天の恵みというしかない話が舞い込

昔の、ほんのちょっとばかりの顔見知りでしかなかった女と梅田新道の交差点で出会い、海老江のスミタ・メリヤス商会という会社で緊急に女工を募集しているが、働いてみる気はないかと誘われた。

ベテランの女工六人が同業者の引き抜きに遭って、仕事はさばき切れず、とにかく未経験者でもいい、真面目に働いてくれるならば、三食付きの女子寮での生活も保証するというのだ。

身元引き受け人もいない、こんな自分でも雇ってくれるだろうかと訊くと、履歴書なんか、適当に書いておけばいいではないか、どうせ身元調査なんてしはしないのだからと、その知り合いは言った。とにかく、メリヤス業界は好況で、仕事は切れ目がないのに、中卒の金の卵なるものは、大手の自動車メーカーや電機メーカーにばかり就職して、小さな町工場には洟《はな》もひっかけない時代なのだから。

けれども、口をきく私のメンツもあるので、勤め先でもめごとだけは起こしてくれるな。たとえば、同じ職場の者たちの金品に手をつけるとか……。

自分はどうせ断わられるだろうと思ったが、駄目でもともと。雇ってもらえたら、生まれ変わったつもりで生き直そうと、かすかな望みを抱き、海老江のスミタ・メリヤス商会の面接を受けに行った。

「生年月日と名前以外はでたらめの履歴書を書いてくれたんが雅人やってん」

と真喜子は言った。

「私、漢字は、ほとんど知らんかってん。そのとき、私がわかる漢字は、朝日、牛乳、食堂、男、女、父、母、弟、妹、電車、新聞、駅、便所……。あと二つ三つやったかなァ」

スミタ・メリヤスで女工として働けることが決まったとき、自分は嬉しさのあまり、まだ十五歳だった雅人だけに勤め先を教えた。教えてから、そのことをどれほど後悔したことだろう。

男は草の根をわけても、この自分を捜すに決まっている。どんなに堅く約束しても、雅人は男に追及されつづけたら、結局は喋ってしまうに違いない。なんといっても、十五歳の子供なのだから。

自分は二年近く、怯えて暮らした。つきまとっていた男は執拗《しつよう》に雅人から居場所を訊き出そうとした。だが、雅人はついに喋らなかったのだ。

「私は雅人に大恩があるんや。雅人が喋ってたら、いまの私なんて、あれへん。私、スミタ・メリヤスで死に物狂いで働いたわ。休みの日、私は絶対に寮から外へは出えへんかった。出たら、必ず男にみつけられると自分に言い聞かせてたんや」

そう言って、真喜子はしばらく口を閉ざしていたが、

「千春ちゃん、あんた、もう三十九やで。いまお腹の子ォを堕ろしたら、二度と子供には恵まれへんで。丸谷《まるや》の聡《そう》ちゃんと、康子《やすこ》ちゃんに恩を売って、上手に生きたらええんとちゃうか？」

と言ったのだった。

康子ちゃんは、母の康子で、丸谷の聡ちゃんというのが、母の再婚相手の丸谷聡助《そうすけ》だった。

二人が深い仲になったのは、千春が十一歳のときで、そのころ父は兵庫県の三田《さんだ》市にある結核療養所に入院していた。

すでに療養所で生活を始めてから七年がたち、父は闘病への意志を失くしていたし、母は自分と幼い娘がいかにして生きていくかということ以外頭になく、スミタ・メリヤス商会の女子寮の管理人兼賄《まかな》い婦の職を他の女に奪われまいと、経営者や総務関係の社員の顔色ばかり気にしていた。

当時、不動産会社だけでなく繊維関係の仕事にも手を染めだした丸谷聡助が、スミタ・メリヤス商会とも取り引き関係を結び、月に三度も四度も海老江の工場を訪れるようになり、いつのまにか康子とねんごろになっていくのだが、千春はそこのところのいきさつはまるで知らない。成人してからも、訊いてみようなどと思ったこともない。

千春は、十三歳のとき、もう半年近くも療養所に父を見舞おうとはしなかった母が、自分をつれて三田へおもむき、父に別れてほしいと切り出した際の、六人部屋の天井から垂れ下がっていた色褪《いろあ》せた千羽鶴の形を、いまでもどうかしたひょうしに思い出す。

それから二週間後に、思いも寄らぬ玉の輿《こし》に乗った母娘《おやこ》を、羨望《せんぼう》と侮蔑の目で見送るスミタ・メリヤス商会の女工たちに手を振られて、康子と母は六年間暮らした海老江から大阪市住吉区の借家に移った。

その二階家は、丸谷聡助がもう五年も別居している妻と正式に離婚が成立するまでの仮の住まいだった。

聡助は、康子の母も一緒に暮らせるようにと、いささか部屋数の多すぎる二階家を借りたのだが、半年もたたないうちに、千春と祖母はその家を出て、市電で二駅離れたところで暮らし始めた。康子は、千春の祖母と聡助の折り合いが悪く、千春も聡助になつかなかったから、あのときはああするしかなかったのだと後年しばしば弁解したが、じつは娘の体が急激に女になっていく時期であったというのが本音だったということを千春は知っている。

康子は、聡助と知り合ったとき、三十三歳だった。一見、清楚《せいそ》で、それでいて男好きのする目鼻立ちで、ほんの少し舌足らずな喋り方をするので、周りの男たちに「俺に気があるのか」と錯覚させることが多かった。

逆に聡助は四十二歳で、平均的な日本人の男よりもはるかに背が低く、すでに頭頂部の毛もほとんどなく、それを補おうとして太い鼈甲縁《べっこうぶち》の伊達《だて》眼鏡をかけ、わざわざ黄色に塗り換えたヒルマンという車に乗っていた。

山口県小郡《おごおり》の農家の三男で、戦後に大阪に出て来て、農機具のブローカーの真似事をして小金を貯《た》め、その金を元に大阪の東部と奈良県の境にあった土地を買って、建売住宅を建てようと目論《もくろ》んだ。だが十五軒の家は一戸も売れず、夜逃げするしかない状況に追い込まれたが、その土地が大阪と奈良を結ぶ有料道路の通る区域となり、莫大《ばくだい》な立ち退《の》き料が転がり込んだのだった。

いなか出の成金には違いなかったが、臆病《おくびょう》で吝嗇《りんしょく》で、浪費は悪だという信念を持っていて、石橋を叩いても渡らないくせに、紙の橋を確かめずに渡ろうとするところがあった。

二流メーカーのナイロン・ストッキングを大量に買い占めてしまって、立ち退き料の大半が、わずかな伸縮でたちまち伝線してしまう、役立たずのただのナイロン袋と化しかけたとき、それらを収納していた倉庫が浮浪者の焚火《たきび》で火事になり、一夜にして保険で焼け太ってしまった。

いったいこの人にはどんな霊験あらたかなものが憑いているのかとあきれるほどに、なにかにつけて禍《わざわ》いを福に転じるばかりで、それもまったくたくまずしての結果なので、その運のよさに、いまでは千春も聡助を嫌悪しつつ、いざとなれば思いっ切り頼ってしまえばいいとさえ思ってしまう。

祖母が死んだ明くる年、女将《おかみ》が急死して閉めざるを得なくなった湯田温泉の老舗《しにせ》の旅館を、聡助は買い叩いて手に入れた。

故郷に錦《にしき》を飾るという聡助の根強い執着もあったが、こぎれいな旅館の女将になりたいというのが、康子の娘時代からの夢だったのだった。

屋号も〈宝泉館〉と改め、タイル張りだった大浴場を岩風呂に改造して、康子がそこの女将におさまった年、千春は山口県の高校に入学した。

千春は、いっときも早く独り立ちして、もう余命いくばくもない父の最期を自分が看取《みと》るのだと決めていたのだが、祖母の死につづくかのように、父は三田の結核療養所で、誰に報せることもなく死んだ。

湯田温泉の宝泉館の敷地内の、竹垣で区切られた別棟の二階で暮らしていた高校二年生の千春に、父の死を報せてくれたのは、康子がスミタ・メリヤス商会で最も仲のよかった稲村真喜子だった。父の死から二カ月たっていた。

そのことを千春は康子に告げないまま、湯田温泉から大阪へひとりで行き、大淀区で〈ヤキヤキ〉というお好み焼き店を営んでまだ間もない真喜子と一緒に、療養所の近郊の寺に預けられたままの父の遺骨を受け取りに行った。

大阪時代、真喜子と親しく言葉を交わしたことがなかったので、千春は自分の企《たくら》みを打ち明けていいものかどうか迷ったが、無口な、どことなく凄味《すごみ》を持つ親切な女に、なぜか誠実なものを感じて、

「お母ちゃんに、お父ちゃんのお墓を買わせてやろうと思て……」

と言った。

「このお骨箱を持って帰ったら、お母ちゃん、どんな顔をするやろ。慌てふためいて、お茶やお華《はな》や書道とかのいろんな習い事と、趣味のええ上等の着物の下に隠してる正体が、いっぺんにはがれるわ」

真喜子は少し微笑んで千春を見やり、そんなことはしてはいけないと諭した。

「千春ちゃんのお父さんも、そんなことしても、喜びはれへんわ。千春ちゃんのお父さんは、優しい人やった。スミタ・メリヤスの工場で、夜となく昼となく、メリヤスの細かい屑《くず》を吸いつづけて、それで肺の病気になりはったんやて私は思うねん。手仕事の下手な私に、『そんなに焦らんでも、ちょっとずつ上手になっていくよ』って、いっつも励ましてくれはった。入院して四年ほどたったとき、見舞いに行った私に『俺のことは見切りをつけるよう、康子に伝えてんか』って言いはったんや。『俺のことは忘れて、千春が真っすぐ育つように、お前ももっとらくになれ

るような手だてを考えるようにって伝えてんか。康子はまだ三十そこそこ。女盛りやねんから』って」

それで、千春は父の遺骨を湯田温泉に持ち帰ることはせず、母には電話で父の死を報せ、お墓を作ってあげてくれと頼んだのだった。

母は先夫の墓を建立《こんりゅう》することは承諾したが、湯田温泉の近郊にそれを求めるのだけは拒否した。どこに墓所を求めるかはお前の好きにするがいい、予算はこれだけだ。分譲販売している墓苑《ぼえん》は日本中いたるところにあるのだから、場所に困るということはあるまい。けれども、湯田温泉の近郊だけでなく、この山口県内は外してくれ……。

母にそう言われ、千春がまっさきに思いついたのは、丹後の宮津《みやづ》市であった。そこは父の出生地であり、先祖の墓もあるし、生前の父が、ときおり宮津に帰りたいと語ることがあったからだった。

樋口家は、かつては縮緬《ちりめん》の織物工場を営んでいたが、繭《まゆ》や小豆《あずき》の先物取引に手を出し、親戚中を騙すようにして金を借りてさらに傷口を拡《ひろ》げ、工場どころか土地も家も手放して、大阪へ逃げて来た。

相場に手を出した千春の祖父は、大阪に出てから十年ほどで死んだが、払い切れない借金は、まだ二十五歳の父にかぶせられた。

それらが時効、もしくは債権者のあきらめや放棄ですべて消えたのは、千春が生まれて六年ほどたってからだという。

父が生まれ育った町からは天橋立《あまのはしだて》は見えないが、尖りのない、低くて丸い山並みと、家の玄関先にあった柿の木にのぼれば見える丹後の海の、日本海とは思えない平穏な輝きは、絶えず父を郷愁に包むらしかった。

それで千春は、父の生地に墓を建てたいと真喜子に言ったが、宮津には一度も行ったことがなく、親戚中に不義理をして故郷を捨てた者の墓を、勝手に菩提寺《ぼだいじ》に建てることへのひるみがあった。

真喜子は、しばらくお骨を預かってあげようと言ってくれて、当時は〈ヤキヤキ〉の二階にあった自分の住まいに骨壺を安置した。

千春の父が、はたして本当に自分の生まれ育った地に戻りたがっているのかどうか、千春がもう少し大きくなってから考えるほうがいいというのが真喜子の意見だったのだ。

高校を卒業し、神戸のミッション系の女子短大に入学したとき、千春は初めて瀬戸雅人という自分より十一歳年長の男に逢った。

雅人は二十九歳で、背が低く、色白の、ぽちゃっとした体つきの、口数の少ない男だった。週に二度か三度、〈ヤキヤキ〉にお好み焼きを食べに来るが、一カ月も二カ月も来ないときもある。

そんなときは、たいてい長期の地方出張で、大きな金属製の鞄《かばん》を二つ持ち、あるときは四国全県を、あるときは愛知や静岡を、あるときは北関東一円を、時代遅れなおもちゃの販売のために廻って歩くのを仕事としているということで、千春には最初はそれが堅気の仕事とは思えなかった。

また実際に、瀬戸雅人の得意先には、玩具店だけでなく、縁日で露店を張る人たちや、それらの上前をはねる、いわばテキ屋の元締めたちもいたのだった。

だから、十八歳の千春にとったら、瀬戸雅人は「つきあってはいけない人」の範疇《はんちゅう》に入る人間であった。

そのうえ千春は、母・康子と義父・聡助の結婚を、肉欲と物欲とが融合した、けがらわしいものとして受け止めていて、それへの嫌悪感が、同年齢の男よりも、はるかに年配の男への嫌悪感へとつながっていた。

さらに〈ヤキヤキ〉は放送局の近くにあったので、店には芸能人や若手のディレクターといった客たちも多く、それらの人と比して瀬戸雅人はあまりにも地味で、風采《ふうさい》があがらず、他に客がいると、どこにいるのかわからないほどの存在感の薄さまでが、かえって千春を警戒させたのだった。

そんな雅人に、丹後の宮津につれて行ってもらえと勧めたのは真喜子だった。

こんどは二週間の予定で、雅人は山陰一帯を営業して歩くという。

「千春ちゃんのお父さんのお骨のこと、雅人には話してあるんや。雅人が一緒やったら安心や。そのお墓が高いのか安いのか。墓地を買う契約に落ち度はないのか。雅人がちゃんと判断して、間違いのないようにしてくれはる。樋口家につらなる親戚が、もし反対しても、千春ちゃんがそこにお父さんのお墓を建てたいと思たら、穏便に説得もしてくれる。雅人は、自分が役に立つのなら、千春ちゃんと宮津へ行ってもええて言うてくれてるんや」

真喜子に言われて、千春は、もう自分は大学生になったのだから、父のお墓のことは自分ひとりの手で処理したいと言った。

「大学生になったからって、まだあんた十八やで。墓苑の業者にも、寺の坊さんにも、悪いやつはぎょうさんいてる。高い買い物をするんやから、雅人について行ってもらい」

真喜子は、口には出さないが雅人にあまりいい感情を抱いていない千春の気持を見抜いているかのように、有無を言わせない口調でそう勧めた。

短大に入ると同時に、週に三日、〈ヤキヤキ〉でアルバイトをさせてもらっていた千春は、大淀区に、家賃は安いけれども造りのしっかりした二Kの賃貸マンションまで探してくれたうえに、日々なにくれとなく生活の世話を焼いてくれる真喜子の勧めとあっては断ることができなかった。

千春は瀬戸雅人と宮津へ行き、墓苑の分譲業者や、樋口家の菩提寺の住職と逢ったりして、結局、菩提寺の一角に新しい墓を建てたのだが、そこから見える田園と低い山々と丹後の海が気に入って、年に一度、命日に父の墓参りに行くようになった。それは墓ができて以来、欠かさずつづいていたが、ことしは臨月と重なって、行くことができなかった。

〈ヤキヤキ〉の開店時間は夕方の五時だった。真喜子が元気なころは、昼の十一時半から二時まで営業していて、その昼間の短い時間帯だけでも充分な採算を得ていたのだが、病気をして以来、夜だけ店を開くようにしたのだった。

　タクシーから降りると、真喜子が、待ちわびたといった表情で店から出て来て、千春とせつを迎えた。

　真喜子は、女のくせに赤ん坊を抱いたことがないのだと苦笑しながら、それでもまったく危なっかしくない腕の使い方で、千春の胸からせつを受け取り、長いこと顔を見つめた。

「お父ちゃん似ィやなァ。この目元。雅人に生き写しや」

　真喜子は、半年前と比べると、顔色も良く、頬にも肉がついていたが、肩や腕は、まだ痛々しいほどに細かった。

「きつい薬、服《の》まんでもええようになって、よかったねェ。お医者さんが薬をやめてもええて言うたのは、もう大丈夫やってことや」

　そう千春が言うと、真喜子はせつを抱いたまま、注意深く自分の足元に視線を配りながら、店のなかに入り、客用の椅子に坐った。

「お医者さんがやめてもええて言うたんとちゃうねん。私が自分の判断でやめてん」

「そんなことしても、ええのん？」

「あの薬、私を殺す薬やて気がついてん。四種類の薬……。二種類は抗癌剤、あとの二種類はその副作用を抑える薬……。薬をやめたら、体がつれへんようになってん」

「体がつる？」

　こむら返りと同じ症状が、体の筋肉という筋肉に四六時中生じるのだと真喜子は言った。

「何かちょっと重たいもんを持ったら、腕の筋肉がつるねん。伸びをしたら背中がつるし、くしゃみをしたら、首の筋がつるし……。お好み焼きをコテでひっくり返すだけで、肩の筋肉がつって、しばらく治らへん。私、こんな薬を服んでるから、元気になれへんどころか、体そのものが壊れていってるんやと思て、勝手に全部の薬を捨ててしもてん。一週間もせんうちに食欲は出てくるし、筋がつれへんようになるし、なんやしらん、気力が湧いてきてん。私、自分で治すねん。私の体そのものが元気でなかったら、癌が息を吹き返してきよるやんか。そう思えへんか？　あの薬を服んでたら、癌も死ぬかもしれへんけど、私も死んでしまうねん」

千春は、そのことに関しては自分の意見を挟むことはできなかった。ただ、真喜子という女の根性には底力があるということだけは知っている。

「漢方薬と食餌《しょくじ》療法で、絶対に再発なんかさせへんで」

真喜子は、大量に買い込んだ上質の高麗人参《こうらいにんじん》の罐と、自分で考案したという野菜と白身魚の料理の献立を千春に見せながら、

「せっちゃんのお父ちゃん、どこでふらふらしてんねやろ。早《は》よ帰って来たらええのに」

とせつに語りかけた。

「私は、もうきっぱりとあきらめた。強がりやあらへん。あの人、どこかで星でも見ながら、なんやしらん、しあわせそうな顔して死んでしまいはった」

千春がせつのおむつを替える用意をしながら言うと、

「シルクロードのどこかで、おもちゃを売ってるかもわからへんで」

と真喜子は笑った。

それから、笑ったり、顔を歪めたりして、おむつを替えてもらっているせつの頬をつつき、

「この子を産んで、ほんまによかったたって思える日が、きっと来るわ」

とつぶやいた。

有馬温泉へはタクシーで行くものと思っていたが、千春が〈ヤキヤキ〉に着いて小一時間たったころ、六十前後の夫婦が車でやって来た。

和井内《わいない》健三《けんぞう》さんと邦子《くにこ》さんだと紹介し、これから行く旅館を紹介してくれたのだと真喜子は言った。

夫人の邦子も、七年前、真喜子と同じ病気で手術をしたあと、有馬温泉に逗留して体力をつけたのだという。

術後五年を過ぎ、もう大丈夫だと医者に言われた日、和井内夫婦はお互いもう五十六歳なのに、ゴルフのレッスンに通い始めた。上手下手に関係なく、歩けるかぎりは何歳まででも夫婦で楽しめるものらしいから、元気になったら二人でゴルフを始めようと約束しあっていたのだった。

夫婦はきょう真喜子と千春親子を有馬温泉に送り、同じ宿に一泊して、あした、近くのゴルフ場へ行く予定なのだった。

「ぼくら、二人とも下手やから、そらもうよう歩きまっせ。こないだ万歩計をつけてゴルフをしたら、二万二千歩も歩いとった。家内なんか二万四千五百歩や。真喜子ちゃんもなァ、元気になったら、ゴルフをしなはれ」

和井内は、桜橋から少し出入橋《でいりばし》寄りの、国道から五メートルほど路地に入ったところで酒屋を営んでいる。邦子が癌に冒されて手術をしたのを機に、店の切りもりをいっさい息子夫婦に託して、健三は看護に、邦子は療養に専念したのだった。

そして、この和井内夫妻は、〈ヤキヤキ〉で知り合った瀬戸雅人と親しかった。

そう真喜子に説明されたが、千春は雅人の口から和井内という名前を一度も聞いたことはなかった。

大学生の時代に約一年近く、千春は〈ヤキヤキ〉でアルバイトをしたが、短大を卒業して神戸の洋菓子メーカーに就職してからは、神戸市内の賃貸マンションに移り住み、七年間ほど、真喜子とも〈ヤキヤキ〉とも疎遠になっていた。

千春は洋菓子メーカーで主に近畿一円の結婚式場にウェディング・ケーキを納める仕事を担当したが、予想を超えて競争が激しく、それにノルマもきつかった。結婚式場との商売は、ウェディング・ケーキだけでなく、引出物の受注までが入っていたのだ。

だが事務仕事で一日中机に坐っているのではなく、きょうは奈良、あしたは和歌山、その次の日は京都というふうに移動しつづける仕事は、千春に合っていたらしく、仕事上での悩みは尽きないものの、三年もたつと自分で開拓した得意先も増え、仕事のやり方のこつもわかって、営業成績の優秀な社員として何度も表彰されるまでになった。

そのころ、自分より三つ上の男と、結婚を意識してのつきあいが始まったが、一年半ほどの交際の後、男に別に好きな女ができたことで別れてしまった。その打撃がいっとき千春を捨鉢《すてばち》にさせて、同じ社の妻子ある男と深い関係になってしまい、それが社内にたちまち知られるところとなり、男のことを思って、こんどは千春から身を引き、会社をやめて、二年ほど何もせずに暮らした。

千春が再び〈ヤキヤキ〉を訪ねたのは二十七歳のときだった。

湯田温泉に帰って、旅館の若女将となるべく修業をしろと母にやかましく催促されていたが、自分から身を引いた男への思いは断ち切れず、といって勤めていたころに蓄えた金は二年で底をついて、新聞の求人広告で応募した会社で働いてはみたが、どうしてもその職場になじめず、そうなると、頼れる人間は真喜子以外なかったのだ。

「若い女が世の中に出ると、すぐそれや」

千春が、妻子ある男との仲と、自分から身を引いたが、やはりどうしても忘れられないということを告白すると、真喜子はこれ以上冷酷な表情はあろうかと思えるほどの顔を向けて、そう言った。

「自分から身を引いただけ、えらいわ」

真喜子は言って、道に落ちていたお金を拾おうとして転んで、膝小僧をすりむき、まだその傷のかさぶたが少し残っているのだと思えと諭した。

そして、仕事を世話してくれた。放送局や制作会社に、番組で使うありとあらゆる道具を貸す会社だった。

たとえば、社長室で社長と専務が話し合っている場面を収録する際には、社長室にふさわしい机と椅子が必要で、壁にはそれらしい絵も掛かっていなくてはならないし、灰皿も煙草入れも、衝立《ついたて》も必要だ。

　時代劇の貧しい長屋のシーンともなれば、破れた畳、汚れたせんべい蒲団、ひびの入った火鉢などがおさだまりの小道具となる。

　それらをすべて調達して、番組の収録が済むと、たちどころに片づけて回収する。

　夜も昼もない仕事で、機転と迅速、そして体力が要求されるのだった。

　最初の半年はアルバイトという形だったが、その後は正社員にしてもらって、千春は小池美装という桜橋に事務所のある会社に十年勤めたのだった。

　その小池美装に勤めて一年後に、千春は〈ヤキヤキ〉の近くのマンションに引っ越したし、社の最大の得意先である放送局には、多いときには日に十回以上も出入りしたので、たまの休みの日以外は、ほとんど毎日〈ヤキヤキ〉に行った。

　だから、雅人とは数限りなく〈ヤキヤキ〉で顔を合わせたが、和井内夫妻を見たことはなかった。


　有馬温泉へ向かう車のなかで、和井内夫妻はひっきりなしにゴルフの話をしていた。そうすることで、雅人の話題を避けようとしているのかもしれないと思い、千春は、夫妻が雅人とどんなふうに仲良しだったのかを訊かなかった。

　千春たちが逗留する宿は、昔から名の知られた大きなホテル様式の旅館が並ぶところからさらに高い場所にあって、おそらく景色は有馬温泉街のなかでも一等地で、神戸港から大阪港、さらには和歌山の海までが見えるのだが、冬は、そのあたりだけ雪が積もるし、雪がないときは道が凍るうえに、仲居もかなり年配の女がひとりいるだけで、どことなく客を拒んでいるようなたたずまいすらあった。

部屋数は七つで、大浴場の大きさはプール並みだが、手の込んだ料理は出せないらしい。長年勤めた板前がやめてからは、歳を取った主人が、昔取った杵柄《きねづか》で料理を担当しているが、大人数の料理はとても無理で、いい魚が入ったときだけ刺身を出し、それ以外のときは、ほとんど鍋物《なべもの》が主なのだという。

「団体客が嫌いで、宣伝もせえへんねんけど、清潔で、静かで、ほったらかしといてくれるし、朝は好きなだけ寝させてくれるから、ほんまに骨休めしたいときは、この旅館でないとあかんちゆうお客さんが結構多いんです」

と和井内邦子は言い、勝手に調理場の奥の、主人の住居になっているらしい部屋に行くと、

「お久しぶりです。いま着きました」

と声をかけた。

大きな咳払いのあと、はい、はい、と返事をして七十歳くらいかと思える宿の主人が出て来て、

「ご飯だけ炊いたらよろしいんやな。野菜は買うときました。きょうは、せっかくやから、久しぶりに私が湯葉を作りまっさ」

と言い、千春たちを調理場に招き入れた。

ここに、味噌《みそ》、醤油《しょうゆ》などの類、ここに箸《はし》や栓抜き、ここに包丁、ここに器類《うつわるい》、と説明し、プロ

パンガスの小型ボンベとコンロは、部屋に運んでおいたので、食事を終えたら廊下に出しておいてくれと言い、部屋に案内しようと杖をついて歩きだした。

「えーと、和井内さんは『あけぼの』。稲村さんは『あおい』。樋口さんは『ききょう』っちゅうことにしてますけど、まあ、どの部屋をお使いになってもよろしいんです。お風呂は二十四時間、好きなときに入って下さい。大浴場の前に木の札がありますから、入浴中はその札を裏返しにしといて下さい。そしたら、他の人は入って来ません。きょうは皆さんだけですけど、あしたは別に二組、あさっても二組、お泊まりになりますんで」

よく磨き込んだ廊下を先に立って歩いて行く主人に、和井内夫人は、もう勝手知ったお宿だから、ご案内には及ばないと言った。

「そうですか。ほな、まあ、あとはお好きなように。そちらの若いお母さんには、三田牛のしゃぶしゃぶをご用意しとります。お食事のときは、電話の一番を押して下さい」

主人はそう言って、戻って行った。

「こんな旅館があるんやねェ」

千春は、とりあえず真喜子の部屋に入り、ぶあつい座蒲団の上に、持参したバスタオルを敷き、そこにせつを寝かせながら言った。

「一泊、幾ら？」

「税金も何もかも入れて、一人一万円」

「三田牛のしゃぶしゃぶ付きで？」

「それは千春ちゃんだけや。私らみたいに野菜とお豆腐だけでは、お乳が出えへんやろ？　千春ちゃんとせっちゃんの部屋は『ききょう』。いちばん奥の、いちばんええ部屋や。赤ん坊が一緒やて言うたから、そうしてくれはったんやなァ。せっちゃんは、夜泣きするんか？」

「あんまりせえへん。寝ぐぢは、結構しつこいけど」

「寝ぐぢて、何や？」

真喜子は窓から見える竹藪《たけやぶ》に顔を向けて訊いた。

「赤ん坊が、これから寝入るってときに、なんやしらん、ぐじゃぐじゃと泣いたり、文句を言うみたいにむずかったりするのを、寝ぐぢっていうそうやねん。関西だけの言い方やろか」

と言い、千春は急須《きゅうす》に茶の葉を入れ、ポットの湯を注いだ。

「寝ぐぢ……。寝る前の愚痴ってことやろか」

「ああ、そうかもしれへんねェ」

茶を注《つ》いでいる千春に視線を移し、長いこと見つめてから、

「あんた、いっこも暗いことあらへんなァ。それどころか、きれいになって、なんやしらん、潑《はっ》剌《らつ》としてるわ」

と言った。

「心を定めたからや。もうあの人は帰ってけえへん。奇跡は起これへん。あの人は死んだけど、この子が生まれた。私は、私という人間が発揮できるすべての愛情を、せつにあげるねん。この子を、しあわせにするねん」

それから千春は、せつという名であった雅人の生みの親は、どんな人だったのだろうかと訊いた。

真喜子は、知らないと答えた。

どんな腹芸でも顔色ひとつ変えずやってみせて、いざというときのひらきなおり方に凄味のある真喜子の顔が、一瞬うつろになり、ためらいの陰が目元と口元にかすかに浮かび出た。

「さあ、体力強化作戦、開始や」

そう言って、茶を飲み干し、真喜子は、宿にそなえつけのバスタオルではなく、自分で持参した何枚ものバスタオルを出した。

この宿の大浴場の深さは、真喜子のふともももあたりまであり端から端までは二十メートルある。そこをひたすら歩くのだという。

五往復で二百メートル。それを一セットとして、朝、五セット。昼、五セット。夜、五セット。それが最初の三日間のメニューなのだと真喜子は説明した。

簡単なようだが、湯のなかを歩くというのは、思いのほか難儀なもので、三往復もすると全身汗まみれになる。

だが温泉の効果も加わって、体の新陳代謝は活発になり、弱りきっている内臓や筋肉や関節に、はっきりと力が甦ってくるのを自覚できる。

自分で考えつき、それをこの宿の大浴場で実践して、病気を克服した和井内夫人は、自信を込めて、そう言ったという。

「そやけど、調子に乗ってやりすぎたら、あした動かれんくらい疲れてしまうそうやねん」

真喜子は言って、部屋から出て行った。

千春は、隣の部屋の和井内夫妻に、もしせつがぐずりだしたら呼びに来ていただきたいと頼み、自分も大浴場に行った。

ああは言ったが、きっと真喜子は張り切りすぎて、五セットどころか体力がつづくかぎり、湯のなかを歩きつづけそうな気がしたし、湯の温度にも注意を払わなければならないのではないかと案じたからだ。

千春は真喜子の裸体を一度も見たことはなかった。だが、脱衣場で全裸になった真喜子を見て、鳥ガラという表現以外にない痩せ方に、声も出なかった。

これでも薬をやめてから六キロも増えたのだから、それ以前の体がどんなに哀れなものだったかわかるだろうと真喜子は笑い、胸から下にバスタオルを巻いて、大浴場の、結露だらけの濡れた戸をあけた。

すると、金木犀《きんもくせい》の香りが湯気とともに濃く千春に襲いかかってきた。

大浴場の大きなガラス窓の向こうには岩を積み重ねて作られた露天風呂があり、そこは金木犀の木を何本も切り揃えた植え込みで囲まれている。

金木犀の葉や枝が、これほど隙間なく密生して、外部と遮断するまでに育つには、何年くらいかかるのだろうと思いながら、千春は大浴場の戸を少しあけて、真喜子の様子を眺めた。

湯は鉄錆《てつさび》色で、真喜子の胸から下に巻きつけた白いバスタオルは、すぐに茶色に変わった。

「えらい塩っからいお湯やわ。和井内さんは、この塩分が体にええんやて言うてはったけど」

温泉にふともももまでつかって、端から端へと歩きだしながら、真喜子はそう言った。

「赤ちゃんの肌には、きつすぎるなァ。金ダライを持って来るんやった。あがり湯を金ダライに入れて、それでせつを洗わなあかんわ」

そうか、うっかりしていた。赤ん坊の肌に、温泉の湯は良くないに違いない。でも、シャワーの湯だけで、せつを洗うわけにはいかない。ぬるめの湯につけて、体を温めてやらなければ……。

千春はそう思い、この旅館にタライはあるだろうか、もしなければ、どこかで探して買って来なければと真喜子に言った。

三往復目の途中で真喜子は温泉から出て、脱衣場の椅子に腰かけた。息が乱れ、顎《あご》から汗がしたたり落ちていた。

「あかん。動悸《どうき》がするわ。まだ五往復は無理なんやなァ。お湯のなかを歩くのが、こんなにきついとは思えへんかった」

それだけ喋るのがやっとの状態の真喜子に、扇風機の風を送ってやり、汗を拭くためのタオルを手渡して、

「ちょっとずつ体を慣らしていかな。無理したらあかんよ」

と言って、千春はタライを探すために部屋に戻った。

真喜子は三往復目の途中で動悸がして、いま休んでいると和井内夫妻に言い、目を醒まして、握りしめている拳《こぶし》をしゃぶりだしたせつを抱くと、千春は電話の一番を押し、出て来た主人にタ

ライはあるかと訊いた。

あるにはあるが、赤ん坊に湯をつかわせるには汚なすぎるというので、千春はタクシーを呼んでくれと頼んだ。

「着いてすぐに運動を始めるなんて思えへんかった」

和井内夫人は、そう言って、大浴場へ向かった。

「おとなしい赤ちゃんやねェ。あんまりおとなしすぎて、心配になってきて、目は見えてるんやろか、耳は聞こえてるんやろかて、さっき家内と話しとったとこですわ。目も見えてるし、耳も聞こえてるから、安心しました」

と和井内健三は言って笑みを浮かべた。

「うちの孫なんか、この子よりも二カ月早よう生まれたんやけど、よう泣く子で、娘夫婦はへとへとになっとります」

「私も心配になって、先月、お医者さんに診《み》てもろたんです。大丈夫ですよって言われて、安心しました」

「何が楽しいのか、よう笑う子ォや。家内がちょっとあやしただけで笑いはる。育てやすい赤ちゃんで、よろしおますなァ」

「あんまり泣けへんかったら泣けへんで、心配になってきて……。『泣く子は育つ』って昔からの言葉にあるから、この子は育てへんねんやろかとか……」

その千春の言葉に和井内は笑い返し、

「そら贅沢っちゅうもんです。うちの娘なんか、もうノイローゼになってまっせ。子育てが格闘技やとは思わんかったたっちゅうて。赤ん坊には夜も昼もあらへん。親の疲れなんか眼中になしや。赤ん坊だけは天下御免ですからなァ」

と言った。

千春は、せつを抱いて、離れになっている「ききょう」という自分の部屋に戻り、タクシーを待った。

部屋からは旅館の敷地内にある竹林と、その向こうの、神戸から大阪にかけての遠景が見えた。せつに乳をふくませながら、千春は、温厚で怒りなどあらわしたことのない雅人という男の、あの不思議な寂しさと、何物かに対するひたむきさは何であったろうと考えた。

ちょっとした失敗を犯すと、ひどく悔やんで、いつまでも意気消沈してしまうのが、雅人の欠点といえばいえたし、何かにつけて、少し臆病なところがあった。それなのに、堅気とはいえない相手にも臆《おく》せず新しい玩具の売り込みに通い、いつのまにか、地廻りの連中に好かれて、縁日を取りしきる各地の元締めに、瀬戸雅人の頼みとあらば仕方がない、こんな売れそうもないアイデアのおもちゃだが、俺の縄張りで扱わせてやろうというお墨付きを得てしまう。

相手に媚《こ》びるわけでもなく、大層な接待をするわけでもない。瀬戸雅人という男の人徳以外の何物でもない。

といって、縁日を取り仕切る者たちが、瀬戸雅人の人柄だけで気を許し、胸を開いて受け容れるわけでもない。

そこのところの微妙なあわいの均衡を保っていたものは、あるいは、雅人の持つ不思議な寂しさであったのかもしれない……。

あの「寂しさ」と表現するしかないたたずまいは、一見、粗暴で吝嗇で放埒《ほうらつ》でしかないような者たちの心と、どこか通底するものがあったのではないか……。

だが、雅人が全国に売り歩いた時代遅れな玩具を置いてくれるのは、縁日の露店だけではない。商店街に店舗を構える玩具店や、デパートのおもちゃ売場でも、それらは並べられたのだ。

ゴムやゼンマイで動く車や動物のおもちゃは、一時期、過去の遺物として扱われたときもあり、タツタ玩具と同業の他社は軒なみ廃業に追い込まれていったが、雅人の誠実な努力が、ゴムやゼンマイ仕掛けでなければ味わいの薄いおもちゃを作り出し、まあ店の片隅にでも置いてやろうか、と店主や売場の担当者に思わせてしまった。

そして、それが子供だけでなく、おとなたちの購買意欲を引き出して、タツタのおもちゃのファンを作っていった。

ハイテクも結構だし、それらは大量に売れるが、タツタのおもちゃこそ、子供にふさわしい。子供はこのようなおもちゃで育つべきだ……。

そんな記事を新聞が掲載してくれたのは、昭和が終わって平成と元号が替わった年だった。

それをきっかけに、倉庫で膨大なゴミと化していた三十万個のビー玉の引き合いがあり、ゴムのふくらみを圧縮すると、そこからゴム管でつながっているカエルが跳びはねるおもちゃ、それに水鉄砲が売れ始めた。

有名デパートや大きな玩具店の担当者は、どんなに冷たく追い払っても、年に何度も訪れて来る瀬戸雅人を覚えていて、タツタ玩具に入る注文の電話は、すべて瀬戸雅人を介したものだった。ゴムやゼンマイ仕掛けのおもちゃが復活しそうだという空気を感じたとき、それを扱う者たちが瀬戸雅人を思い浮かべたのだ。

そうさせたものは何だったろう。

こまめに玩具店を訪ねつづけた熱意だけだろうか……。いったい瀬戸雅人の何が、店の者たちの心に残ったのであろう。

きっと、断わられて店を出るとき、雅人はあの「寂しさ」を残していったのだ。だがその「寂しさ」は、人を暗くさせる種類のものではなかったのだ……。

千春はそんなことを考えつづけているうちに、雅人が生きているような気がして、心臓の鼓動が速まってきた。

「私、ぜったいに、あの人と星宿海へ行くような気がする……」

と千春は、せつに言った。

いや、もし生きているとしたら、雅人はこの私と結婚するのがいやで、行方をくらましたということではないのか……。

私が妊娠したから、雅人は結婚しようと言ったが、それは本心ではなかったのではないのか……。

とんでもないことになった。千春と結婚しなければならなくなった。自分は、千春と結婚なんかしたくない。どうしようか。逃げよう。

この中国のさいはての、政情不安な地域でいったん行方をくらまして、捜索が始まらないうちに日本にそっと帰国し、瀬戸雅人は死んだと誰もがあきらめるまで、どこかで身を潜めていよう、と考え、そして実行したのではないのか……。

そう思うと、千春の動悸はいっそう速くなった。

水車がゆっくりと廻り、それと連動する杵《きね》が穀物を静かに重く打つように、せつは千春の乳を吸っている。

「こっとん、こっとん、こっとん……」

千春は、せつの唇や、乳を飲むたびに動く喉《のど》を見ながら、そう言った。そのお陰で、心臓の動悸は静まっていった。

有馬温泉での逗留を終えたら、しなければならないことがある。瀬戸紀代志という、雅人とは血のつながりのない弟に逢わなければならない。そして、せつのことを話さなければならない。

雅人の消息が不明になり、それでも子供を産む決心をしたとき、瀬戸紀代志に逢わなかったのは、自分の決心に、ひょっとして水をさされはしまいかと案じたからだった。

兄の生死のほどが判明しないのに、子供を産むなんてことはやめてくれ……。そう言われそうな気がして、千春は瀬戸紀代志に、自分の妊娠と、雅人との結婚の約束のことを秘したまま、きょうまで来てしまったのだった。

だがやはり、雅人の弟には教えないわけにはいかない。

つい最近までは、雅人は死んでしまったのだし、子供を産んだのは自分の強い意志によるものなのだから、瀬戸紀代志に、この子はあなたのお兄さんの子ですと明かす必要はないと、千春は思っていたのだった。

雅人がいなくても、私はせつを育てていけるという自信があったからだが、

「ぼくのお母ちゃんは、紀代志のもんやねん」

という二十一年前の雅人の言葉が心にひっかかっていたせいでもあった。

あれは、父のお墓を買うために、丹後の宮津へ行ったときだったな、と千春はせつの口からそっと自分の乳首を外しながら思った。

あのとき自分は、この人は弟と仲が悪く、母親も弟のほうばかり可愛がる人なのであろう、くらいにしか考えなかったのだ、と。

二十一年前の四月の最後の土曜日、父の墓を建てるために宮津へおもむく日、千春は京都駅で瀬戸雅人と待ち合わせた。午前中に京都市内での得意先廻りを済ませてから、山陰地方への長期出張に出たいと雅人が言ったからだった。

大学生になったばかりの十八歳の千春は、高校時代の、校則にがんじがらめの生活が、卒業式というたったの一日を境として、これほどまでに自由を謳歌《おうか》できるものへと変貌《へんぼう》するのかと驚き、人間が作った規則というもののいい加減さを不思議に感じつつ、透明のマニキュアと口紅をほどこして、京都駅へ向かった。

瀬戸さんなんか、ついて来てくれなくていいのにと、真喜子のお節介が癪《しゃく》にさわったが、生まれて初めての、それも墓という高い買い物を自分ひとりでやることには不安があった。

雅人が前夜に指定した駅構内の待ち合わせ場所は、団体客用の待合所の近くで、小旗を持った旅行社の者たちと、揃いも揃って垢抜《あかぬ》けしない五、六十人の婦人たちとで混雑していた。

それは、伊勢参りと志摩観光のツアー。それに丹後半島と天橋立ツアーの客たちだったので、こんなにおおぜいの観光客が押し寄せる観光地なのかと思い、千春は土曜日を指定した雅人にも腹が立った。

なにも、連休が始まる週末に行くことはない。私は大学生で、時間はいくらでもある。この、時間が自由だということが、何にも増して大学生の特権なのにと思いながら、団体客の列から離れたところに立っていると、老けて見えるのか若く見えるのか、いつも判断に迷ってしまう雅人の、男にしては白すぎる顔が見えた。

大きな角張った金属製の鞄を両手に持ち、肩からは安物のボストンバッグを下げて、額や首筋に汗を流しながら、雅人は約束の時間に五分遅れたことを謝った。

「八坂《やさか》神社の近くに、おいしい赤飯弁当を売ってる店があって、そこへ寄ったもんやから」

と雅人は言った。

千春は、梅田の地下街で、昼食用にサンドウィッチを買って来ていた。雅人の分は、自分のものよりも値段の高いほうを選んだので、雅人が赤飯弁当を買って来たことにも腹が立った。

京都から山陰本線で福知山《ふくちやま》まで行き、そこで宮津行きの電車に乗り換える。どちらも特急に乗れば二時間半ほどだったし、特急と特急の連絡はうまくいくのに、雅人は福知山と宮津間の電車だけ普通列車の切符を買っていた。

切符はぼくが京都駅で買っておいてあげると言われたからまかせたのに、どうして時間のかかる普通列車にしたのかと、千春はいっそう機嫌が悪くなり、私は十八歳で、この人は二十九歳なのだから、波長が合わないのは当然にしても、どうも何もかもが行き違いになりそうな相手だと思って、福知山までの特急電車に乗ると、読みたくもない本を拡げて、そこに視線を向けつづけた。

しかし、あまり無愛想なのもいけないと思い直し、

「すごくきれいな空。気持のいい小春日和ですね」

と千春が話しかけると、

「ほんまに気持のええお天気やねェ」

と相槌《あいづち》を打ち、二、三分たってから、

「小春日和ってのは、春に使う言葉やあらへんねん。十一月くらいに、春みたいなお天気の日に、小春日和ですねって使うねん」

そう雅人は微笑みながら言った。

言葉の使い方を間違えた千春を傷つけまいとしている気遣いが如実にあらわれていて、千春はそれさえも、雅人の鈍重さと凡庸さの象徴のように感じた。

「へえ、そんなん、大学の入試には出えへんかった……」

千春はそう言い返して、それ以後、福知山に着くまで、ほとんど口をきかなかった。

福知山で、宮津行きの特急電車が出て行くのを見ながら、雅人は、あれに乗れば早いのだが、千春さんのお父さんが生まれ育った丹後の山や田園をゆっくり眺めながら宮津へ向かうほうがいいだろうと思ったのだと言った。

「の一んびりした、きれいないなかの風景がつづくねん。千春さんは、お父さんのふるさとへ行きはるのは、きょうが初めてやって聞いたから、普通電車にしたんやけど、それよりも早よう着くほうがよかった？」

と訊かれ、

「早よう着いても、しょうがないから……」

と千春は答えた。

そして、宮津までの電車のなかで、雅人が買って来た赤飯弁当で遅い昼食をとった。

お父さんのお墓をふるさとに建てることは、おめでたいことなのだろうか、それとも祝ったりすることではないのだろうかと迷い、きのう、会社の年配の人に訊いてみたら、どんちゃん騒ぎをするべきことではないが、やはり、おめでたいことなのではなかろうかという言葉が返ってきたので、あえて赤飯弁当にしてみたのだ……。

だし巻玉子とカマボコと筍《たけのこ》、それに京茄子《なす》の浅漬が添えてある弁当を食べ終わるころ、雅人はそう言った。

「……どうも、ありがとう」

千春がたったそれだけ言うのに、雅人の言葉が終わってから二、三分もの時間が必要だった。

樋口家の菩提寺の住所を千春はすでに調べてあったが、そこに新たに墓を建立する場所があるかどうかを、雅人は電話で訊いてくれていた。

「海は見えますかって訊いたら、背伸びしたら、かろうじて見えますって言うてはった。あの人は住職かなァ」

タクシーに乗る前、雅人はそう言ってから、背伸びをしなければ見えないということだろうが、それでいいのかと千春に訊いた。

「丹後の海がきれいに見えるっちゅうのを謳《うた》い文句にしてる分譲墓地もあるから、そのほうがよかったら、先にそっちへ行く?」

「うちのおじいちゃん、親戚中に不義理して宮津から逃げて来たから、親戚のお墓の近くやったら、親戚の人らが怒れへんやろか」

と千春は訊いた。

親戚づきあいなどまったくなかったから、そんな人の目につかない場所のほうがいいのではないかと思ったのだった。

「お墓に唾をかけたりはせえへんよ。千春さんのおじいさんかて、騙すつもりで騙したわけやあらへん。まして、その息子に何の罪もあらへん」

そう言って、とりあえず樋口家の菩提寺へ行ってみてから考えようと雅人は言った。

宮津駅の近くから海は見えたが、少し山間部へ入ると、なだらかな山々と田圃《たんぼ》と畑ばかりで、背伸びをしても海は見えそうになかった。

それなのに、車が一台やっと通れるほどの坂道をのぼったところでタクシーから降り、寺の境内に入ると、天橋立の北端が見えた。

「背伸びせんでも見えるわ」

千春は、そう言って、初めて笑顔を雅人に向けた。雅人が両手に持つ金属製の重そうな鞄を見て、タクシーを帰してしまったことを後悔した。

この墓碑建立のための旅の費用はすべて母が払うのだから、タクシーを待たせておくことなどたいした金額ではないし、もしここに気に入った場所がなく、別の墓苑に行くとしても、タクシーを呼ばなくてはならないのだ……。

「私、なんでタクシーに待ってもらえへんかったんやろ……。そしたら、瀬戸さんの荷物もトランクから出すことはなかったのに」

千春がそう言うと、雅人は、この重い鞄を持って日本全国を歩くようになって、もう七年たつ、と笑った。

「最終のバスに乗り遅れて、七キロ歩いたことがあるねん。あのときだけは、ほんまに腕がぬけるかと思たわ。会社に入って六年目やった。それまでは工場でおもちゃを組み立ててたんやけど、二十三のとき、初めて地方都市への営業に出てん。そやから、この鞄を持って歩くことなんか、へっちゃらや」

墓地は、境内の奥を少し下った杉木立のなかにあった。案内してくれたのは、住職の息子の嫁で、一歳くらいの子供を背負っていた。

墓地に足を踏み入れて、そこに「樋口」という名が刻まれた墓碑が多いのに驚き、千春は自分の父方の者たちが、昔からこの地で生を受け、この地で生きたことを知った。

背伸びをしなくても、丹後の海が見える場所があった。

そこは、樋口家につらなる者たちの墓からは離れていたが、値が高かった。

少々高くてもかまうものか。母に文句は言えまい。

海とは反対側の斜面からは、広々とした田圃が見えて、れんげの花が絨毯《じゆうたん》のようだった。

墓碑や諸々の手続きも含めて、母が提示した予算より三割ほど高かったが、千春はここに父の墓を建てたいと思い、それを雅人に言った。

「ほかの墓苑、見んでもええか？」

「うん。ここに決める」

それからあとのことは、すべて雅人がやってくれた。

墓の購入が決まってからは、住職が庫裏《くり》に招き入れて、茶と菓子を振る舞ってくれたので、千春は事務的な話をうわの空で聞きながら、大役を果たし終えたような気持で菓子を食べ、境内に立って海を眺めつづけたのだった。

庫裏から出て来た雅人は、申し込み金として十万円が必要で、残額は銀行振込でお願いしたいという住職の言葉を伝え、過去帳で調べると、樋口虎松《とらまつ》という人が明治三十七年に建立した墓があり、どうやらそれが樋口千春のお父さんの祖父なので、樋口家の先祖代々の墓はすでにこの寺の墓所に存在していると教えてくれた。

「そのお墓にお骨を納めるのなら、新しい墓を建立することはないんやないかって、住職さんは言うてはんねんけど」

雅人は少し微笑して、千春を見やった。

商売気のない住職さんだな……。雅人の微笑のなかには、そんな意味あいが含まれていた。

そして、住職に教えられたその樋口家の墓へと歩きだした。

「片岡家と柴田家の墓に挟まれてるらしいねん。七段ある墓地の、下から二段目……」

再び杉木立のところに戻ったが、斜面に並ぶ幾つもの墓の並びは不揃いで、どこが下から二段目にあたるのか、千春にも雅人にもわからなかった。

やっとみつけた「樋口家先祖代々」の墓は墓地のなかでも最も窪地にあたるところにあり、かろうじて「樋口」という字と「代々」の四つの漢字だけが判読できた。

墓碑の横にも、小さく字が刻まれていて、それが「建立虎松」とわかるのに時間がかかった。

「へえ、これが私とこのお墓か……」

なんと日当たりの悪い場所に、つつましいというよりも貧乏臭いと言ったほうがいいほどに粗末な墓を建てたものであろうか……。きっと明治三十七年のころ、私の曾祖父もそのまた父も、決して裕福ではなかったのだな……。

そう思い、千春は、杉の花粉で黄ばんでいる墓を洗いたくなった。

「私の先祖は、貧乏な、どん百姓やったんやぃ」

千春は、さっきショルダーバッグから出しかけた封筒をあらためて出すと、そこから一万円札を十枚抜いた。

先祖の墓とは別に、父だけの墓を、海の見える場所に建てたいという気持に変わりはなかった。

雅人はその紙幣を持ち、また庫裏へと戻って行ったが、所定の用紙は、建立者自らが記載しなければならないらしいと、杉木立の間から千春を呼んだ。

新しい墓ができるのに約三週間かかると言われ、そのとき納骨の法要はどうするかと住職に訊かれた。

法要料には五つのランクがあり、いちばん高いのは、千春が思わず「えっ！」と驚きの声をあげたほどの額だった。

雅人に相談しようと思い、境内を捜したが、雅人はいなかった。

きっと墓地のどこかにいるのであろうと、千春は杉木立を抜けて、墓地の北側に立った。その瞬間、千春が目にした雅人のうしろ姿の、なんと悄然として寂しかったことか。

叱られて肩を落として立っている少年のように、雅人は杉木立の木洩《こも》れ日を全身に浴びながら、形も色も異なる五、六十基の墓を、少し首を右に傾けた格好で見つめつづけていたのだった。

なぜ、そのときの雅人のうしろ姿に胸を衝かれたのか、千春にはわからなかった。けれども千春は雅人に声をかけず、足音を忍ばせて杉木立から出ると、庫裏に戻り、納骨法要の金額を自分で決め、タクシーを呼んでくれるよう頼んだ。

宮津駅の近くにある玩具店に寄ってから福知山に戻り、今夜のうちに城崎《きのさき》へ行くという雅人と宮津駅で別れるつもりだったが、千春はなんだか大役を終えた心持になり、今夜は天橋立の近くの旅館に泊まろうと思った。

ひとりで旅館に泊まることが、生まれて初めての冒険のように感じて、心がはしゃぎ、大阪で買ったサンドウィッチを雅人に手渡すと、宮津駅の近くの喫茶店に誘った。

「お礼にコーヒー一杯なんて、失礼やけど」

と千春が言うと、雅人は、こんな上等のサンドウィッチは見たことがないと笑った。

「挟んである二枚のパンよりも、挟まれてる具のほうがぶあついなァ。チーズ、ハム、レタス、タマネギ、玉子、これは何?」

「ツナ。マグロや。薄くスライスしたマグロを、この店特製のソースに一晩つけ込んであるねん。こっちは、ツナの代わりにハンバーグが挟んである」

「晩めしは、もうこれに決まりや」

「なるべく早よ食べてね。ハムとツナは傷みやすいから」

それから千春は他に誰も客のいない喫茶店で、瀬戸家のお墓はどこにあるのかと訊いた。

「和歌山やと思うなァ。ぼくの父は和歌山出身やから」

「和歌山のどこ?」

千春の問いに、雅人は困ったような顔をして、自分は一度も墓参りに行ったことがないのだと答えた。

千春が訊いたのは、瀬戸家の墓がどこにあるのかではなく、雅人の父が和歌山のどこの出身かということであった。

べつに知りたかったわけではなく、話題に困って墓のことを訊いただけなので、千春は雅人がまったく別の話題を喋りだしても、どこかうわの空で聞いていた。

これから訪ねる宮津の玩具屋さんの親戚が、事情があって京都市内に引っ越した。

その一家が住んでいた家は、低い山と山に挟まれた、ちょっとした山ふところといってもいいところにあった。

古い家で、新建材の類はほとんど使っていない。買い手がないまま、その家は廃屋として残された。

このあたりは想像を超えて雪が多く、三、四メートルの積雪に見舞われるときもある。

自分は七年前、玩具屋さんの運転する車で、その廃屋の横を通った。玩具屋さんの幼い息子は、生まれついての知的障害で、自分が売っているようなおもちゃが好きで、新しいおもちゃの到着を楽しみに待っている。玩具屋の主人は、タツタ玩具の瀬戸雅人が来ると、店に置く前に、そのおもちゃを息子に見せたがり、軽自動車に自分を乗せて、家につれて行くのだ。

七年前は、一家が引っ越したばかりで、廃屋といっても、まだ誰かが住んでいるかに見えたが、その一年後には、あきらかなさびれが、屋根にも壁にも窓にも漂っていた。

またその一年後には、壁は崩れ、屋根の一部が傾き、誰がわるさをしたわけでもないのに窓は壊れていた。

次の年には、家の半分が崩れ、内部の畳や襖がむき出しとなり、その次の年には、壁のあらかたがなくなり、屋根はすべて崩れて、畳や襖と重なっていた。

その次の年、わずかに屋根の一部が地面の上に盛りあがるだけとなり、その次の年には、家のすべては消えて土と化し、そこに草が茂っていた……。

「誰も、何の手も加えてないんや。そやのに、一軒の家が、五、六年のあいだに自然に消滅していくねん。なんと不思議なことやろ。あの屋根は、あの柱は、あの板の間は、あの台所は、あの壁は、どうやってそこの土と化していくんやろ……。ぼく、それを考えてると、なんやしらん、怖くて怖くて、たまらんようになるねん」

千春には、たいして興をそそられる話題ではなかったので、たいした意味もなく、雅人の両親は何をしているのか、とか、兄弟は何人いるのか、とかを訊いた。

「弟がひとりいてるねん。千春ちゃんは一人っ子やねェ」

「私、もう十八で、大学生になっててん。千春ちゃんと呼ばれるのん、いややねん」

「ああ、そうか……。ちゃんなんて、子供みたいやもんなァ」

そう言って謝ると、雅人は、父は長いこと倉庫会社に勤めてから定年で退職したあと、三つの小さな会社の経理を見る仕事をしていると言った。

「弟は優秀やねん。大学の工学部を出て、プロペラを造る会社の設計部に勤めてる。おととし結婚しよった」

「プロペラ？」

「うん、ありとあらゆるプロペラや。プロペラって、飛行機やヘリコプターだけが使うんやないんや。船のスクリューもプロペラと原理はおんなじやし、エンジンを冷やすために自動車のラジエータについてる羽根もプロペラ。扇風機もプロペラ。いろんな機械のなかにも、プロペラが組み込まれてるものがあって、大きさも、巨大タンカーのスクリューから、家庭用のドライヤーに至るまで千差万別や」

弟と仕事の話をしていると、プロペラというものが、思いも寄らない身近なところで使われていることにびっくりすると雅人は言い、紀代志という名の弟を自慢した。

自分は中学しか出ていないが、それは自分が一日も早くおもちゃ作りという仕事につきたかったからであって、父も母も上の学校に進むことを勧めてくれた。

しかし自分は、あまり勉学が得意ではなかったし、父が本業の勤めを終えたあと、トラックの運転というアルバイトをしているのを見て、どこか肩身の狭さのようなものを感じた……。

そんな雅人の言葉に、千春は、なぜ肩身が狭いと感じたのかと訊いた。

「長男の責任みたいなもん？　普通は、家計が苦しかったら、長男が進学して、弟は上の学校に行きとうても辛抱するもんやろ？」

「弟のほうが勉強は得意やったし、ぼくは、おもちゃを作るっちゅう仕事がしとうてしとうてたまらんかったから」

と雅人は言った。

それから、千春が訊いてはいないのに、自分はある時期、母親を弟から取ってしまいたいと思ったものだと言ったのだった。

「取る、って?」

雅人は照れたように微笑み、

「自分だけの母親にしてしまいたいって思たんや。子供やったから、そんなアホなことを考えたんやなァ」

と言った。

一人っ子だった千春には、そんな兄弟のあいだでの親への軋轢《あつれき》に似た感情は理解の範疇を超えていたので、母親を自分だけのものにしたいと思った一時期があるという雅人の心がよくわからず、

「お母さんは、その紀代志さんていう弟さんばっかり可愛がったん?」

と訊いた。

すると雅人は、決してそんなことはなかったと否定したあと、

「そやけど、ぼくのお母ちゃんは、紀代志のもんやねん」

と言ったのだった。言ってから、雅人は、いかにも愚かなことを口にしてしまったという後悔の表情をして、喫茶店の壁に掛かっている時計を見やり、サンドウィッチの二つの箱をボストンバッグにしまうと、コーヒーをご馳走になった礼を述べた。

「すぐそこに地元の旅行案内所があるから、そこで旅館を紹介してもろたらええ。団体客相手とは違う静かな旅館のほうがええやろ?」

千春も礼を言って、雅人を駅の改札口まで送り、そのあと、言われたとおり旅行案内所で旅館

の予約をした。そして、天橋立の近くで退屈な一夜をすごして、翌日の午後に大阪に帰って来たのだった。

タクシーが来たので、千春はせつを抱いて、有馬温泉口の近くの雑貨屋に行き、赤ん坊用の小さなバスタブと入浴剤、それにベビー・オイルとガーゼを買い、旅館に戻った。

真喜子は、自分の部屋で蒲団を敷いてもらって横になっていた。

「あかんわ。たったの五往復ができへん。いかに体力が落ちてしもてたかの証拠やわ」

と真喜子は言い、この運動をつづける自信がなくなってしまったと苦笑した。

「一時間後に、もう一回やってみて、そのときも眩暈《めまい》がして、気が遠くなるようやったら、もうここでの逗留を切り上げて、家に帰るわ」

「気長にやらんと結果なんか出えへんわ。なんでもそうやろ? ちょっとずつ、ちょっとずつ。自分の体に合わせてつづけてるうちに、ふと気がついたら、できるようになってた……。トレーニングって、そのためにあるんやもん」

三往復半しかできなかったし、温泉の熱さと悪心《おしん》による冷や汗だったにしても、自分の体から噴き出た汗は臭かったと真喜子は言った。

「あんな臭い汗、私、かいたことあらへん。なんか体のなかの悪い毒が出てるって気がしたわ。酸っぱいような、何かが蒸れたような、どうにも言い様のない、いやな臭いの汗やった」

そこまで体力が落ちていたのに、店を再開してお好み焼きを焼きつづけたのは、真喜子という女の根性の為せる業だったのであろうと思い、千春は、真喜子が元の体力を取り戻すまで、〈ヤキヤキ〉を手伝おうと思った。

千春の部屋にだけ内湯がついていて、温泉ではなく水道の水を沸かしたものが出るので、千春はそこでせつに湯をつかわせ、新しい肌着に着換えさせてから、湯冷ましを飲ませた。

バスタブのなかでも、体にパウダーを塗ってもらっているときも、せつは機嫌よさそうに笑ったり、しきりに意味不明の声をあげつづけたりした。

「せつは、餅肌《もちはだ》やなァ。色は白いし。色の白いのはお父さんに似て、美人なのは、私に似たんやで」

真喜子が、二度目の運動のために大浴場に行ったので、千春もせつを抱いてついて行った。

和井内夫人は、夕食の仕度のために、調理場に入り、旅館の主人と何やら話を始めた。

「焦らんと、ゆっくり。焦らんと、ゆっくり」

真喜子は、自分にそう言い聞かせるように声に出して、大浴場のなかを歩きだした。

千春は、真喜子のためのミネラル・ウォーターを持ち、脱衣場の天井のところを飛んでいる時期外れの小さな蛾《が》を目で追っているせつを見ていた。

「五往復、できたわ。さっきほどしんどくもないし……」

真喜子は脱衣場に出て来て、新しいバスタオルを体に巻き、椅子に坐った。

「もう二、三往復、でけそうな気がする……」

「そんなことするから、つづけへんねん。五往復と決めたら五往復だけ」

そう言って、千春が扇風機の風を送ろうとすると、真喜子はそれを手で制し、かけるだけの汗をかきつづけたいと言って、腕を千春のほうに突き出した。

「なっ？　おかしな臭いがするやろ？」

千春は、真喜子の腕に噴き出している汗を嗅《か》いだ。確かに、それは人間の汗の臭いではなかった。

詰まった下水管の臭いに似ていたが、その臭いの芯には、病院に漂っているものと共通の何かがあった。

「いろんな薬が混ざり合った臭いやろか……」

と千春は言い、ミネラル・ウォーターを飲むよう勧めた。

それをむさぼるように飲みながら、

「三日ほどしたら、肌がぼろぼろむけてくるって、和井内さんが言うてはった。そのころに、湯疲れの最初のピークが来るんやて。そしたら、一日、体を洗うのをやめて休憩する日を取るのが、いちばん、つらしいわ」

と真喜子は言った。

もし、あきらかな効果があらわれたならば、十日間といわず、二週間、いや一カ月でも、ここに滞在して、温泉での運動をつづけたらどうか。自分は、あしたかあさってにも大阪に戻り、〈ヤキヤキ〉の営業を始める。

千春がそう言うと、

「あんたが〈ヤキヤキ〉で仕事をしてるとき、せつは誰が見るのん？」

と真喜子は訊いた。

「ああ、そうかァ……。私が店を切り廻してるあいだ、せつをほったらかしにしとくわけにはいかんわァ」

〈ヤキヤキ〉は、お好み焼きを好きな人が、和歌山や奈良や、ときには岡山あたりからわざわざ食べに来るほど繁盛している。

お昼時には、近所の勤め人が列を作るほどに人気のある「ヤキヤキ・ランチ」は、わずか一時間のあいだに七十人前すべてを売り尽くす。

その「ヤキヤキ・ランチ」は、雅人が考案したのだった。

直径五センチの、三種類のお好み焼きに、ご飯と味噌汁、それにスジ肉の煮込みがついて六百円という値段は、この六年間変わっていない。

放送局への出前も含めると、昼時に百二十人前も出るので、「ヤキヤキ・ランチ」を作るためだけのアルバイトを雇わなければさばけないのだった。

予想を超えて繁盛した時期に、余計な店舗拡張をせず、無駄遣いもせず、儲けをひたすら蓄えてきたので、この先も真喜子の生活に支障をきたすということはない。

日本全体が異常な好景気のときには、株や商品取引や、土地への投機などの話がしょっちゅう真喜子のところに持ち込まれたが、それにほんのわずかでも手を出すことを反対しつづけたのも雅人だった。

銀行がもちかけてきたうますぎる話も幾つかあり、雅人の反対を押し切って、岡山市内に賃貸マンションを建てるため、土地を見に行き、マンション経営をすべて代行する会社の実態も調べ、契約寸前まで行ったとき、金が金を呼ぶような商売は、断じて正常ではなく、必ずどこかに大きな落とし穴があると、雅人は、日頃の雅人らしくない強い口調で言った。

「金は、借りたら返さなあかん。それも利子をつけて。そのマンションに誰も入居せえへんようになるときが来たら、どうやって銀行のローンを返済するんや？」

「それは、代行会社が責任を負うんや」

「ほな、その代行会社がつぶれたら？　契約書に、銀行が肩代わりするっていう一行が入ってるとでもいうんか？　うまい話が、うまいままつづいたことは、あらへんで。ぼくの会社は、何回もつぶれかけた。そのときの銀行の冷たさ、悪辣《あくらつ》さは、ぼくの骨身に沁《し》みてるんや。一枚なんぼのお好み焼きを焼いて、多少の贅沢もできるようになったくらいで、なにがマンションのオーナーや。お好み焼き屋は、おいしいお好み焼きを焼いてたらええんや。自分の体力以上のことをしたらあかん。こんな異常な景気が、いつまでもつづくはずがあらへん。この好景気は、ものすごう頭のええ連中が仕組んだ罠《わな》や。世界のどこかで、金と政治のゲームを操ってるやつがいてるんや。そいつらの手綱さばきひとつで、大どんでん返しが、思いのままに起こせるんや」

それは、風前の灯どころではなかった旧式のおもちゃを重い鞄に詰め込んで、全国津々浦々を売って歩くことで、自然に培われた雅人の「目」による読みであった。

地べたを這うようにして、一個、また一個とゼンマイやネジ式のおもちゃを店頭に置かせてもらうために頭を下げつづけ、そうやってタツタ玩具の灯をついに消さなかった雅人の愚直な執念は、何が実業で何が虚業かを見抜く視力を鍛えたのだった。

ほとんどその気になって、新たな夢に酔っていた真喜子は、雅人に自尊心を傷つけられた気がして、烈しく反発したが、冷静になると、雅人の忠告が的を射ていると考え、マンションへの投資を断念した。

折に触れて、あのとき銀行から金を借りてマンションを建てていれば、結局、この〈ヤキヤキ〉までも失うはめになっていただろうと真喜子は言う。

そんなことを考えながら、千春は、いやな臭いのする汗をどこか勝ち誇ったような表情で拭いている真喜子に、

「雅人と真喜子さんは姉弟みたいやったねェ。真喜子さんとまだ中学生の雅人とが、なんで姉弟みたいな深いつきあいを始めたん?」

と訊いた。

いつか、雅人と真喜子のなれそめを、その真実を知りたいと、千春はせつをみごもったとき思ったが、それを口にすることなく今日に至ったのだった。

温泉のなかでの歩行運動による火照《ほて》りが、真喜子の腹部の手術痕に赤味を加えて、その一部が千春には幼女の股間《こかん》の亀裂《きれつ》に見えた。

真喜子はミネラル・ウォーターを飲み、大きく深呼吸をした。

「さあ、なんでかなァ……。気が合《お》うたとしか言い様がないわ。それがそんなに千春ちゃんには

気になるのん？」

　真喜子に訊かれ、千春が、なんとなく気になるのだと言い返すと、

「気が合うたとしか説明の仕様がないわ」

　と真喜子は微笑み、やっとおさまった汗をシャワーで流してから浴衣を着た。そして、雅人には、一風変わった妄想癖があったが、それに気づいていたかと訊いた。

「妄想癖？　星宿海のこと？」

　千春の言葉に首を横に振り、

「ちっちゃなものになりきってしまうっちゅう妄想や。星宿海の模型かて、きっと雅人のそんな癖が作らせたんかもしれへんわ」

　と真喜子は言い、天井を飛んでいる小さな蛾を見つめた。

「あの蛾になって、この脱衣場を蛾の目で見ながら、大浴場へ入って行ったり、どこかの隙間から庭に出て、木と木のあいだを飛んだりするねん」

「誰が？」

「雅人やがな。蟻《あり》になったり、蟋蟀《こおろぎ》になったり、蝶になったり……。まあいろんな小さなもんになって、いろんな空想にひたるねん。雅人がいちばん好きなのは、掌に載るほどに小さな人間になることやったんやと私は思てるねん」

　千春は、雅人が、そんな自分の風変わりな空想癖を語って聞かせたことがあるのかと真喜子に訊いた。

「うん。いつのころやろ……。四、五回、そんな話を聞いたことがあるけど……。千春ちゃんには話せへんかったか？」

千春には心当たりがなかった。

「あの子が空想のなかで、しょっちゅうなりたがった一番のものは、おとぎ話に出てくるような小人や」

「小人……？」

「うん。身の丈一センチくらいの、ちっちゃな人間や」

それはどういうことなのか。なぜ真喜子が知っていて、自分はまったくそのことを知らないのか。千春は幾分かの嫉妬《しっと》に似たものを感じて不機嫌になった。年齢のへだたりのある雅人と真喜子がただ気が合っただけで、これほど心の通じ合う仲となるだろうかという疑念は消えていなかった。

けれども、まさか雅人と真喜子に男と女の関係があったとは思えない。歳は、十二、三も離れているし、雅人は男としての自分に劣等感を持っていた。その劣等感をいかにして慰撫《いぶ》するかが、千春にとって交わりの際における重荷であったときが多かった。

といって、雅人が性的に淡白であったわけではない。お互いの体に慣れていくに従って、雅人のやり方は、千春の体のあちこちに、こまめに小さな穴を穿ちつづけるような独特な執拗さを伴ってきて、千春にはそれがここちよいときと、わずらわしいときとがあった。

身の丈一センチの男と化して、私の体を隈《くま》なく散策していたのだろうか……。まるで手乗り文鳥ならぬ手乗り人間となって、私の裸体を舞台にして、妄想による遊びの世界にひたっていたとしたら、雅人の性を私はもっといたわってやれたろうに……。

そう思うと同時に、千春は、いったい雅人はどんな家庭に育ったのかを詳しく知りたい衝動に駆られた。

なぜ雅人は、幼くして瀬戸家の養子となったのであろう。養子として血のつながりのない父と母と弟との生活のなかで味わったもの、感じたもの……。

そして、瀬戸家の人間になる前の、実の父と母との生活が雅人に残したもの……。

その二つを知ることは、あるいは、これからのせつの人生にとって極めて大切な何かになるのではないか……。

千春はそんな気がしたのだった。

和井内夫妻は、持参した専用の炊飯器で玄米を炊き、土鍋に昆布をひたして火をつけると、沸騰直前に昆布を取り出し、白菜、ニンジン、マイタケ、ナメタケ、シイタケを入れ、それらが煮立ってから豆腐を入れた。

野菜と豆腐を食べてしまってから、次に鍋に、昨夜から水にひたしておいた黒豆を入れるのだという。その黒豆を入れて煮る際に、コップ一杯の酢を加えることが、和井内夫人の考案した食餌療法の要《かなめ》であるらしい。

「これだけでは、油抜きで、体から元気が失くなってしまうときが来るねん。そやから、ええもんを作ってあげる」

食事を終えると、和井内夫人は千春を旅館の調理場につれて行った。

それも車のトランクに積んであったらしく、日本酒の一升瓶に詰めた濃い牛乳が、すでに冷蔵庫におさめられていた。三重県の酪農家に頼んで取り寄せた牛乳だった。

「これをな、大鍋に入れて、中火で七時間煮つづけるねん。絶対に沸騰させたらあかんのよ。鍋を火にかけたら、七時間、ゆっくりと木のおたまでかき廻しつづけるねん」

「七時間？」

千春は腕時計を見た。午後七時半だった。いまから七時間、牛乳を煮ながら、木のおたまでかき廻しつづけたら、夜中の二時半になってしまうではないかと、うんざりしたのだった。

「一升の牛乳が、二合とちょっとほどの、牛乳でもなければバターでもない、勿論《もちろん》チーズでもない、飴色《あめいろ》のどろどろの、そうやなァ、柔かめの白味噌みたいになるねん。それを一日にスプーンで三杯、真喜ちゃんに食べさせてあげてほしいねん」

かき廻しつづけなければ、膜が表面に張って、栄養が分離してしまう。沸かした牛乳の表面に膜を張らせてはならない。これは昔の中国では「蘇《そ》」と呼ばれる貴重な滋養薬だったのだと和井内夫人は説明し、一升の牛乳を大鍋に移して、ガスの火をつけ、木製の杓子《しゃくし》を千春に渡した。

「えっ！　私、これからここで夜中の二時半までかき廻しつづけるんですか？」

と千春が驚き顔で訊くと、和井内夫人は、十時までは自分がやると言った。

「十時前に、真喜ちゃんはもういっぺんお風呂で運動するから、そのあと、千春ちゃんに二時半まで頑張ってもらうわ」

和井内夫人は、ガスの火を千春に見せて、炎はこのくらい、かき廻し方はこの要領でと教え、

「この『蘇』はなァ、手間暇はかかるけど、信じられへんくらい、体にええんや。体に力がついてくるねん」

と言った。

これはとんでもないことになった。せつが眠っているあいだに、さっさと風呂に入らなければ。千春はそう思い、部屋に戻って、せつの寝息を確かめると、大浴場へ行った。

十時に、真喜子の風呂での三回目の歩行運動が終わると、千春は、だっこバンドにせつを載せて、調理場に行き、和井内夫人と交代した。

宿の主人の部屋の明かりは消えていたが、テレビの画面からの光が、小さなすりガラス越しにちらついていた。

大鍋のなかの牛乳は三分の二ほどに減って、わずかに黄色味を帯び、とろみもあった。

「あと四時間半も、ここでずっと立ったまま、おたまでかき廻しつづけるのん?」

母親を見つめているせつにそう話しかけ、

「こんなこと、させられるなんて、聞いてなかったわ」

と千春はつぶやき、木の杓子を動かしつづけた。単調で肩が凝る作業は、二時間もたつと、足や腰にもひどいだるさをもたらしてきて、それと同時に、せつが、泣いたり、握りしめた手で目や口をこすってぐずりだした。

千春はいったんガスの火を消し、調理場の椅子に腰かけて、せつに乳を飲ませ、せつが眠りに

落ちかけているのを見ると、そっと自分の部屋に戻った。

せつを蒲団に寝かせてから、部屋の戸をあけたまま、再び調理場に行き、ガスの火をつけて、木の杓子を動かしつづけているうちに、千春は、プロパンガスの小型ボンベとコンロが、真喜子の部屋に置いたままであることに気づいた。

なにも夜中の二時半まで、ここに立ちづめで木の杓子を動かしつづけることはない。もう三合ほどに減って、粘りも増した大鍋のなかの牛乳を持って行き、真喜子の部屋から小型ガスボンベとコンロを運んで、そこで「蘇」なるものを作りつづければいい。部屋でなら、坐って木の杓子を動かせる……。

千春はそう思い、まず大鍋を自分の部屋に運んでから、明かりの消えている真喜子の部屋へ行った。

物音を立てないよう忍び足で部屋の隅に置いてあるガスボンベを片手で持ち、もう片方の手で、コンロとゴム・ホースを持とうとしたとき、

「おとはんとおかはんを千回殺すきゃあの。殺すきゃあの」

と真喜子が言ったので、千春は思わず声をあげそうになった。

それが真喜子の寝言であることに気づくまで、千春は息を潜めて立ちつくし、白い枕の上に載っている頭と尖った鼻先を見ていた。

「パンパンや。うちはパンパンや。突いてみィな。突いてみィな。うちを突いたら、殺すきゃあの。一回突いたら一回殺すきゃあの……」

千春は、これまで何回も真喜子と蒲団を並べて寝たことはあったが、真喜子の寝言を聞くのは初めてだった。

病気と、それにつづく手術。そのあとの闘病生活。そして、きょうの温泉での運動による疲れが、真喜子に深い眠りを与えているのであろうし、その深すぎる眠りが、どこかケンカ腰のような、明瞭な言葉を吐かせているのであろう。千春はそう思い、ガスボンベとコンロとゴム・ホースを持って、真喜子の部屋から出た。

「殺すきゃあの……」

それはどこの方言であろう。岡山県のどこかに、語尾に「きゃあの」とつけるところがあるのは知っているが、真喜子がどうしてそんな方言を寝言で使うのであろう。真喜子は、大阪生まれで大阪育ちだということなのに。

パンパン？　パンパンとは、戦後に使われた娼婦の蔑称《べっしょう》ではないのか……。

千春は、和井内夫人に教えられたとおり、粘りを増した牛乳が二合ほどの量になったらガスを弱火にして木の杓子の動きを速めるという指示を守りながら、次第に飴色に変じていく牛乳を見つめて、そう考えた。

二時半きっかりに、千春はガスの火を消し、和井内夫人の指示どおり、できあがった「蘇」なるものが冷めるまで杓子でかき廻し、それをプラスチックの容器に入れると、大鍋と一緒に調理場に運んだ。そして、容器を冷蔵庫にしまい、大鍋を洗った。

宿の主人の部屋のテレビは消えていた。

予定の期間内で温泉療養を終えると、真喜子は大阪の住まいに戻り、三日間休んだあと〈ヤキヤキ〉での仕事を再開したが、生活を何もかも一新したいと言いだして、家捜しを始めた。

千春は、三日に一度、「蘇」づくりに一日のうちの七時間を費やしながら、〈ヤキヤキ〉の仕事を手伝ったり、真喜子のために炊事や洗濯をし、せつに乳を飲ませ、風呂をつかわせ、あやし、添い寝して、夜も昼もない生活を一週間つづけたが、ふいにひどい疲れが出て、湯田温泉のマンションに帰ろうかと迷ったりした。

だが、真喜子がまた有馬温泉に行きたいと言いだした日、千春は、もう「蘇」づくりに疲れ果て、せつを真喜子に預けて梅田に買い物に出向いたが、ふと書店に入ると、本当に「蘇」なるものがかつて存在し、真喜子の体に、実際に効くものなのかどうかを調べようと、百科事典の「ソ」の部分を立ち読みした。

確かに百科事典には「蘇」についての記述があった。古代の文武《もんむ》天皇の時代に中国から伝わり、平安時代に入ると、全国を六区分して、毎年、順番に「蘇」を貢進させたという。

当時においては極めて貴重な滋養物で、その作り方をこう記してあった。

——蘇については〈本草和名《ほんぞうわみよう》〉〈和名抄《わみようしよう》〉〈医心方《いしんほう》〉などが中国の文献を引用して、牛乳から酪《らく》、酪から蘇、蘇から醍醐《だいご》が作られ、酪はニウノカユと呼ばれ、蘇は黄白色をしており、醍醐は蘇の精液であるという。蘇の作り方に関する唯一の手がかりは〈延喜式《えんぎしき》〉民部下にある〈蘇を作る法は、牛乳一斗を煎《せん》じて蘇一升を得る〉、つまり牛乳を十分の一に煮つめたものという記述である。

これにしたがって実験してみたところ、黄白色になるよう煮つめるには低温で加熱する必要があり、さらに焦げつかせないためには途中から湯煎《ゆせん》にするなどの工夫を必要とした。約百五十時間かけて黄白色の粉末状の固体が得られたが、それでも九分の一程度にしかならず、十分の一にまでするにはかなりの時間と技術を要するものと思われた。醍醐が蘇の精液とすると、蘇が液体であったとも考えられるが、上の実際からは、蘇は固体状の栄養に富んだ食品であったといえそうである。——

千春は重い百科事典を書棚に戻し、へェ、やはり蘇というものが存在したのだと思いながらも、百五十時間という言葉に溜息《ためいき》をつき、和井内夫人の作り方は、正しくは蘇ではないのかもしれないが、それは火力が強すぎるからであって、真喜子が飲んで食べて、自分の体にはとても合っている気がすると感じているならば、きっと科学ではわからない効力があるのだろうと考えた。

「百五十時間もかけて、粉末状の固体にせなあかんかったのは、昔は冷蔵庫がなかったからや。腐らんようにするために、百五十時間もかけたんやわ……」

千春は、書店に並ぶ夥《おびただ》しい本の数と人混《ひとご》みに眩暈を感じながらも、醍醐は蘇の精液という一行に妙に心が吸い寄せられていった。

精液という二文字を、生殖のための男性の分泌物《ぶんぴつぶつ》だと解釈したのではなく、人智を超えた、秘薬めいた液体として受け止めたのだが、千春は、醍醐味《だいごみ》という言葉が、蘇の精液を味わった際の極限の美味から生じていることを初めて知ったのだった。

蘇、醍醐、精液。その三つの言葉に、どうして強く魅《ひ》かれたのかわからないまま、千春はグラビア雑誌を二冊買い、離乳食に関する本も買って、真喜子のマンションに帰った。

真喜子は、きょうは体がいやにだるくて、眠くて仕方がないと訴え、

「店、休むわ」

と言ってから、せつという赤ん坊は、なんと可愛らしくて、一日中機嫌の良い子であろうと感嘆の言葉をつぶやいた。

「私は、子供を産んだことも育てたこともあらへんし、こんなちっちゃな子ォを預かった経験もあらへんから、ようわからへんけど、せつは、何が楽しいのか、私の顔を見ては笑い、天井を見ては笑い、窓から景色を見ては笑い……。お腹が空《す》いたときと、おむつが汚れて気持が悪うなったときだけ、うー、とか、ぶうぶう、とか言うて、べそをかくけど、あとは寝てるか笑《わろ》てるかや……。ひょっとしたらアホとちゃうやろかと心配になってくるわ。雅人は、あんまり笑顔というもんを見せん子ォやったし、千春ちゃんも、とりたてて陽気な子ォでもないのに……。せつは誰に似たんやろ」

「雅人も私も、真喜子さんにとったら、いつまでも『あの子』で『この子』やねんねェ」

千春は笑いながら言って、せつに自分の乳首をふくませ、本屋で立ち読みした百科事典の「蘇」について説明した。

「へえ、ありがたいもんなんやなァ。私、あれを食べると、気持が鎮まるというのか、安心しつづけてるような精神状態になるねん。そんなことは、あれを食べる前にはなかったから、やっぱり『蘇』のせいやとしか考えられへん。なんでやろって考えてみたんやけど、牛乳にはカルシウ

ムが多いやろ？　カルシウムは精神を安定させる作用があるそうやねん。そやけど、それやったら、牛乳を一日に四合でも五合でも飲んだら、おんなじやないかってなもんやけど……」

寝つきが良くて熟睡できるのは、きっと「蘇」のお陰ではないかという気がすると真喜子は言った。

「弱火で何時間も煮て、どろどろにしていくうちに、科学ではわからんような何かが、牛乳のなかに起こるのかもしれへんねェ」

千春は言って、これから自分は、和井内夫人が教示してくれた七時間という時間の倍をかけて、「蘇」を作ってみようかと考えているのだと言い、ベランダの洗濯物を取り入れた。

「さっき、康子ちゃんから電話があったで。あさってから倉敷《くらしき》で個展をするから、その前に帰ってほしいって」

と言ったあと、真喜子はつい数日前に〈ヤキヤキ〉の店長になったタキというミャンマーの青年に電話をかけた。

タキは、ミャンマーからの留学生で、コンピューターの勉強のため二年前に来日し、夜だけ〈ヤキヤキ〉で働いていたが、骨惜しみしない働きぶりと正直な性格が真喜子にことのほか気に入られ、みずからもコンピューターの勉強を放棄して、いつか故国で日本風お好み焼き店を持つという夢を抱いてしまったのだった。

タキン・マウンワというのが本名だったが、ミャンマーからの難民を不法就労させていると疑われたくなかったので、店では「タキ」と呼んで、台湾人だということにしてあった。真喜子に、十三《じゅうそう》にアパートを借りてもらって、一緒に来日した男の学生と暮らしている。

だが、その学生がアルバイトで雇われていた建築会社の下請けの下請けの、さらに下請けのような会社で人手がないので一日だけ手伝ってくれと頼まれ、奈良のダム工事現場に行った際、タキは落石にまき込まれて膝の骨にひびが入り、三カ月ほど動けなかったのだった。

その怪我が癒《い》えて、〈ヤキヤキ〉で働けるようになったとき、真喜子は有馬温泉での療養生活に入ったので、つい数日前まで、タキはひとりで店の掃除をしてすごしていた。

真喜子はタキに用向きを伝えると、受話機を千春に渡した。

「タキ？　膝の怪我、もう大丈夫？」

と千春は訊いた。

「大丈夫。ぜんぜん痛くありませんね」

二十六歳のタキは、悩み事などかけらもないような口調で言った。けれども、ミャンマーのヤンゴン市郊外の農家である実家には、病気で働けない父と、その代わりに田圃で働く母、それに七人の弟や妹が、さまざまな問題をかかえて、タキの仕送りをあてにしているのだった。

タキは、千春が瀬戸雅人の子を産んだことを知らないが、千春と雅人の関係は知っていた。タツタ玩具では、雅人と私生活上でもつきあいがあったのは江藤範夫という男らしかったが、それ以外の交友関係のなかで雅人が最も親しかったのはタキだったかもしれなかった。だが雅人とタキの交友も、わずか十カ月ほどにすぎない。

有馬温泉から帰ってから〈ヤキヤキ〉の営業を再開したが、千春と真喜子が一緒に店に行くことはなかった。どちらかが、せつの面倒をみなければならなかったからだった。だから、タキは、千春が子供を産んだことを知らなかった。

「雅人さんのこと、何かわかりましたか？」

とタキが訊いた。

「ぜんぜん。雅人の会社か、弟さんのほうには、何か連絡が入ってるかもしれへん。私、あしたかあさって、雅人の会社に行ってみようと思てるねん」

手がかりのようなものがみつかったら、お手数だが連絡していただきたいと、真喜子はタツタ玩具に連絡をとるたびに、しつこいくらいに念を押したらしいが、ただ親しいつきあいだったというだけの、親兄姉でも親戚でもない女に連絡をくれるかどうかは怪しいものだと千春は思っていた。

「中国の役人、日本人を捜してくれたりしないです」

とタキは言って、そのあと、くちごもった。思いやりのない、無神経なことを口にしたと後悔しているのであろう。千春はそう察して、

「そうやね。政治的な事件やないもんねェ」

と努めて明るい口調で言った。タキは、生きることには逞《たくま》しかったが、他人の心の動きに対しては繊細すぎるほどに繊細だったからだ。

電話を切ると、千春は、薬を服むようにと、冷蔵庫から「蘇」を出して、真喜子に勧めた。和井内夫人の指南で作った「蘇」らしきものを、千春も真喜子も「お薬」と呼ぶようになっていた。

小さなスプーンに一杯、薬を口に入れ、舌の上で溶かすように味わってから、

「どう表現したらええのやろ、この味」

と言って微笑んだ。

「私、もっと凄い『蘇』を作ってあげるわ。私もこれを食べたら、おっぱいの出が良うなった気がするし、苛々《いらいら》せえへんねん」

ガスの火の弱火には限界がある。炎を小さくしすぎると消えてしまう。鍋のなかの牛乳が半分の量にまで減り、牛乳にとろみが出てきたら、ガスの火を極限まで小さくし、さらにコンロに煉《れん》瓦《が》か何かで台を作り、鍋と火との間隔をあければいいのではないか。

千春はそう考えたのだった。それならば、一升の牛乳を二合にまで煮つめるのに、七時間よりもさらに時間を要するであろうし、中身も飴色ではなく、黄白色に近いものが作れるのではないか。

和井内夫人の作り方では、できあがりは二合ではなく三合に近い。もうそこから先は、どんなに木の杓子でかき廻しても、「蘇」は焦げてしまうのだった。

「どないしたん？　えらいまた『蘇』に凝ってしもてからに」

と真喜子は千春を見つめた。

「うん。なんかこれを作ってたら、気持が落ち着くねん」

醍醐は蘇の精液という言葉を口にしかけて、千春はやめた。精液なるものの意味を誤解されそうな気がしたのだが、なぜ自分がその言葉に魅かれるのか、自分でもわからなかったからだった。

精液……。そのものの精髄のようなしたたり、もしくは一滴……。そのわずかな液体のなかに無尽蔵な不思議が詰まっている……。

千春はそんなふうに何気なく考えた瞬間、ああ、それはこのせつそのものだと思った。

この不思議な子。幸福の塊りのように笑う子。花園のなかの花のように微笑みつづける子……。

そんな性情は、この自分にも、父である雅人にもないものだ。せつはそれを、どこで、どんなふうにして、何によって与えられて、生まれたのであろうか……。

千春は新しい「蘇」を作るために、三十キロほど山間部へ行ったところにある酪農家から搾《しぼ》りたての牛乳を今朝届けてもらっていたので、コンロの四方に置く煉瓦を買いに出かけた。その帰り道千春は、せつを可愛がって可愛がって育てるのだと思った。

十四時間かけて、牛乳から「蘇」を作る作業は、千春にはあまりにも負担が大きすぎて、うまくいったのは最初の試みのときだけだった。

せつが、いかに手がかからない赤ん坊ではあっても、一日に何回も乳を飲ませて、おむつを替えなければならないのは普通の子と同じであり、夕刻には、湯で体を温めて洗ってやらなければならない。

夜中に何回か授乳のために目を醒ます生活がつづくと、昼間、せつが眠っているとき、千春もまた一緒にうたた寝をしてしまうし、〈ヤキヤキ〉をミャンマー人のタキにだけまかせておくわけにもいかず、店に行くときは、大鍋の中身を真喜子にずっと木の杓子でかき廻してもらわなければならないのに、その単調な作業は、意外なほどに真喜子を疲れさせてしまい、音をあげた真喜子は「蘇」作りを放棄して、火を消してしまうのだった。

いったん火を消してしまうと、大鍋の表面には湯葉に似た膜が厚く張って、それは再び温めても元の液体には戻らず、牛乳と蘇の中間くらいに変じたもののなかには、色むらのある凝固物が生じて、それは溶けることがない。

そのうえ、十四時間かけて作った「蘇」は、和井内夫人の作り方と比して、格別異なったものができるわけではなかった。一升の牛乳は、千春の挑んだ作り方でも、一合に凝縮されない。せいぜい一合半までが限界で、大鍋をどんなにガスの弱火から遠ざけても、そこから先は焦げてしまうのだった。

二合の「蘇」に近いものは、真喜子だけが食べるのならば約五日分だった。真喜子は千春にも食べることを勧め、千春は朝昼晩と小さなスプーンに一杯ずつ食べたので、三日で失くなってしまう。

十四時間の「蘇」作りをあきらめて、和井内夫人の教示どおりの作り方に戻して十日ほどたった十一月の半ばに、真喜子は、気に入ったマンションがみつかったと言って出かけて行き、夜の九時過ぎに帰って来ると、

「雅人のこと、勤め先の社長さんは、わざわざ東京の中国大使館に行って、捜査の進展はなかったかと訊いてくれたそうやけど、大使館のほうには、これといった連絡は入ってないそうやねん」

と言った。

「外務省にまでも足を運んだそうやけど、あっちの部署へ行き、こっちの何とか課に行き、また別の何とか局へ行き、行った先々で、心のこもってない対応をされて、腹を立てて帰って来はったそうや」

そして真喜子は、タツタ玩具の社長も、一緒にシルクロードの旅に出た江藤範夫という社員も、やっとこの自分への疑心を晴らしてくれたようだと言った。

「無理もないわなァ……。ただ親しかったというだけで、姉弟でも親戚でもない女を疑ってかかるのは当たり前や。借金取りかもわからへんし、瀬戸雅人にとったら厄介な女かもしれんと考えて、用心しはるわなァ」

真喜子は、ハンドバッグのなかから二つに折った紙を出した。江藤範夫が大雑把に描いてくれた地図なのだという。

「この赤い線が、中国の国境やねん。それに接して、ここがアフガニスタン、ここがタジキスタン、こっちがパキスタン。この黒い線が中巴公路っちゅう一本道で、雅人が自転車を買うたのが、このカシュガルの南の村や」

このあたりは中国内の民族問題が年々大きくなっていて、公安警察の目が光っている。少数民族が遊牧生活をおくっている地域もあるが、国境の警備は三重、四重に張りめぐらされている。

中巴公路以外に、道らしい道はなく、冬は零下三十度近くまで下がり、雪と氷に包まれる。その雪と氷は、夏になるといっせいに溶けて、まったく思いもかけない場所に、その年だけで消滅する大河を作る。

その一過性の大河が、さらにあらたな断崖《だんがい》や地面の大亀裂を作るので、ここで生まれ育って、土地を知悉《ちしつ》している遊牧民たちですら容易に立ち入ることができない場所は、国境線には数え切れないほど点在している。

それでも、遊牧民を装って、武器商人や麻薬商人が横行するので、そのための特別な警備が厳重に敷かれているのだ。

そのような緊張状態にある国境線と、その近辺で、当局の許可を得ていない外国人が、足の向くまま気の向くまま、大平原や大渓谷を自由にぶらつくことなどできはしないし、たとえ運よく国境を越えたとしても、大きな政治紛争をかかえる国にも十重二十重《とえはたえ》の監視網が張りめぐらされていて、たちまちみつかってしまうことだろう……。

それなのに、瀬戸雅人という日本人の旅行者はみつからない。それがいったい何を意味するのかは明々白々だ。

瀬戸雅人は、ウイグル人の少年から買った自転車で中巴公路を南へ向かったとき、小さなリュックサックをひとつ背にしていただけだった。そのなかには、パスポートと観光ビザ、地図、新疆ウイグル自治区の観光案内書、それにおそらくミネラル・ウォーターの壜《びん》がせいぜい一本か二本入っていたことだろう。日本から持って行ったセーターや薬や飴玉《あめだま》類は、大きな旅行鞄に入れられたままカシュガルのホテルに残されていた。

その程度の携行品で、いったい何日生きられるというのか……。

あのあたりの遊牧民の多くは穏健だが、なかには過激な民族派から山賊まがいに転じた者たちもいないとはかぎらず、中国の公安当局は、その者たちの犯行も想定して捜査したが、手がかりはなかったという……。

「あそこに行ってみたらわかりますよって、江藤さんが言うてはった。食料も持たんと、ひとりで気楽にサイクリングなんてできるようなとこやないって。夏のあいだにできた地面の深い亀裂に自転車ごと落ちたか、山賊に襲われて、その形跡が残らんように、服も靴も自転車もどこかに埋められたか……。もうそれ以外に考えようがないって……。私らは、ここいらできっぱりとあきらめなあかんのやないかと思うてるって……」

残酷なことを口にするようだが、きょう、タツタ玩具へ行き、社長と江藤範夫の話を聞いて、自分も同じ思いを抱いたと、真喜子は言った。

「雅人は、不思議な星のもとに生まれた子ォやなァ」

真喜子は言って、ベビー・ベッドのなかのせつを見やった。

「星宿海で消息を絶ったというのなら、雅人らしいなァって思うんやろけど、カシュガルと星宿海っていうたら、ぜんぜん違う場所どころか、二千キロも離れてるんやもんなァ」

星宿海か……。いったい何十回、その言葉は雅人の口から発せられたことであろう。いや、ひょっとしたら何百回かもしれない。それは雅人にとっては、夢の天地であり、想像を超えた奇跡が待ち受ける秘境であり、この世のものならぬ幻想の異域でもあった。

それなのにどうして、雅人は念願の中国旅行に、星宿海ではなく、シルクロードの天山南路《てんざんなんろ》を選んだのであろう。

雅人は出発の間際、いずれは星宿海へと行くつもりだが、シルクロードの旅は、そのための小手調べだと冗談めかして言ったな、と千春は思い、ずっと迷いつづけている事柄について、初めて真喜子に相談してみる気になった。それは、雅人の弟である紀代志という男に、せつのことを打ち明けるべきかどうかであった。

「なんぼ血のつながりがないというても、雅人は戸籍上では正式に瀬戸家の養子になって、その紀代志という人とは兄弟なんやから」

千春の言葉で、真喜子の表情に微妙な翳がさした。

「私、紀代志さんていう弟さんに、おかしな詮索《せんさく》をされとうなかったから、自分ひとりで決心して、せつを産んだし、今後も、その紀代志さんに迷惑をかける気ィはあらへん。雅人の本当の両親も、養子縁組先の両親も、もう死んでしもてるんやし、その弟さんに何の厄介事も起こらへんとなったら、私が雅人の子を産んだことを、ちゃんと報せとかなあかんのと違うやろか……。雅人と紀代志さんとは、血のつながりはのうても、子供のときから一緒に育った兄弟なんやから……」

そして、千春は真喜子に、紀代志という人には逢ったことがないのかと訊いた。

逢ったことはないと答えてから、真喜子は、紀代志という弟に、せつの存在を教えたとて、何がどうなるものでもあるまいと、真喜子らしくない曖昧な口調でつづけた。

そのような判断は、真喜子らしくないなと千春は思った。真喜子は何かにつけて、是は是、非は非と割り切る性分で、筋の通らないことを嫌い、相手にとって耳に痛い意見でも、ときには厳しすぎる語調で口にする場合が多かったのだった。

「一人っ子やった雅人が、なんでよその家に養子に行ったりしたんやろ」

と千春は言った。

「そんな話題になったら、雅人は話をそらせて、おもちゃのこととか、星宿海のこととかを喋りだすねん」

「ほんまの親のほうに、何か深い事情があったんやと思うなァ。雅人が瀬戸家の養子になったころっちゅうのは、昭和三十年くらいや。日本が戦争に負けて、ちょうど十年たったころやから、まだまだ日本中貧しかったんや。西宮《にしのみや》の海で海水浴がでけたんやで。昭和三十年……。きりのええ数字やから、私、昭和三十年のことって、よう覚えてるねん。阪神国道からちょっと海側へ行ったとこで畳屋さんをやってる知り合いの家があって、そこに遊びに行ったんや。夏の暑いさかりで、オート三輪が通るたんびに、ものすごい砂埃《すなぼこり》で、できあがったばっかりの畳の表に砂が溜《た》まるねん。その家の二階の物干し台から、西宮の街のほとんどと、六甲山が見えて、おまけに西宮の浜で海水浴をしてる人らまでが見えるんや。海の水も透き通ってて、きれいで、そこで獲《と》れたアジを行商の人が売りに来るねん。いまの西宮を想像してみ。建物ばっかりで、ひとつ向こうの通りも見えへん。海なんか、よっぽど高いビルの屋上にでも行かんと見えへんし、いまの西宮の海で泳げるかいな。油まみれの汚ない海や。海というよりも、コンビナートの基地みたいなもんや」

あのころ、一流の大学を出て一流の会社に勤める若い男の社員の給料は、ボーナスも含めて換算すると、一万二、三千円だった。

「もはや戦後ではない」という謳い文句が新聞や雑誌に載り、その言葉が流行にもなったのは昭和三十一年の夏ごろだったが、庶民の生活は、まだまだ戦後の困窮のなかにあった……。

「まだあのころはなァ、病人のお見舞いに、生卵を五つとか十個とか持って行ったもんや。それも、途中で割れんように、もみ殻を箱の底とか、卵と卵の間に入れて、そおっとなァ」

真喜子はそう言って笑い、昭和三十年といえば、自分は二十歳だったとつぶやいた。

「ブラジャーのことをなァ、乳バンドていうたんやで」

千春は真喜子の笑いに合わせて笑みを浮かべたが、なんだか話の本筋を真喜子がはぐらかそうとしている気がして、雅人のことに関して隠し事があるのではないかと感じた。

そのような疑念を抱いたのは初めてではない。

「きょうは、あちこち歩き廻って、ちょっと疲れたわ」

そう言って、真喜子はほとんど決めていた引っ越しを中止したと告げた。

「住み慣れたここがいちばんええわ」

「なんや、やめるのん？　せっかく、いろんな不動産屋に足を運んで、何軒かのマンションも見に行ったのに」

真喜子が疲れを口にするときは、店に行かないということなので、千春は壁に掛けてある時計を見て、自分が〈ヤキヤキ〉へ行く前に、晩ご飯の用意をしておこうと思った。

「もうちょっと静かなとこで暮らしたいと思てんけど、いまさらマンションを買うてもしょうがないわ。私が死んだら、始末に困るだけや。土地付きの家なら売りようもあるやろけど、マンションは値打ちあらへん。始末に困るもんを残したら、人に迷惑をかけるやんか」

千春は、真喜子に手伝ってもらって、せつに湯をつかわせ、新しい肌着を着せてから白湯《さゆ》を飲ませ、それから自分の乳首をふくませた。

「お母ちゃんが帰って来るまでにお腹が空いたら、真喜子おばちゃんに粉ミルクを飲ませてもろて、機嫌ようしといてな」

千春がせつに話しかけると、真喜子は、一度くらい、せつの機嫌が悪くなって、どうしたらいいのかと困惑してみたいものだと笑った。

「この子が大きくなったころの日本て、どないなってんねんやろ。いまでさえ、高校生の女の子が平気で売春まがいのことをしてる時代やから、十五、六年先の日本なんて見当もつけへんわ」

千春は言って、もう慣れてしまった真喜子の夕食の仕度を手早くやってのけると、自転車で〈ヤキヤキ〉へ向かった。

夕方の六時少し前に店に着き、二週間前に洗った店内の照明器具を、まだ洗剤にひたした雑巾《ぞうきん》で拭いているタキに、

「きれい好きやなァ。お客さんがいてへんときくらいは休んでたらええのに」

と言って、調理場に入った。

「油で灯りが汚れたら、お店が全部汚なく見えるね」

タキは丁寧に壁まで拭き、布の袋に入れた昼時の売上げ金を小さな金庫から出して来た。

客は、言葉の使い方で、ひょっとしたらこの青年は日本人ではないのかもしれないと思うのだが、容貌《ようぼう》や体つきからは、誰もそんなふうには感じない。東南アジアのおおかたの人間と比すると色が白く、南方系特有の目鼻立ちの濃さもない。

客への応対がいささか過剰すぎるのと、必要以上に店内を動き廻るさまが、ときに客に奇異なものを感じさせるのは、タキの「働く」ということへの思想の絶対性が、日本人とはかけ離れているからだった。

「働く」ということへの思想……。それは、雅人がタキを話題にしたとき使った言葉であった。「働く」ことで自分は生活の糧を得ている。自分がこの社会で生活できるのは「働く」場所があって、「働く」機会を与えられているからだ。そしてそれは不平や我儘《わがまま》が通用する世界ではない。自分の仕事に感謝し、その仕事に精一杯の労力を使うことが「働く」ことなのだ。

きっとタキは、そのような考えを強固に腹に秘めていて、もはや揺るぎない思想と化している。そうでなければ、不愉快な客の、理不尽な振る舞いに対しても、あれほど労を惜しまず、笑顔で対応しつづけることなどできはしない……。

仕事に対しては労を惜しまなかった雅人が感嘆するほどのタキの働きぶりに、客のなかにはチップを置いていく者もあった。

きみを見ていると、なんだか元気が出てくる、という者もいれば、気持のいい仕事ぶりに感激したという者もいて、そのうちの何人かは、これで煙草でも買ってくれとか、これで仕事が終わったらビールでも飲んでくれと言って、こころづけを置いていくのだった。

「いつまで大阪にいますか？」

調理場の奥に来て、雑巾を洗いながらタキが訊いた。

「もうそろそろ湯田に帰らなあかんねん。マンションを閉め切ったままやと、蒲団にも壁にも床のカーペットにも黴《かび》がはびこるし、冬物の服も出さなあかんから」

と千春は言い、お茶やお華や書道などの稽古事で昼間の大半を使っている母は、気にはなっていても、娘のマンションに行って掃除や風通しをする暇はないだろうと思った。

けれども、湯田温泉のマンションに帰れば、ひとりで考え事をする時間が多くなり、何かが鬱《うっ》積《せき》しつづけていく。雅人のことをあきらめきれなかったり、逆にあきらめてしまうために決定的な報せを待ち望んだりして、その相反する心の動きに、自分という人間の活力が枯れていく気がする。

そのような心の状態が、自分では気づきたくないことを、ことさら明瞭に気づかせてしまうような気がするのだった。

自分が雅人に抱いていたのは、愛情からはとても遠くにあるものだったし、万一、雅人が生きて帰って来て、夫婦として暮らし始めても、それは変化しないものだという確信が自分のなかで育っていくことへの恐怖でもあった。

愛情でもなければ恋愛感情でもなく、好意にしては濃いもの……。それは自分だけではなく、雅人もまた同じだったのではないのか……。

千春はタキと並んでネギを細かく刻みながら、そう思った。

客が入って来て、タキが、いらっしゃいませと大声で言いながら調理場から出て行った。

タキと客との途切れ途切れの会話で、千春は、道でも尋ねるために店に入って来たのであろうと思い、調理場の暖簾《のれん》から顔を出した。身だしなみのいい、四十代後半とおぼしき男が名刺をタキに渡した。

タキは千春のほうを振り返り、真喜子さんを訪ねて来たそうだと言って、男の名刺を持って戻って来た。名刺には、瀬戸紀代志と刷られてあった。

漢字を読めないタキは、男が雅人の弟だと気づかないまま、真ん中の厚い鉄板を取り囲むようにして椅子が六つ並んでいる席に瀬戸紀代志を案内し、おしぼりを運んだ。

一瞬、血の気が引いたような気がしたが、千春は名刺を持ったまま、瀬戸紀代志のところへ行き、どんなご用件かと訊いた。真喜子は、今夜は都合で店には来ないのだが、と。

「そうですか……。ご自宅の住所も電話番号も教えてもらったんですが、お店に行けばお逢いできるやろと思いまして」

紀代志は、自分はこの店の常連客であった瀬戸雅人という者の弟だと言った。その言葉で、タキが千春を見つめた。

「瀬戸雅人をご存知でしょうか？」

そう訊かれ、千春は、小さく「はい」と答え、紀代志と向かい合う格好で椅子に腰かけた。

「きょう、兄が勤めてた会社のほうから電話がありまして、稲村真喜子さんという方が、兄が失踪した直後から、事の詳しいいきさつとか、捜査状況なんかを訊きに来られたんやけど、ただ親しかったというだけでね、あたりさわりのないことしか喋れんかったそうです。ところが、稲村さんは、きょうも兄の勤め先まで足を運ばれて……。タツタ玩具の人も、どうも妙な勘ぐりをせなあかん人ではなさそうやし、ほんまに瀬戸雅人のことを案じての訪問やと思って、自分たちが知ってることのすべてを話したんですって、そう言われまして」

瀬戸紀代志は、そこで一呼吸置き、兄が、たとえばこのお店につけでも溜めているというようなことがあるのだろうか、と訊いた。

「いえ、そんなことはありません。真喜子さんも、自分が借金取りかなんかに間違えられてもしょうがないって言うてはりました。そやけど、真喜子さんと雅人さんは、凄く仲良しで、つまり、なんて言うのか、家族みたいなつきあいやったんです」

そう言いながら、千春は真喜子に紀代志の来訪を電話で報せるべきかどうか迷った。

だが、迷うべきは、そのような事柄ではあるまい。いったい自分はどうしてこんなにびくびくしているのだろう。真実を話せばいいのではないのか。自分のほうから、雅人の弟を訪ねたのではない。雅人の弟が、ここへやって来たのだ。

千春はそう思った。千春が見るかぎり、瀬戸紀代志は、清潔なたたずまいで、野卑なところはまるでなかった。意地悪そうでも狡猾《こうかつ》そうでもない。航空機にも使い、電気用品にも使うすべてのプロペラを考案する技師として、一般には馴染《なじ》みのないものの、その分野では日本でも一、二を争う会社に勤めている。

雅人から聞いたかぎりでは、兄弟仲が悪かったこともないし、雅人の目から見た紀代志は、無鉄砲なところと繊細なところとがあって、冗談好きで真面目な人間だという……。

千春は、衝動的になってはいけないと自分を制し、

「せっかく、こうやってわざわざお越し下さったんですから、何か召し上がって行って下さい」

と紀代志に言い、タキに、ビールを持って来てくれと頼んだ。

「いや、そんなつもりで来たんやないんです。兄のことを案じて下さって、何回も尼崎のタツタ玩具まで足を運んで下さった稲村さんにお礼をと思いまして……」

紀代志は立ちあがり、また日を改めて参上するつもりだが、別段何かの用があるというわけではないので、と言った。

それとなく様子を窺っていたタキが、ビールの栓を抜き、それとグラスとを盆に載せて運んで来ると、雅人さんは〈ヤキヤキ〉のネギ焼きが大好物だったのだと言った。

「食べませんか？　雅人さんのだいこぶつ」

タキの言葉に、紀代志は微笑みながら、

「お国は？」

と訊いた。

「台湾です」

「あなたも兄をご存知ですか？」

「よく知ってます。仲良くしてくれましたし、親切にしてくれました」

タキは言って、グラスにビールを注いだ。このまま帰らせてしまったら、もう二度と逢えないかもしれないではないか……。千春は、タキがそんな信号を自分に送っているような気がして、慌てて調理場へ行き、真喜子に電話をかけた。

「逢うたからというて、私と紀代志さんとが、どんな話をしたらええんや？　雅人の思い出を陰気にぼそぼそとお互い口にするだけやろ……。私は逢えへん。病後の療養中やと言うといてんか」

と真喜子は言ったあと、瀬戸紀代志はどんな感じの男かと訊いた。千春は見たままの印象を話して聞かせ、

「せつのこと、黙っとくのは、正しいことではないと思うねん」

と言った。

「そのことに関しては、私が指図するわけにはいけへん。千春ちゃんが思うたようにしたらええわ。そやけど、私は雅人の弟さんには逢えへんで。せつのことを話して聞かせて、せつを弟さんに逢わせるんやったら、タキにタクシーでここに来てもろてんか。せつを、タキに店へつれて行ってもろたらええ。ここへ来てもろたら、私が弟さんと顔を合わさなあかんからなっ」

どうしてそんなに頑《かたく》なに、真喜子は雅人の弟と顔を合わすことをいやがるのだろう……。

千春はそこに何か秘密めいたものを感じたが、電話を切ると、髪を整え、口紅を塗り直し、ハンドバッグにいつも入れてあるウルムチからの雅人の手紙を持った。

# 第三章

樋口千春という四十歳の女性が、ことしの四月に兄の子を産んでいた……。

〈ヤキヤキ〉というお好み焼き店で、その事実を知らされ、兄が去年の十月七日の日付で書いたウルムチからの手紙を見せられたとき、私は喫驚《きっきょう》したにもかかわらず、同時に妙なときめきと幸福感に似た思いに包まれていました。

それは、兄が手紙のなかで、もし生まれる子が女であれば、「せつ」と命名したいと書き残し、千春がその理由を知らないまま、生まれた子に「せつ」と名づけたことに依《よ》っているかもしれません。

「せつ」……それは、雅人の実の母の名です。

そうか、兄はこの千春という女性と好き同士になり、旅から帰ったら結婚するつもりだったのか。しかもそのうえ、女の子が生まれたら、あの母の名をつけようとしていたのか……。そして

「せつ」は無事に誕生し、いま大切に育てられている……。

千春は、私の目には、幾分気が強そうで、水泳の選手のように肩幅の広い、見ようによっては高慢そうなところのある女性に見えました。

それは「せつ」のことで私に経済的な負担をかけようなどという魂胆はかけらもないということを私にわからせたかったのと、結婚もしていなくて、死んだかもしれない男の子供を出産してしまう無謀でふしだらな女と思われたくないという二つの思いが、彼女を必要以上に毅然《きぜん》と振る舞わせつづけたせいかもしれません。

ですが、タキという台湾の青年がせつをつれて来て、私が、やっとしっかりと首が坐るようになったという生後七カ月の赤ん坊を抱いて、その顔に見入りつづけているうちに、千春の体からは無用な力が抜けて、芯が強そうでありながら柔和な目から鼻への線に笑みが浮かぶようになり、決して美人とはいえないまでも整った小造りの地味な顔立ちの奥に誠実なものを漂わせ始めました。

千春は、瀬戸雅人とのなれそめ、そのあとの長い空白期間、そして雅人に魅かれ始めていき、いつのまにか極く自然に男と女の関係へと進んだいきさつを語りました。

自分の両親の離別。母の再婚。父の死。山口県の湯田温泉での新しい生活。いずれ近いうちに、旅館の若女将として働くはめにならざるを得ないこと……。

彼女がそれらを話し終えたのは、夜の八時くらいだったでしょうか。そのころには、〈ヤキヤキ〉は満員になり、私はせつを抱いて調理場に移り、椅子に坐って子守りをしていました。

再会を約し、私は住まいの住所と電話電号を教え、〈ヤキヤキ〉を出たのが九時過ぎ。なんだかそのまま家に帰る気になれなくて、ＪＲ環状線の京橋駅近くの居酒屋で、さまざまな思いにひたり、帰宅したのが十一時。

妻の真理江《まりえ》に話していいものかどうか迷いつづけ、押し黙って考え込んでいる私を不審に思った妻に促されるように樋口千春とせつのことを話しだしたのは夜中の一時を廻っていました。

私は、これまで妻にも二人の息子たちにも、兄が私の両親の養子になった本当のいきさつを語ってはいませんでした。

盲目の物乞いの女の子だったという目で、兄という人間に接してもらいたくなかったし、そのような先入観が、何かの折に、兄を見る目に微妙な翳りが生じたりするのを恐れたからです。だから、その夜も、兄についての真実は妻に明かしませんでした。妻という人間を信頼していないのではなく、兄の娘である「せつ」に、妻や二人の息子が余計な過去の残留物のようなものを重ね合わせる結果になってはいけないと考えたのです。

「ひら仮名で『せつ』やなんて、また古風な名前……。お兄さん、なんでそんな名前をつけたかったんやろ……」

「さあ……、初恋の人の名前やったりして」

経済的には充分に自立できる女だという私の説明に安心したのか、妻は最初は勿論驚いたものの、話が終わるころには、

「隅に置けへんことして、姿をくらまして……。雅人兄さんて、やっぱりけったいな人やねェ」

と笑うようになっていました。

「その千春って人、よく思い切って子供を産みはったねェ。私やったら、どうしたやろ……」

「俺と結婚してないのに、俺が新疆ウイグル自治区のさいはてで行方不明になって、お前は妊娠している……。どうする？」

「さあ……、どうしたらええのか、さっぱりわかれへん。私のお父さんやお母さんは、どう言うやろ……」

「はっきり、死んだと判明したのなら、それはそれで考えようがあるやろけどなァ」

兄と姉が二人、妹が一人という家庭で育ち、格別裕福ではないものの、京都で五代つづく老舗の仕出し屋の娘である真理江は、あまり物にこだわらない性格ですが、人に対しては好き嫌いがはっきりしたところがあります。

私の兄のことは、「あまり好きではない」と結婚当初、口にしていて、それは彼女にとっては「嫌いだ」というのと同じでした。

「お兄さんと喋っていると、苛々してくる。言いたいことや、こうしたいということを絶えず抑えつづけてるようで、それが苛々して、あまり長く側《そば》にいとうないねん」

と私や息子たちに言ったことが一度ならずありました。

私は、やはり妻や息子に明かさないでおこうと思い、風呂に入って床につきましたが、夜中の三時を過ぎてもまるで眠れなくて、何度も寝返りをうちつづけました。

〈ヤキヤキ〉の調理場で、私の腕のなかにいた小さな赤ん坊の、力いっぱい四肢を伸ばしたり、何が嬉しいのか、歯のない口をあけて笑うさまが、私の心から消えないのです。

そしてそれは、どうかしたひょうしに、昭和三十年の大正区の、盲目の物乞いの母と子の姿に変わりました。

……親亀の背中に子亀を載せて。そんな歌が、繰り返し私のなかに流れました。

父の友だちだったたみやんの言葉が聞こえます。

「なんやしらんけど、明るいんや。あの女の、子供の可愛がり方も、なんちゅうたらええのか、見てる者《もん》の胸が熱うなるっちゅうのか……。子供のほうも、毎日が楽しそうで、自分ら親子のことを、ぜんぜん恥かしがってないっちゅうのか、物乞いをやってることが楽しいてしょうがないっちゅうのか……。仲のええ親子が、いつ車に轢かれるかわからん道で、楽しそうに物乞いしてるっちゅうのか……」

そのたみやんの言葉と重なって、私の脳裏には、大正区S橋近くの道で物乞いしていた雅人とその母親の姿が、砂埃のなかにそこだけ別の世界と化した荘厳な輝きを伴って浮かび上がりつづけたのです。

とうとう私は起きあがり、妻を起こさないよう足音を忍ばせ、リビングへ行って、食卓用の椅子に腰かけました。四時でした。

あの悲惨な境遇のなかにあって、子供を守り、育てようとしつづけたひとりの盲目の女のことを、このまま過ぎ去る時間の彼方《かなた》へと消してしまっていいのだろうか。

あの、両目が見えず二本の脚も曲がって歩けない女は、いったいいかなる人間であったのか。

ちゃんと漢字で子の名前を書くことができた女……。

夜中の路上で車の運転の練習をしていて危うく自分を轢きかけた私の父を許した女……。

もしかしたら、そのときの怪我がもとで、いつもの車の通りの多い道で、異常に気づいていない子を背に載せたまま息絶えていった女……。

その女の来し方を、路傍の草のように捨て去ってしまっていいのか。私は次第にそう考えるようになりました。

ですが、いったい何をどうやって調べるというのでしょう。雅人は、自分の母親については、何も語りませんでした。語ろうにも、雅人は語る術《すべ》がなかったというのが正しいのです。おそらく、雅人が覚えているのは、路上での生活だけだったでしょうから……。

そして、調べてみたところで、女はどこかで生まれ、漢字も覚えられる年齢を経て、病気か怪我かで失明し、どこの誰ともわからない男とのあいだにできた子を産み、ただ愚昧《ぐまい》に、子を誰にも奪われないように抱きしめて、ただその日その日を生きただけの女だと判明するにすぎないかもしれません。

だがそうであっとしても、あの朽ちた雑巾とおぼしきひとりの母親が私の周りの人々に与えていたおごそかな輝きは、やはりただならぬ何物かであったことは、時を経るごとに異常なほどの存在感となって、私のなかに居坐っていたのでした。

昭和三十年。いまから四十三年前。大正区S橋の近くで物乞いをしていた藻刈せつという女を覚えている人間が、はたしてみつかるでしょうか。

もしそんな人が当時三十歳だったとしても、いまは七十三歳になっています。もっと年長の人なら、もう生きてはいないと考えるほうが妥当なのです。

けれども、私は、辿れるだけ辿ってみようと決心したのです。あの不思議なくらい幸福そうに笑う兄の娘の祖母について、私の力の及ぶかぎり調べてみようと決めたのです。

それから一カ月、具体的な行動は何ひとつできないまま日が過ぎていきました。〈ヤキヤキ〉には、二度足を運びましたが、千春とせつは、湯田温泉に帰ってしまっていて、経営者である稲村真喜子にも逢えませんでした。

所詮《しょせん》、眠れない夜の冴えた激情として、私は自分の決心を捨てざるを得なくなったのです。仕事は忙しい。休みの日は疲れ切ってしまって、家でのんびりしていたい。何から手をつけたらいいのか皆目見当もつかない……。四十年以上前に路上で死んだ浮浪者のことを、どうやって調べるというのか……。どだい無理な話なのだ……。

そう思って、私はあきらめてしまったのです。

ところが、十二月の半ば、皆川四郎《みながわしろう》という業務部保安課の課長が退職することになり、有志による送別会の誘いがありました。

業務部に所属する保安課は、たとえば高速道路のトンネル内に排気用の大型換気扇を取り付ける際、建設業者と協力して工事期間中契約した警備会社の指揮をとったり、工場建設時に土地買収や工事中の保安業務にかかわるトラブルを処理したりする部署で、警察ＯＢを幾人か配置しています。

皆川四郎さんは長く大阪府警に勤務していましたが、五十歳のときに私の社に請われて警察勤めを辞め、保安課課長付として入社した人でした。

四年前、高速道路の、岡山と広島との県境にある三つのトンネル内に大型換気扇を取り付ける仕事を受注したとき、私はたびたび皆川四郎さんと一緒に仕事をしたことがありました。

皆川さんは、警察出身の人間にありがちな横柄さや尊大さとは無縁で、温厚で腰が低く、現場の若い者たちも兜《かぶと》を脱ぐほどの酒量を誇りながらも、決して酔って乱れることのない人でした。

皆川さんの退職は、定年ではなく、彼の意志によるものでした。持病の坐骨神経痛が悪化したのと、奥さんが心臓の病気にかかったことで、まだまだ働く体力も気力もあるのだが、ひとまず退職して、ひと休みしたくなったというのです。

送別会は、梅田の大きな居酒屋で催され、そのあと誰が言いだすでもなく二次会に移りました。二次会には、私も含めて六人が、北新地のラウンジ・バーへ行き、そこで二人が帰り、次に皆川さんがどうしても自分が奢《おご》ると言いだして、桜橋のおでん屋に移ったときには三人になっていました。皆川さんと私、それに、送別会のために岡山からやって来た若い技師です。

私は風邪をひきかけていて、鼻の奥や喉が痛くて、それまで酒を控えていたのですが、たぶんこのおでん屋でおひらきとなるだろうと思い、熱燗《あつかん》を飲んで、さっさと帰って寝てしまうつもりで、二合ほど飲むうちに、行方不明となった兄のことを喋ったのです。

「あのあたりの政治情勢とか、地理的条件なんか考えると、もうあきらめるしかないなァって思うんですけど、こんな場合、いつ誰が、死亡を決定するんですか？」

私の問いに、皆川さんは、一年では法的に死亡の認定はできないと答え、

「詳しいことは、あしたにでも調べときましょう」

と言ってくれました。

「皆川さんみたいな人を、ほんまの酒豪っていうんですねェ。なんぼ飲んでも泰然自若としてる。ぼくは、もう、あかん……」

若い技師は、そう言って、皿のおでんを残して立ちあがり今夜は半年ぶりに神戸の実家に帰るのだと笑いました。

その技師が、母一人子一人の家庭で育ったことを、私は知らなかったのですが、皆川さんは知っていて、なにも最後までつきあわなくてもよかったのにと言って、おでん屋の外にまで送って行きました。

「あの岡山での工事は、思い出が多いですなァ」

戻って来ると、皆川さんは、禿《は》げた頭をハンカチで何度もぬぐいながら、そう言いました。

「お陰で、あの大きな換気扇をトンネルに取り付ける現場の技師の苦労がようわかりました。その地方に、いつごろからどんな風が吹くのか。天候の急な変化と地形によって、風向きがどう変わるのか。いやァ、ぼくは現場で瀬戸さんの説明を聞いて、風というものは恐ろしいもんやなァとびっくりしました。ええ勉強をさせてもろた。あの工事のあと、孫に、えらそうに、地形と風の関係について講義しましてな。ちょっと尊敬されました。ぼくは高速道路のトンネルのなかの

換気扇は、排気ガスが溜まらんようにするだけやと思うてたけど、それだけやないんですなァ。火災事故が起こったときの、消火の初動にかかわってる……。いやぁ、勉強になりました。ぼくはこれから車で高速道路のトンネルを走るとき、取り付けてある大きな換気扇に手を合わせます」

「現場から二十分ほど離れたところにある小さな旅館で十日間寝食をともにしましたねェ」

私がそう言うと、皆川さんは私を見つめて、

「いや十三日間です」

と言い返しました。

「奥さんの心臓の病気は、かなり悪いんですか?」

「いや、重症というもんではないそうです。しかし、心臓やから、本人が怖がって、なにかにつけて、神経が心臓にばっかり向いてしもて、ひとりで風呂に入るのも怖がりますんや」

その夜、初めて、私は皆川さんが長男を五歳のときに亡くしたことや、二人の娘さんが、厳格すぎる父親を嫌って、家出をした時期があったことなどを知ったのです。

私も皆川さんも、居酒屋であまり料理を食べていなかったので腹が空いてきて、うまいと評判のそのおでん屋でしっかり食べようということになり、腰をすえて、あらためて何品かのおでんを註文しました。

皆川さんがネクタイを外し、丈夫な箱のような上半身の力を抜いて飲み始めたとき、私はふと、この人になら兄のことを話していいのではないかと思いました。兄の母親のことを調べる方途を、

皆川さんは教示してくれるかもしれないと考えたのです。

私の長い話を聞き終えると、

「四十年以上前……。正しく四十年前ですか?」

と訊きました。

「昭和三十年です。だから……、正確には……」

私が元号を西暦に直して計算していると、

「昭和三十年の十月ですね。行き倒れといっても事故扱いですから、記録は残ってますよ。大正警察署に、ぼくの後輩がおります。ぼくから頼んでみましょう」

と約束してくれたのです。

「そんな親子のことは、母親が死ぬ前に、必ずどこかの派出所とか交番所の巡査が、氏名とか本籍とかを訊き出して記録してます。死んだとき、担当した警官が、あちこちに照会したでしょうから、正確な年齢もわかるでしょう」

「そこから先は、どうしたらええんでしょうか」

と私は訊きました。

「物乞いの浮浪者としての生活をおくる前はどうしてたのかも、訊問《じんもん》してるはずです。正直に本当のことを喋ってるかは別にしてねェ。本籍も怪しいもんだと思うところですが、人間てのは、そう簡単に上手な嘘はつけんのです。乞食は犯罪ではありませんから、巡査に訊かれて、懸命に嘘をつきとおす必要もない……。どんなに過去を捨てたがっている人間でも、本籍ってのは意外にぺらぺらっと喋ってしまうんですな。犯罪を犯してないのならね。だから、まずその本籍を訪ねてみることです。その人のことは知らなくても、その人の父親や母親、あるいは兄妹、親戚かなんかの誰かを覚えている人がいるかもしれません。そうやって、ひとつひとつ、掘っていくんですね。ただ、警察だと相手も喋る可能性はありますが、一般の人ではねェ」

「そのうえ、四十三年もたってるし……」

私がつぶやくと、皆川さんは小さく頷き返しながら、

「それにしても、瀬戸さんのお父さんもお母さんも凄い人ですな。いくら、無免許運転で怪我をさせたといっても、その子を自分たちの養子にして一人前になるまで育てるなんて、常識では考えられないことです。その子と、いや、その子だけじゃなく、その目の見えない母親とも、何か縁があったんですねェ」

と言いました。

「奇特なお人好《ひとよ》しだけでは、とてもできないことですよ。そうやって大きくなった子が、中国の南西端で忽然《こつぜん》と姿を消した……。それなのに、母親と同じ名をつけられた女の子が生まれた……。不思議ですなァ」

そして、しばらく考え込んでから、皆川さんはよく光る目で私を見つめ、

「母なる海という言い方がありますねェ」

とつぶやいたのです。その瞬間、私のなかに「星宿海」という三文字の漢字が走り抜けました。母なる海……。もしかしたら雅人は、星宿海という古来から多くの伝説を生みつづけてきた場

所に、自分の母親を見ていたのではなかったのか……。

私は酔った頭で、そんなことを考えましたが、すぐに、どうもそのような考えは単純すぎるこじつけだと打ち消しました。

海に母を見るだけなら、なにも中国の辺境の地の、黄河の源流に近いところを選ばなくてもいい。たとえばアドリア海とかアラビア海でもいいだろうし、日本海でも太平洋でもいい。ドーバー海峡でもジブラルタル海峡でもいいのだと思ったのです。


それから一週間後に、皆川さんから社へ電話がかかってきて、昭和三十年に大正区S橋の近くで物乞いをしていた母と子について調べてみたので、お時間をつくってくれないかと訊かれました。

退職してすぐに、おでん屋での口約束を実行に移してくれたことに恐縮し、私は仕事が終わるであろう夜の八時ごろに、先日のおでん屋で待ち合わせることにしました。

予想よりも早く仕事を片づけて社を出た私は、時間厳守どころか、必ず約束の時間よりも十五分早くその場にやって来るという皆川四郎さんらしい噂を以前に耳にしていたので、七時四十分に、おでん屋に入りましたが、皆川さんはそれから二分もしないうちに暖簾をくぐってやって来たのです。

私が椅子から立ちあがって、礼を述べると、皆川さんは禿げ頭を自分の掌で叩きながら、

「警察は記録をちゃんと残してるもんだなんて、えらそうに啖呵《たんか》を切りましたがね、そんなもの

は残しちゃいませんでした」

と苦笑しました。

「犯罪にかかわってないかぎりは、浮浪者の本名や本籍なんか調べませんし、記録として残したりもしないんですな」

そのうえ昭和三十年ごろといえば、日本は経済的に立ち直っていなくて、物乞いの浮浪者など珍しくはなかった……。皆川さんはそう言って、ビールを註文しましたが、背広の内ポケットから手帳を出すと、

「私の先輩で、昭和二十七年から三十六年まで大正警察署に勤務してた人がいます。いま八十三歳ですが、まだお元気です。その方に電話で相談しましたら、当時、あのあたりを担当していた民生委員の婦人がいて、この方が、じつに親身に、浮浪者や売春婦や、非行に走る子供たちの面倒をみていたってことを覚えてたんです。ただ、どうしてもその婦人の名前を思い出せなくて、当時の日記を探し出すのに三日かかって……」

その婦人の名は筒井《つつい》峰子《みねこ》。昭和二十七年に三十二歳。昭和三十二年まで大正区の民生委員として、多くの街娼《がいしょう》や孤児や体の不自由な浮浪者の世話を焼いたが、昭和三十七年の秋に和歌山県御《ご》坊《ぼう》市の小学校教師と再婚し、大河内《おおこうち》姓となった。現在、七十八歳。

皆川さんは、ボールペンでそのように書いた箇所を私に見せ、おととい、御坊市の大河内峰子さんを訪ねたのだと言ったのです。

「えっ！　そんなご足労までして下さったんですか？」

私は唖然《あぜん》とする思いで皆川四郎さんの血色のいい顔を見つめました。

「昔取った杵柄ってやつが、目を醒ましたんですなァ。現職の刑事だった若いころ、いろんな捜査で、列車を乗り継ぎ、いなかのバスに乗り、手がかりをみつけに、あっちこっちへ行ったもんです。そのころの血が、ちょっと騒いだんですね」

皆川さんはそう言って笑いました。

「大河内さんはご健在で、藻刈せつと、その息子の雅人のことをよく覚えてました。母親のせつが死んだあと、遺された雅人を施設に収容する手つづきを進めた矢先に、瀬戸さんのご両親が自分たちの養子にしたいと申し出て、何度も逢って話をしたことまで記憶してましたよ」

峰子は昭和十四年に小学校の教師となり、翌々年の昭和十六年に、同じ学校の教師であった先夫と結婚して、二人の娘を産んだが、昭和十九年に召集された夫がフィリピン諸島で戦死した。

材木商の娘で、大正区では昔から素封《そほう》家で、先進的な気風の家柄だったらしく、峰子の母親は、戦後の荒廃した世相を憂いて、売春防止法の制定に民間人として奔走した人で、その娘の峰子も、寡婦となってから二人の遺児を育てながら、民生委員として誠実な活動をつづけた人だということでした。

「これが、大河内さんがいまでも残してある三十数冊のノートのなかに書かれてあった藻刈せつに関する部分です」

皆川さんは言って、自分の手帳を見せてくれました。

――昭和二十九年十月二十一日、谷本さんより連絡。大正区××町三丁目の交差点に、盲目の女と七、八歳の男の子出没。

走行中の自動車に迫って行って物乞いとか、極めて危険。しかるべき措置を講じてはとのこと。××橋交番所の中田巡査と相談し、十月二十二日早朝、橋下の親子を訪ねる。失明と両脚の損傷は大阪空襲によるものとのこと。母親の名は藻刈せつ、三十六歳。子は雅人、七歳。昭和二十二年六月十日、大阪市東区××町三丁目六十番地にて出生。父彦一は翌二十三年病没。生前は港湾労務者としてミナト海運に勤める。

藻刈せつ――大正七年十月三日生まれ。本籍、愛媛県越智《おち》郡渦浦《うずうら》村大突間島《おおづくまじま》甲二〇四。出生地、同上。浜浦敏夫、イチの長女として生まれる。昭和十年八月、上阪。住吉区××町六丁目の田岡秀道家の女中となり、昭和十五年二月、藻刈彦一と結婚。

性質温順なるが、他者への警戒心、異常に強し。その点に関しては余程の事情ありそう。多くを語らず。子と離れ暮らすことへの拒否の姿勢、断固たるものあり。説得には時間かかるか。

――

私は、自分の手帳に、それを書き写しました。

「愛媛県越智郡て、どのあたりなんですかねェ」

と私が訊くと、皆川さんはそれには答えず、自分の手帳のページをめくり、

「大河内さん、当時の筒井峰子さんは、家業の材木商を手伝いながら、二回、瀬戸家の養子となった雅人さんの様子を見るために、瀬戸さんの家を訪ねてるんですね。一回目は、養子になって半年目。二回目は、雅人さんが中学生になった年の五月です。その五月の訪問の際、瀬戸家を辞

去して電車の停留所へ歩いているとき、雅人さんが追いかけて来て、自分の母親の生まれた正確な住所を教えてくれと頼まれたそうなんです。いつか大きくなったら、そこへ行ってみたいってね。隠すことではないので、教えたそうです」

皆川さんは、背広の胸ポケットから折り畳んだ地図を出し、それを拡げました。

「愛媛県越智郡てのは、このあたりですよ」

皆川さんが指し示したところは、四国本土ではなく、瀬戸内海の島々がつらなる部分でした。広島県尾道《おのみち》市から四国のほうへと、瀬戸内海の島々が幾つも点在しています。大きな島は、向《むかい》島《しま》、因島《いんのしま》、生口島《いくちしま》、大三島《おおみしま》、伯方島《はかたじま》、大島ですが、小さな島々はいったい幾つあるのか……。

「大突間島はここです」

皆川さんは、四国の今治《いまばり》市に最も近い大島の西にある小さな島を人差し指でつつき、

「ここが雅人さんのお母さんが生まれたと民生委員の筒井峰子さんに言って、愛媛県越智郡渦浦村大突間島甲二〇四と正確な住居表示まで教えたところです。そして、筒井さんも、この本籍地を中学生になったばかりの雅人さんにも教えたわけですが……」

そこで言葉を区切り、

「でも、ここは無人島なんですな。ずうっと昔から、人は住んだことがない。現在でも無人島です」

と言ったのです。

「無人島……？　昔から？」

「ええ、私はこの大島の吉海町《よしうみちょう》役場に電話で問い合わせたんです。そしたら、何のために大突間島のことを調べたいのか。ここは昔から、無人島ですがって……。つまり、藻刈せつさんは、嘘をついたわけです」

「嘘だったんですか……。自分が生まれて育ったふるさとを、誰にも教えたくなかったんですねェ」

私はそうつぶやき、冷たくなりかけているおでんのスジ肉とタコを食べ、皆川さんに生ビールを勧めました。

そして、本籍地が嘘だとすれば、藻刈せつという自分の姓名も、亡夫の名も、両親の名も、すべて嘘かもしれないと思ったのです。

戦争中の空襲で失明し、両脚までも大きな損傷を受け、雅人を産んだ一年後に夫を亡くしたせつは、あの飢餓の時代を生きる唯一の術として、物乞いに身をやつすしかなかったのでしょうが、そんな自分の本当の氏素性《うじすじょう》をいかに親切な民生委員にも明かしたくなかった心情は、私にも理解できるような気がしました。

ですが、せつという自分の名と、雅人という息子の名だけは本当だったはずです。あの母と子は、二人きりで会話する時間は、他の母と子よりもはるかに多かったことでしょう。その親子だけの会話のなかでまさか子に母が偽名を使おうとは考えられません。

私が、そんな自分の考えを言うと、皆川さんは、小さく頷きながら、

「それに、これはまるででたらめの本籍地じゃありませんよ」

と言いました。

「人間てのは、自分とまったく縁も所縁《ゆかり》もない土地を咄嗟に思い浮かべたりはせんのです。たとえば嘘をつくにしても、もっと一般的な住所を言うはずです。たとえが和歌山県白浜市とか、兵庫県神戸市とか、愛媛県だったら松山市とか、ね。この愛媛県越智郡渦浦村大突間島甲二〇四なんて住居表示は、咄嗟の嘘で口から出てくるものじゃありません。しかも藻刈せつは、大突間島が昔から人の住んだことのない無人島であることを知ってたんです。知ってたからこそ、あえてそこを出生地とした。もし、何等かの事情で、自分の生まれ育ったところを調べられるような事態が生じた場合を念頭においての嘘だったと私は思います。本籍地を照会されても、そこは大昔から無人島で、藻刈せつのことなんか調べようがないってことまで計算しての嘘でしょうなァ」

これも役場の担当者から聞いたのだが、と前置きし、皆川さんは話をつづけました。

「昔は吉海町っていう町もなかったんです。この大島には津倉《つくら》村、亀山《かめやま》村、渦浦村、大山村とかの村がありましてね。昭和二十九年にその四つの旧村がひとつになって吉海町になった。そのあと、昭和三十九年七月七日に、離島振興対策実施地域指定という条令の発令に伴って、この無人島である大突間島は、愛媛県越智郡吉海町大字椋名《むくな》乙なんとかという表示になります。ですが、昭和二十九年に雅人さんのお母さんが民生委員である筒井峰子さんに教えた本籍地は、住居表示改正の前の、愛媛県越智郡渦浦村大突間島甲二〇四です。私は、渦浦村まで正確だが、そのあとの大突間島甲二〇四は、口からでまかせだったと思いますねェ。あるいは、渦浦村も嘘だったかもしれない。いずれにしても、瀬戸内の島である大島のことを、藻刈せつさんはよく知っていたんだと思います」

「瀬戸内海の島かァ。いま、尾道から今治までの島々を結ぶ道路が建設中ですね。全部がつながるのが、来年、平成十一年の五月の予定です。うちの社も工事を受註して、三つのトンネル内に大型換気扇を取り付けてます。この海に架かる道路ができると……」

私はそう言って、地図を指差しました。

「尾道から向島へ、向島から因島へ、因島から生口島へ、生口島から大三島へ、大三島から伯方島へ、伯方島から大島へ、そして大島から四国本島の愛媛県今治市へと、一本でつながるんです」

「昔は、どの島へも、船で渡るしかなかったんですなァ。まだ刑事になりたてのころ、ある男を追って、この島まで行ったことがあります。先輩のベテラン刑事と二人で」

皆川さんは生口島の東側に点在する島のひとつを指で示しながら、そう言いました。

「大阪を夜行で出て、この島に着くのに三日半かかりました。往復一週間ですよ」

雅人の母の話題は、そこでいったん終わることにして、私は生ビールを飲み、おでんを食べながら、皆川さんが現役の刑事だったころの、忘れ難い事件について語るのを聞いていました。

星宿海か……。

私は皆川さんと別れ、家への電車のなかで、何度も胸のなかで、そうつぶやきました。

兄の雅人が、星宿海に異常なほどの興味を示し始めたのは、中学二年生になってすぐで、それは室井秋梅という、当時七十二歳だった書道と図画の教師の影響だったな……。

あの秋梅先生の部屋に、兄はしょっちゅう出入りして、星宿海の話を聞いたり、数少ない文献を見せてもらったりしていた……。

学校が休みの日にも、秋梅先生の自宅に遊びに行き、よく夕食をご馳走になって帰って来ることもあった……。

秋梅先生がまだ存命しているなどとは考えられない。生きていれば百八、九歳ということになるが、そんなことは有り得ないだろう……。

だが兄は、秋梅先生には、他の人には喋れないことも語って聞かせたりしたのではないのか……。自分の本当の母のことも、父が死んでからの、路上での物乞い生活のことも……。

秋梅先生は、あの城東区の中学を退職後、おそらく隠居して余生をすごしたことであろうが、いったいお幾つまで生きたのだろうか……。

なぜ秋梅先生は、あんなにも雅人を可愛がってくれたのだろう……。

雅人に、星宿海という未知の地を教えた人……。


私が帰宅すると、妻は風邪をひいたらしく、先に眠るというメモを残して寝室に引き籠《こも》っていました。

テレビを観ていた長男の剛太《ごうた》が、タツタ玩具の江藤という人から電話があったと教えてくれ、

「雅人おじさんのことで何かわかったんですか？　って訊いたら、いいや、そうやありません、瀬戸さんのアイデアの親子亀が完成したから、それをお届けしようと思て、て言うてはったで」

と言いました。

「へえ、あのゼンマイ仕掛けの親子亀が、ついに完成か……」

私は、近々、タツタ玩具の社長にも、江藤さんにも挨拶をしに行かねばなるまいと思いながら、兄のアイデアである親子亀の仕掛けを剛太に話して聞かせました。

大学三年生の剛太は、工学部建築学科に在籍し、大学院に進んで都市工学の勉強をつづけることを決めていたので、来年、就職活動をしなくてもよく、実習に追われながらも、のんびりとした大学生活をおくっています。

「お前、いつか俺と一緒に、瀬戸内の島々へ行かへんか？」

私が言うと、

「いつかって、いつ？」

と訊き直し、アルバイトで貯めた金で中古車を買う算段がついたのだが、駐車場代が高くて、もう中古車を買うのをあきらめようかと思っていると剛太は言いました。

「瀬戸内海の島々か……。あてもなく、ただ島から島へと渡って行くのん？」

私は、それには答えず、兄の雅人の本当の母親のことを調べたいのだと言ったのです。

「お前、口、堅いか？」

私に訊かれて、剛太は笑みを浮かべ、

「堅い、堅い。貝みたいな人間やで」

と言ったので、私は笑いました。

そして、これまで決して話さなかった雅人の過去について語ったのです。

どうして長男の剛太に話したくなったのか、私にはわかりませんでした。

途中でいったん話をやめ、私は風呂に入り、パジャマに着換えると、ウィスキーの水割りを作ってから、再び話をつづけたのです。


それから一カ月近く、私は仕事に忙殺されて、樋口千春とも連絡をせず、タッタ玩具を訪ねる時間も作れないまま、ドイツ出張とか、静岡工場での長期研修とか、新しく建設される高速道路現場での泊まり込みとかがつづきました。

おそらく、会社勤めを始めてから、これほど忙しい日々はなかったであろうと思います。

そんな忙しい時期がなんとか終わったのは、一月末近くで、やれやれ、現場での作業服生活もひとまずお休みかと思っていたところ、こんどは煩瑣《はんさ》な事務仕事が山積していて、私は身も心もまさにぼろ雑巾のようになってしまい、インフルエンザにかかって寝込んでしまったのです。

四十度を超える熱が四日つづき、それがやっと引いたのは二月六日でしたが、息ができなくなるほどの咳はおさまらず、肺炎になりかけていると診断されて、私は大事を取って入院させられるはめになってしまいました。

外国出張中も、現場での仕事中も、高熱で臥《ふ》しているときも、ときおり私は、兄の子を産んだ樋口千春に、兄の生い立ちを話すべきかどうかを考えていることがありました。

いかなる事情があったにせよ、瀬戸雅人という人間が、路上で物乞いをする盲目の女の子であったことを知ったら、樋口千春のあの毅然とした決意に水をさすのではないか……。そんな不安が私のなかから消えませんでした。

と同時に、あの戦後の飢餓の時代に、大阪空襲の戦火によって失明し、両脚までも怪我をした女が、必死に子を育てようとしつづけて、いかんともしがたく物乞いに身をやつしたことに何の恥があろう、という思いも交錯していました。

真実を告げないほうが罪なのではないか。

いや、境遇を知って、偏見や差別とは別次元のところで、千春がやはり落胆のような感情を抱くとしたら、何も真実を明かす必要はないのだ。

それが、おとなの知恵というものではないのか……。

肺炎の心配が去り、眠れないほどの咳もおさまりかけたころ、私は病院のベッドでテレビを観ながら、ほとんど、後者の考えに傾いていったのです。

もういつ退院してもいいと言われた日の夕刻、皆川四郎さんが花を持って見舞いに来てくれました。

「保安課の谷口くんが教えてくれましてねェ。お宅にお電話をかけたところ、奥さんが、あしたあたり退院できそうだって……。それで一安心したんですが。とんでもなく忙しかったそうですな。この際、徹底的に体を休ませることです。小さな病気をしたお陰で大病にかからずに済んだという話はよく聞きます」

皆川さんはそう言ってくれました。

「この不景気な時代に、忙しいのはありがたいことですよ。うちとおんなじ規模の同業の会社が、先月、倒産しました。それなのに、うちは前年比二・八パーセントの業績アップなんですから」

私が笑って言うと、

「命あっての物種です」

皆川さんは怖い目で応じ返し、ベッドの横の椅子に坐りました。そして、お兄さんの消息について、その後、進展はあったかと訊きました。

私は忙しさでまったく何も調べられなかったし、兄の子を産んだ樋口千春とも連絡は取っていないこと、さらには中国側からも日本の関係機関からも何の音沙汰もないことを話しました。

「失踪してもうすぐ一年と四カ月になるわけですなァ」

皆川さんはそうつぶやき、四人部屋に入院している他の患者に気がねするように、この病院の地下に喫茶室があるので、そこでコーヒーでもいかがかと誘ってくれました。

私と皆川さんは地下の喫茶室に行き、コーヒーを飲みましたが、雑談しているうちに、私は「星宿海」のことを皆川さんには話していなかったのに気づき、兄について調べるには、「星宿海」が鍵になりそうな気がすると言ったのです。

「星宿海……。何ですか、それは」

「中国の青海省にある黄河の源流近くの地名です。湖というか池というか、そんなのが星の数ほどあるので星宿海と呼ばれるようになったそうで」

私は自分が知っているかぎりの星宿海に関する知識を語り、その星宿海の存在を兄に教えた室井秋梅先生が、ひょっとしたら自分たち家族も知らなかった瀬戸雅人という人間の内面に触れ得た人物かもしれないと話して聞かせたのです。

「ご存命なら百八歳か百九歳。まあ、生きていらっしゃる確率は極めて低いわけですけど……」

「雅人さんが姿を消したカシュガル郊外の村は、その星宿海の近くなんですか？」

「とんでもない。二千キロ近くも離れてますよ」

私はテーブルの上の紙ナプキンに、中国の大雑把な地図を描き、このあたりが青海省、そしてここが新疆ウイグル自治区のカシュガル、そしてここが兄が失踪した村と説明しました。

「黄河は、だいたいこう流れています」

皆川さんは私の引くボールペンの線を見ながら、

「星宿海か……。そういう場所があるということさえ知りませんでしたなァ。中国は、とんでもなくでかい国ですなァ」

と言いました。

「雅人さんは、せっかくの念願の中国旅行なのに、どうして星宿海に行かずに、シルクロードの旅のほうを選んだんでしょうなァ」

「たぶん、星宿海ツアーなんてコースがなかったんでしょう。行きたくても行きようがなかったんだと思います。チベットとの国境に近いですし、外国の観光客が簡単に旅する条件も整っていないんだと思います」

するとと、皆川さんは少し笑みを浮かべ、

「私が調べましょうか」

と言ったのです。

「星宿海をですか?」

「いえいえ、その室井秋梅さんをです。その高名な書道家はお亡くなりになった確率は高いですが、ご遺族はいらっしゃる。ご遺族にお話を伺っても、何もわからないかもしれませんが、ひょっとしたら、どなたかが、雅人さんに関する何かを覚えていらっしゃるかもしれません」

それから皆川さんは、妻の心臓の持病も、いますぐ命にかかわるというものでもないし、毎日仕事もせず気ままに生活しているのにも飽きたのだと笑いました。

「昔取った杵柄です。犯罪とは関係なくても、ひとりの人間について調べるってのが、どうも私の性に合ってるんですな」

そう言って、皆川さんは、じつは年末から年始にかけて、妻と二人で四国を旅して来たのだと言いました。

「家内の妹が徳島におりますし、私のいちばん上の孫が、去年、愛媛の大学に入ったもんですから、正月は道後《どうご》温泉ですごそうってことになって、飛行機で松山へ飛んで、孫にうまい料理をご馳走してやり、十二年も逢ってなかった家内の妹を訪ねて、一月七日に大阪に帰って来たんです」

道後温泉から松山へ行く途中、今治市を通ったが、そこから大島だけでなく、その周辺の幾つかの島々が見えた。いったいどれが大突間島なのかはわからなかったが、瀬戸雅人と母・藻刈せつに何等かの所縁のある地なのだという思いで、瀬戸の島々を見つめた。

皆川さんはそう言いました。

「ことしの五月の開通式に合わせて、本州の尾道から今治を結ぶ橋と道路の建設工事が急ピッチで進んでました。『瀬戸内しまなみ海道』って名前がつくらしいです。そのしまなみ海道が開通したら、また家内と行こうかと思ってるんです」

皆川さんは、室井秋梅先生の勤めていた中学校の名を手帳に控えて、帰って行きました。

咳はまだ少し残っていましたが、私は二月十二日から出社し、いつもの仕事に復帰し、また忙しい生活へと戻りました。

二月の半ば、樋口千春から会社宛《あて》に私に手紙が送られて来て、家業を継ぐにあたっての母とのごたごたで、十二月以降、気持のうえで落ち着かない日々をすごしていたこと。それがなんとか結着したと思ったら、年末の宴会シーズンから正月の泊まり客の接待につづいて、新年宴会の時期へとつづき、きょうまでご無沙汰《ぶさた》してしまったことなどが綴られ、せつも、伝い歩きができるようになり、言葉にはなっていないものの、さまざまな声を出して自分の感情を伝えようとするようになったとつづいていました。

旅館も二月に入って閑古鳥《かんこどり》が鳴くほどに暇になったので、久しぶりに上阪するつもりで、その節、ご迷惑でなければ一夕食事の席でも用意したいと思っている。上阪の日が決まれば会社のほうにお電話する。

千春からの手紙は、そのようにしたためられて終わっていました。

私も、十二月末以降忙しくて、賀状も書けなかったこと、思いもかけない入院騒ぎのことなどを手紙にしたためて投函《とうかん》しました。

その日は、ほとんど定時に社を出ることができたので、いったん家に帰るつもりで駅まで行き、ふと思いたって、タツタ玩具の江藤範夫さんに電話をかけてみたのです。

あのゼンマイ仕掛けの親子亀が完成したという電話を貰って以来、江藤さんからは何の連絡もありませんでしたが、私も忙しくて、電話を貰っておきながら、こちらからは連絡しないという非礼を犯しつづけていたのです。

「ぼくも出張出張の連続で……。貧乏暇なしを絵に描いたようなもんです」

電話に出て来た江藤さんはそう言いました。

いまから尼崎のタツタ玩具へ行き、あの親子亀を見せていただきたいと思って……。私がそう言うと、江藤さんは、大阪の福島区にある玩具の部品メーカーに行くので、どこかその近辺で待ち合わせるというのはいかがかと提案しました。

「福島区ですか……」

私は〈ヤキヤキ〉を思い浮かべました。兄の雅人が常連であったお好み焼き店……。そこの女主人を介して、樋口千春と知り合った店……。

あの親子亀の完成品を目にするのにこれほどふさわしい場所はないような気がしたのです。

「ああ、〈ヤキヤキ〉ねェ。そう言えば、あそこのご主人、えーと、稲村真喜子さん、もう長いこと連絡がないです。瀬戸さんのこと、あきらめてしまいはったんやろなァ」

江藤さんは、部品メーカーとの打ち合わせは小一時間ほどで終わるであろうから、遅くとも七時には〈ヤキヤキ〉へ行けると言いました。

私は時間つぶしも兼ねて、梅田のデパートへ行き、せつの誕生の祝いを買い、千春の住まいへと送ってもらうよう頼みました。

せつの一歳の誕生日は四月なので、何かせつに贈り物をするのは、そのときのほうがきりがいいのですが、私はせつが去年の四月に生まれていたことを知らなかったわけで、早すぎる一歳の誕生日祝いを贈るよりも、誕生そのものへの遅すぎる祝いのほうがいいような気がしたのです。

そのあと、本屋に入り、読みたかった本を捜してから、私は大淀区の〈ヤキヤキ〉へと向かいました。

ＪＲの福島駅から〈ヤキヤキ〉へと歩きながら、いったいどこが福島区と大淀区の境なのだろうと、住居表示のプレートを見ていた私は、路地から歩いて来た男に声をかけられました。声の主は、いささか大きすぎるのではないかと思うほどの防寒コートを着て、金属製の大きな鞄を持った江藤範夫さんでした。

「寒いですなァ。ことしの冬いちばんの寒さらしいです」

そう言って、江藤さんは、路地の奥の白い看板を指差し、あの小さな工場で、我が社のゼンマイ仕掛けのおもちゃの部品を作っているのだと教えてくれました。

「雅やん、暇をみつけては、あの工場で、新しいおもちゃのことを考えとったんです。あそこの社長、昔、タツタ玩具で働いてたおもちゃ職人で、雅やんが就職したときの現場での最初の上司とこです」

です。いまも、雅やんの作業服、クリーニングして置いてあるんやて……。そんな話をしとった

「兄の作業服ですか？」

「あの工場、うちの社長が資金援助して、うちの仕事を常に優先させるために作ったんです。うちの子会社っちゅうほどの資金は出してないんやけど、あそこの社長は、うちの先代の社長の時代からの職人さんで、ゼンマイ仕掛けのおもちゃに関しては、生き字引みたいな人ですねん。雅やんは、営業で日本中を歩く仕事よりも、ずうっと作業服を着て、おもちゃを作ってたかったんです。そのことをよう知ってて、あそこの社長、雅やんの作業服を雅やんのロッカーに入れたままにしてますねん。あいつは絶対に帰って来よる、ちゅうてねェ」

路地から出て来た江藤さんと出くわした場所から〈ヤキヤキ〉までは歩いて五分ほどでした。江藤さんは、兄が〈ヤキヤキ〉の常連だったことは昔から知っていたが、自分は一度も行く機会がなかったのだと言い、ひときわ強くなった寒風から逃げるようにして、〈ヤキヤキ〉の店内へと早足で入りました。

台湾人のタキさんの姿はなく、学生のアルバイトらしき青年が二人、大声で「いらっしゃいませェ」と言って、すぐに註文を取りに来たので、私はとんぺい焼きと熱燗を頼み、江藤さんに、今夜は私の奢りですからと耳打ちしました。

「体の芯まで冷えてるから、ビールは飲む気がしませんねェ。ぼくは焼酎《しょうちゅう》のお湯割りと……」

壁中にほとんど隙間なく貼られた品書に目をやっていた江藤さんは、調理場から出て来た、頬《ほお》

骨《ぼね》の尖った色白の老婦人に立ちあがってお辞儀をしたのです。

私は、ああ、この婦人が稲村真喜子さんなのかと思いながら、立ちあがって名刺入れを出しました。

稲村さんは、江藤さんを見るなり、誰なのかすぐにわかった様子で、丁寧に挨拶《あいさつ》をし、何度も会社に訪ねて行ったことを詫《わ》びてから私に視線を移しました。

名刺を手渡しながら、私が、瀬戸雅人の弟であることを自己紹介すると、稲村さんの表情に驚きともとまどいともつかない奇妙な翳が生じたのです。それは、私にはいやに心に残る表情の変化でした。

私が以前に〈ヤキヤキ〉を訪ねて来たことも、樋口千春がせつのことを打ち明けたのも、稲村さんは承知しているはずでしたから、私と顔を合わせて以後の稲村さんの落ち着きのなさは、ただ訝《いぶか》しさを私に抱かせつづけました。

お好み焼きが焼きあがるまでのあいだに、江藤さんは金属製の大きな鞄からゼンマイ仕掛けの親子亀を出し、完成したとき試験的に五百個製造して、古くからつきあいのある玩具店に置かせてもらったのだと説明しました。

「これで遊ぶには、ちょっとした場所を取りますんで、ひょっとしたら空振りに終わるかなと、ぼくも社長も思とったんです。構造上、機械部分に砂とか水とかが入ると壊れやすいもんで、そのことを箱に大きく明示してあります。こういうおもちゃを欲しがる年代の子供さんを持ってる家庭っちゅうのは、親御さんはまだ若くて、充分なスペースのある家には住んではれへん場合が多いですから」

店頭に置いた当初は、十日間で二十個ほどしか売れなかったが、十二月初めあたりから急に販売数が増えて、クリスマスの二週間前には、全国の玩具店から註文が殺到した。

「工場はこの親子亀製造一色になって、二十四時間フル稼動です。クリスマスが終わるとちょっと動きが鈍りましたけど、今年に入って、また大量の註文が入りました」

私は、親子亀の入ったパッケージをあけてみたかったのですが、〈ヤキヤキ〉は満員で、兄が考案した新しいゼンマイ仕掛けのおもちゃを動かせる場所はありませんでした。

「異族っていう言葉に、兄がこだわったのは、カシュガルでしたよね？」

と私は江藤さんに訊きました。

「ええ、カシュガルです。ホテルのなかに、観光案内所みたいなところがありましてね。そこに、タクラマカン砂漠への日帰りツアーとか、タジク族が住む高原見学とかの貼り紙がしてあって……」

そこで江藤さんは焼酎のお湯割りをもう一杯註文し、兄が「異族」という言葉を口にしたのは、カシュガルが最初ではないのだと言ったのです。

「あれはいつやったかなァ……。ぼくと二人で北海道に出張したときです。もう十年以上前……、いや、もっと前かなァ。アイヌがやっている剝製《はくせい》を作る工房に行ったんです。あるおもちゃ屋さんの紹介で、子持ちシシャモを買いにね」

「シシャモ？　剝製を作る店に？」

と私は訊きながら、店の入口近くの席に坐っている常連客と何か話している稲村真喜子の横顔をそれとなく見つめました。

子宮癌の手術後、ひどく体力が落ちて、抗癌剤の副作用で体重が十数キロ減ったということは樋口千春から聞いていたのですが、おそらく想像以上に面変わりしたのであろう稲村真喜子のどうかした瞬間の表情に、私は見覚えがあるような気がしてならなかったのです。

「そうですねん。そのアイヌの人は、本業は剝製を作る職人さんやねんけど、漁業関係の友だちが多くて、普通の商店とか市場なんかに置いてないようなとびきり上等のシシャモを裏で扱《あつこ》うてはるんです。シシャモだけやのうて、鱈子《たらこ》とかサーモンとかもね」

私は江藤さんの話に小さく相槌を打ちながらも、なんとなく私から顔を隠したがっているように感じられてならない稲村真喜子を盗み見ていました。

どこかで自分はこの人と会ったことがある……。その思いは次第に確信のようなものに変わっていったのです。

「異族っちゅう言葉は、そのアイヌの店から出て、古い得意先のおもちゃ屋の主人と話をしてるときに、初めて耳にしたんです」

と江藤さんは言いました。

おもちゃ屋の主人は、どんな理由からか、その剝製屋のアイヌと仲が悪く、何度も唾棄するように「異族」という言葉を使って侮蔑しつづけたのですが、江藤さんにも雅人にも、イゾクが「異族」の意味であることがわからなかったらしいのです。

いったい「イゾク」とはどういう意味かと江藤さんが質問し、おもちゃ屋の主人が「異族」と紙に書いてくれて、初めて意味がわかったそうです。

「もともと北海道はアイヌの土地やったんや。それを『異族』と軽蔑《けいべつ》するやつのほうがおかしい。アイヌの人にしてみたら、あんたのほうこそ『異族』やがな……。ぼくはそう思いましたけど、そんなこと、お得意さんに言われへんさかい……」

江藤さんはそう言って笑いました。

その夜、苫小牧《とまこまい》の安宿に泊まり、夕食を終えてから退屈しのぎに街に出たとき、雅人は小さな本屋の前に江藤さんを待たせておいて、国語辞書で異族という言葉の意味をしらべたのです。

「本屋の棚から『広辞苑』を出して、『異族』の項をしらべると、『ちがう種属』とか『外国の民族』とか、ええっと、他に何て説明してあるって言うたかなァ……。ちょっと忘れましたけど、雅やんはえらいその言葉にこだわりまして。旅館に戻ってから、ぼくが話しかけても生返事するばっかりで。そのうち、ぽつんと『異族って、もっと大きな意味があるような気がする』って、元気のない、なんやしらん思い詰めたような顔で言うて、考え込んでるんです。異族って、確かにいやな言葉ですなァ」

タツタ玩具は瀬戸雅人を社員として採用する際に瀬戸雅人が幼いころに瀬戸家の養子となったことはわかっていたのだから、あるいは江藤さんもそれを承知しているのかもと私は思っていたのです。けれども、兄の失踪以来、何度か江藤さんと逢っているうちに、彼が何も知らないことに気づきました。

ですから「異族」に関しての話題は切り上げようと思い、私はあえて従業員ではなく、経営者の稲村真喜子に焼酎のお湯割りの追加を註文しました。確かにどこかで逢ったことのある稲村真喜子という女が気になりつづけて、私は江藤さんの話をいささか心ここにあらずというふうに聞いていたのでした。

稲村真喜子は、焼酎のお湯割りを従業員に運ばせましたが、常連客が帰ってしまうと、私たちの席にやって来ました。

「きょう、千春さんから会社のほうにお手紙を頂戴《ちょうだい》しました」

と私は稲村真喜子にだけ聞こえるように小声で言いました。

「あの子も、えらい忙しかったみたいで」

と稲村真喜子は応じ直し、気づかれないよう江藤さんのほうに人差し指を向けました。彼は雅人と千春のことを知っているかと私にかすかな身振りと表情で問いかけたのです。

私は小さく首を左右に振って笑みを浮かべ、

「兄は、稲村さんにも星宿海の話はしませんでしたか?」

と訊きました。私は別段何かを企んでそんなことを質問したわけではなく、話の継ぎ穂として口にしただけにすぎませんでした。けれども、それに対する稲村さんの言葉は、私にあの夏の夜の城北運河を思い出させたのです。

「しょっちゅう星宿海のことを話してました。星宿海の模型を小さな瓢簞で作ったりして……」

瓢簞……。兄が瓢簞を星宿海にみたてて模型を作ったのは十五歳の夏でした。そしてその瓢簞を買ってくれたのは、あの気味の悪いならず者の言葉によれば、城北運河沿いの工場横の空地で客を取っていた娼婦だったはずだ……。

私は愕然《がくぜん》として稲村真喜子の顔を見つめました。あの娼婦の、肩のほうへと拡がっていくようなウェーブをつけた髪型を短く切って、いまよりもひと廻り、いやふた廻り以上も肉づきを良くして、若いころの顔立ちに戻せば、稲村真喜子は、まぎれもなく夜の城北運河にいた女へと変貌していったのです。

私は、まさかと思いながら、稲村真喜子の右の頬に目を凝らしました。あの夏の夜、土橋の坊主が撃った空気銃の弾は、娼婦の右頬に小さな穴を穿ったのです。

稲村真喜子の痩せた頬には、ニキビの痕に似たわずかな痕跡《こんせき》がありました。

真喜子、真喜子……。私は何度もそう胸のなかでつぶやき、あのならず者の口から出た娼婦の名もマキコだったなと、自分の記憶の根をたぐり寄せつづけたのです。

——まあ、空気銃の件は、別のこととして始末をつけるとしてやなァ、俺が教えてもらいたいのは、女がなんでお宅の息子に瓢箪を買うてやったのかっちゅうことやがな。——

——お前が撃てと指示したんやて、あのマキコちゃんが泣いて言うたんや。——

——あんた、瓢箪を買うてもらうくらい、マキコちゃんと仲良しやったんやなァ。マキコちゃん、どこ行ったんや？——

あの男は確かに何度も「マキコ」という名を口にした。マサコでもマチコでもなく、間違いなくマキコだった。

そう確信すると、私の記憶はさらに鮮明になりました。

城北運河の畔から去って行く娼婦が、夜更けの物干し場で涼んでいた雅人に語りかけた言葉が甦ったのです。

――エビエや。エビエのスミタ・メリヤス。――

ああ、どうして自分は気づかなかったのであろう……、と私は思いました。

樋口千春と初めてこの〈ヤキヤキ〉で逢ったとき、彼女は稲村真喜子との肉親以上といえる信頼関係についても語って聞かせてくれたのですが、そのとき、自分と稲村真喜子との出逢いが、大阪市福島区海老江にあったスミタ・メリヤスという会社であったことも口にしていたのです。真喜子、海老江、スミタ・メリヤス……。そして仔細《しさい》に見なければそれとわからないものの、右頬のあるかなきかの丸い傷痕《きずあと》……。

私は、稲村真喜子がどうして自分の顔を私から隠そうとしていたのかを知ったのです。そうなのか……。兄は両親にも私にも決して語らなかったが、あれ以後、娼婦の世界から脱け出し、執拗な男の追跡から逃げつづけたあの女と、あたかも姉と弟のような関係を維持してきたのか……。

その思いは、それ以後〈ヤキヤキ〉にいるあいだ、ずっと私を寡黙にさせていました。そして、私は、稲村真喜子の過去に気づいたことを決して彼女に悟らせてはならぬと心に言い聞かせつづけたのです。

「中国に行くて聞いたとき、私はてっきり雅人が、とうとう念願叶《かな》って、星宿海へ行くんやとばっかり思たんです」

と真喜子は言いました。

「ぼくもです。兄から『中国の辺境へ行くんや』って電話で言われて、『へェ、星宿海にか?』って訊き直しました」

私がそう言うと、

「ほんまに、ふたことめには星宿海、星宿海……。星宿海のことしか頭にないのかいなって、私もようひやかしたもんです」

と真喜子は笑いました。

「ぼくには、あんまりそんな話はせえへんかったなァ。雅やんの口から出るのは、ゼンマイ仕掛けのおもちゃのことばっかり。そやから彼はねェ、時計が好きでしたんや。クォーツの時計やうて、ゼンマイと歯車で時を刻む時計です。うちの会社が生き返って、ボーナス以外に新製品の五万個突破記念に、社員に何か記念品を贈ろうって社長が言いだしたとき、懐中時計にしようって勧めたんは雅やんですねん。クォーツ式のほうが安うて見映えがええんやけど。社長は雅やんに押し切られて、ゼンマイ式の懐中時計にしたんです」

と江藤さんは言いました。

「あの懐中時計も、雅やんと一緒に、カシュガルの南のどこかへと消えて行ってしまいよった……」

真喜子は、ぜひ食べてくれと言って、お好み焼きを焼いてくれました。

「具はキャベツと天かすと豚肉だけの豚玉。これがお好み焼きの基本ですねん」

エビや貝柱や、牛肉やチーズや、まあ思いつくさまざまな具を入れて焼くから「お好み焼き」なのだが、結局は豚玉に極まれりなのだと真喜子は言いました。

それはこれまで私が食べたお好み焼きのなかでは、比べようもなくおいしかったのです。

「私らが子供のときは、メリケン粉を鉄板に薄く引いて、そこにキャベツと天かすと、うすーく切ったチクワを二枚ほど載せて焼くだけのもんで、上から青海苔《あおのり》を振りかけて、ソースを刷毛《はけ》で塗って……。それを屋台で売ってて、近所の子ォらが食べてるのを見て、うらやましかったもんです。私の家は貧乏で、そんなてんやもんなんか買うてもらわれへんかった……」

私がことさら真喜子の顔を見ないようにしつづけたせいか、真喜子は次第に打ち解けてきて、しばしば笑みを浮かべるようになりました。

ですが、私も真喜子も江藤さんも、ことさら雅人の話題は避けつづけました。口にはしないもののの、私たちは暗黙のうちに、瀬戸雅人の無事な生還はもはや有り得ないと考えていたのでしょう。

そろそろ帰ろうかというころ、江藤さんは、雅人が失踪する前日に、ちょっとおもしろいことがあったと言って、ダメ押しのように五杯目の焼酎を頼みました。

「カシュガルに職人街って呼ばれてる一角がありましてね。紀代志さんは行きはりましたか?」

「いえ。市内観光なんて余裕はなかったですね。カシュガルの空港に着いたときから、向こうの外事弁公室の職員と公安刑事がずっと一緒だったですから。それに気分的にも、そんな気にはなれなくて」

と私は答えました。

「そらそうでしょう。行方不明になったお兄さんを捜しに行って、ついでに観光なんて、そんな不謹慎なことでけまへんわなァ」

職人街というのはカシュガルの中心部にあって、まさしくその名のとおり、ありとあらゆる職人が集まっているところで、およそ生活に必要なすべての品物を作って売っている。

鍋、釜《かま》、バケツ、カーテン、瓦《かわら》、水道の蛇口、水道管、電灯の笠《かさ》、ネオン管、電気器具用ソケット、家具、額縁、絨毯、窓枠、板ガラス、靴、サンダル、鞄……等々。列記すればきりがないほどの品種と、それらを作ったり加工したりする職人やその徒弟たちが、職人街にひしめき合って、早朝から夜半まで賑《にぎ》わいつづけている。

そこに荷物を積んだロバ車やリヤカーやトラックが火事場騒ぎのように行き来していて、初めて足を踏み入れた者は、店先の道にまで並べられた商品と、行き来するロバ車などにぶつからずに歩くことなどできそうもない混乱ぶりにどぎもを抜かれる。

職人街の西側には、職人たちの住居群があって、石と泥と木で造られた長屋のような家々が密集している。

おそらく職人の子供たち、それもまだ学校に行く年齢に達していない幼児たちは、入り組んだ網の目のような住居群の路地と職人街とを遊び場にしているらしく、思いも寄らない狭い道から、たとえば水道器具を作る鍛冶《かじ》屋の横手から走って来て、道を譲れと言い合ってこぜり合いをしているロバ車とリヤカーとのわずかな隙間を敏捷《びんしょう》にすり抜け、バケツ屋の横の路地へ走り込み、たちまち別方向の仕立て屋の裏手の道から走り出て来るのだ。そのすばしこさは、あたかも木から木へと伝って行くリスのようで、見ていて思わず感嘆の声を洩《も》らすほどだ。

「こらっ！　うろうろするなァ！……たぶん職人さんらにそう怒鳴られながら遊んでるんでしょうなァ。なかにはほんまに頭にきたおっさんに衿首《えりくび》とっつかまえられて、横っつら張られてる子ォもいてました。ぼくも雅やんも、職人街そのものよりも、あっちの店先からこっちの路地へ、こっちの路地からとんでもない方角違いの路地へと、ほんまに神出鬼没《しんしゅつきぼつ》に走り廻る子ォらが、昔の日本の子ォとおんなじように棒切れを刀にみたてて、まあ言うたらチャンバラごっこしてるのを見てたんです」

そうしているうちに、ひとりのウイグル人の男の子がロバ車の陰から走り出て来て雅人の脚にぶつかった。よほどの勢いでぶつかったらしく、その幼い子は道に尻もちをついたが、機敏に起きあがると、びっくりしたように雅人を見つめた。

「まあそのチビさんにも、雅やんが漢人ではないっちゅうことがわかったんでっしゃろ。勿論、ウイグル人でもないし、タジク族の商人でもない……。この人は、どこの国の人やろ……。たぶんそう思たんでしょう」

江藤さんはそこまで話すと一息いれて、コテで切り分けて鉄板の上に残っていたイチョウ形のお好み焼きの最後のひときれを食べました。

「ぼくも雅やんも、職人街のあまりの騒音と砂埃に音をあげて、静かな長屋のなかの迷路みたいな道に逃げ込むようにしてホテルへ帰って行ったんです」

そこはまったく迷路とおぼしき長屋の居並びで、日陰では老人と猫が昼寝していて、女の子たちは井戸の水を汲《く》み、カミさん連中は井戸端会議をして、隣接する職人街とは異なる静寂を作っていた。

「さあホテルまでどの道を行ったらええのか……。下手をすると、あちこち歩き廻って結局元のところに戻って来そうな迷路ですねん。ぼくも雅やんも、道やと思て進んだところがじつは長屋の奥へとつながってるだけの通路やったり、大通りへと抜けられると思た道が職人街の絨毯屋の裏口への路地やったりで、ちょっと途方に暮れてしもて、いっそ職人街へ戻ったほうが安全かもしれんと考えたんです」

だが、職人街へ戻る道もわからなくなり、とりあえずさっきの井戸のところをめざそうと相談して引き返しかけると、ウイグルの民族帽をかぶった男の子がこちらを見つめて立っていた。

「さっき、職人街で雅やんの脚にぶつかった子ォですねん」

突然、もと来た道を引き返すために振り返った二人に驚いたのか、五つか六つのその男の子は、刀にみたてて持っていた棒を手から放し、長屋の土の壁のところへあとずさりした。だが、二人が歩きだすと、一定の距離を保ったまま、ついて来たのだった。

「髪の毛は黒いんやけど、目がちょっと青いんです。黒っぽい緑っちゅうたらええのかな。まんまるこい目で、色も白うて、ぼくらが振り返るたびに立ち停まりよる。そのうちぼくは、言葉は通じんでも、地図を見せて大通りを示したら、なんぼこんなチビさんでも、質問の意味がわかるやろと思て、近づいて行ったんですけど、そうすると、おんなじ距離だけ逃げてしまいよる。ぼくが五メートル近づいたら、五メートルあとずさりしよる。日の当たってるとこでは、その子の目ェは黒っぽい緑色なんやけど、日陰に入ると完全な黒に見えて、それがじつにそのォ雅やんと似てますねん。『おい、あの子、雅やんにそっくりやがね。雅やんをちっそうしたら瓜二《うりふた》つや。気持悪いくらい似てるがな』。ぼくがそう言うと、雅やんは長いことその子を見てから、近づいて行ったんです」

その子は江藤さんが近づくと逃げたのに、雅人からは逃げなかった。雅人は地図をその子に見せ、ホテルの前へと延びている大通りを指で示し、この道へはどうやって行ったらいいのかと身振りで訊いた。

男の子は、地図に見入り、しばらく考え込んでから、一軒の煉瓦造りの家を指差した。家の横に道でもあるかと思ったが、そんなものはなく、緑色のペンキを塗った裏木戸が半分あいていて、明かり取りの小さな窓からの光が、意外に奥行きのありそうな家の内部をかすかに窺わせるだけだった。

「この家のなかを通るの？　それはあかんでェ。人の家に勝手に入られへんわ」

雅人は言って、もっと他に道はないのかと身振りで訊いた。

すると、男の子は、緑色のペンキを塗った裏木戸から家に入り、ついて来いというふうに雅人を見た。

「やめたほうがええで。勝手に人の家に入って、怪しまれるどころか警察にでも突き出されたらえらいこっちゃ。こんなカシュガルなんてとこで警察沙汰《ざた》になったら、笑い事では済まんがな。俺は共産主義国の警察ほど恐ろしいもんはないと思てるんや。雅やん、やめとこ」

江藤さんは制したが、ウイグル人の男の子は、二人のところに走って来ると、雅人のズボンを引っ張った。

二人とも喉が渇いていて、ツアーの参加者全員は、ホテルのロビーに三時に集合しなければならず、職人街からホテルまでは、どんなに急いで歩いても二十分はかかる。すでに江藤の腕時計の針は、二時四十五分だった。

「恐る恐る、その家の裏の戸からなかをのぞくと、どうやら民家とは違うみたいで、楽器とか踊りの衣装みたいなのが、壁に吊るしてあって、人の気配がまるっきりおまへんねん。公共の建物……。まあ日本式にいうと公会堂とか集会場みたいなもんかなァと思いまして……」

男の子のあとをついて行くと、最初の部屋の突き当たりにドアがあり、そのドアの向こうには煉瓦を敷きつめた薄暗い通路が長くつづいていた。

おそらく雅人は、誰かに咎められた場合のことを想定したのであろう。口笛を吹いて男の子を立ち停まらせると、手をつないだ、男の子は、はにかんで笑みを浮かべ、雅人の手を引っ張るようにしてジグザグに折れ曲がった通路を進み、小さな舞台のようなところの裏から誰もいない事務所の横を通って表玄関を出た。そこは大通りで、ポプラの古木につながれたロバが数頭、汗まみれの体を休めていた。

靴の修善屋が道辺で商売をしていて、その横に罐コーラと怪し気なジュースを並べた露店があった。雅人は、男の子のためにコーラを買ってやり、手を振ってからホテルへと急いだ。振り返ると、男の子はコーラを飲みながら、小走りであとをついて来ていた。二人がホテルの玄関に入るのを見届けるかのようにして、男の子は大通りを職人街のほうへと戻って行った。

「まあ、ただそれだけの話なんやけど、その五つか六つくらいの子、ほんまに雅やんに似てたんですわ。目元、口元、うーん、なんちゅうのかなァ、笑い方も、まばたきの仕方もねェ。ぼくは、『おい、あの子、雅やんの隠し子とちゃうか？』って、ひやかしたくらいですねん。そのあとですわ。雅やんがまた異族っちゅう言葉にこだわりだしたのは」

「イゾク？」

と稲村真喜子が訊き返しました。

江藤さんは、異なるという字に家族の族だと説明しました。

「はァ……、異族ですか……」

「いまでも、ありありと思い出せまっせ。雅やんとあのウイグル人の男の子が手ェつないでた姿を。親子やと言われても、誰も疑えへんほどよう似てましてん」

「ウイグル人て、どんな顔立ちですのん？」

と真喜子が訊きました。

中央アジアのさまざまな民族が混じり合って、イラン系、ロシア系、トルコ系、漢族、インド系等々、人によってはイラン系が色濃く出る場合もあるし、漢族の容貌を強く引き継ぐ人もいる。金髪の人、目の青い人、髪も目も黒いが、彫刻的な顔立ちの人……。そのあらわれ方は多種多様だ。

江藤さんの説明に、稲村真喜子は何か物思いにふけるかのようにして、小さく何度も頷き返していました。

稲村真喜子のその表情は、ひょっとしたら雅人の実の母のこと、いや、私の両親の養子となる前の、あの不如意《ふにょい》で、他人からは悲惨で不幸でしかないと思える物乞い生活の時代を知っているのではないかと私に推測させました。

私と江藤さんは〈ヤキヤキ〉を出て、JRの福島駅まで一緒に歩き始めたのですが、何事もあとまわしにするというのが自分の悪い癖のひとつなのだと考え、私は〈ヤキヤキ〉に忘れ物をしたと嘘をついて、駅の近くで江藤さんと別れました。そして、切り裂くような音をたてている風のなかを、コートの衿を立てて身を縮め、〈ヤキヤキ〉へと引き返したのです。

ひとりで戻って来た私を見て、真喜子はどうしたのかといった表情を向け、同時にははっきりとそれとわかる警戒心までをも一瞬垣間《かいま》見せました。

「江藤さんがいるところでは、ちょっとお話しできないことがあったもんですから、引き返して来ました」

と私は言い、お忙しいならば、別の機会にしてもいいのだがと真喜子の反応を待ちました。新しい客が三組増えていて、アルバイト学生は大慌てで鉄板の掃除をしたり、水を運んだりしていたからです。
二、三十分待っていてくれるならばと真喜子は答え、私に熱い茶を運んでくれてから、客たちのお好み焼きを焼く準備を始めました。

私は、自分が真喜子の過去に気づいたことを決して悟られないようにしようと思いながら、真喜子の仕事が一段落するのを待っていましたが、もし雅人が実の母親との幼いころの生活を誰にも明かしていなかったとすればどうしようかと考え直したのです。

戻って来るべきではなかった。樋口千春には、雅人の実の母親のことを話す必要はないのだ。雅人という人間は、私たちの家族になったとき、それ以前の歴史を消したのだ。そう考えることがおとなというものではないのか……。

私は、そうはっきりと決心したのです。

そうなると、何のために戻って来たのかを真喜子に説明できなくなる……。

さあ、どう誤魔化そうか……。

私が考えていると、また新たな客が二組、それも合わせて八人も入って来て、何も註文しないまま四人掛けの席を占領している私の居場所が失くなってしまったのです。

「また来ます。そんなにたいした話ではないので……」

私はそう言って〈ヤキヤキ〉から出て行こうとしました。すると真喜子は追って来て、自分も相談したいことがあるのだと言い、調理場に私をつれて行き、花柄のカーテンをあけたのです。

そこには二階へとつづく狭い階段がありました。

「小麦粉とか油とかを置いてありますねん。すぐに石油ストーブをつけますから」

真喜子は二階にあがり、明かりをつけて、石油ストーブに点火すると、窮屈な屋根裏部屋だが、ここはかつて雅人がおもちゃに関する本を読んだり、自分のアイデアをノートに書き記したりする部屋でもあったのだと言って、店に降りて行きました。

そこは確かに屋根裏部屋という言い方がふさわしく、小麦粉が入った大きな袋が低い天井にまで積みあげてあり、食用油の罐と、「利尻《りしり》昆布」の袋、それに鰹節《かつおぶし》を削ったのがビニール袋に密閉されて、所狭しと置いてありました。

お好み焼きに、なぜ昆布が必要なのかと思いながら古いスチール製のテーブルの前にあるスプリングの壊れかけた椅子に腰かけて、私は階下の喧噪《けんそう》を聞くともなしに聞いていました。

焼きあがったお好み焼きにも焼きそばにも樫節は振りかけるから、これほど大量に必要なのはわかるが、昆布は何に使うのであろう。お好み焼きに入れる物……。玉子や具以外には、青海苔、天かす、紅生姜《べにしょうが》……。うーん、昆布が入っているお好み焼きなど見たことも食べたこともないな……。

それにしても、〈ヤキヤキ〉のお好み焼きはどうしてあんなにもうまいのか。

ソースに秘密があるのだろうか。濃い口のどろりとしたソース、一般家庭で使うのと同じウスター・ソース、そしてシナモンの香りがするソース。その三種類のソースが各テーブルの鉄板の脇に並べてあるが、どうもうまさの秘密はそれだけではなさそうだ。

自家製だというマヨネーズにも、練った和芥子《わがらし》を混ぜたものと、そうでないものの二種類が小さな容器に入れて出される。あの和芥子入りのマヨネーズは酸味が少なくて、さっぱりしているにもかかわらず、いかにもマヨネーズらしいこくがある。

焼くときの火力とか、焼き加減とかにも、素人や他の店には真似のできない技術があるに違いない。

お好み焼きが好きだった兄にとっては、稲村真喜子との人間的つながりとは別に、この〈ヤキヤキ〉のお好み焼きはこたえられない味だったことであろう……。

私はそんなことを考えているうちに、ふいに兄・雅人の、ほとんど奇跡に近い生還を願い始めたのです。

ある意味では、五十歳にして、兄はやっと人並みの幸福を得ようとしていたのだ。千春の妊娠を知って、ウルムチから結婚の意思を伝えるために投函した手紙には、千春との新しい生活に対する決意といってもいいようなものが漂っていた。

不幸な生を終えた実の母と同じ名を、生まれてくる子につけようと望んだのは、どんなことがあってもその子をしあわせにせずにはおかないという心のあらわれだったはずだ。

そんな雅人が、みずから死を選んだりはしない。あのカシュガル郊外の、ウイグル人の村から、大平原へとつづく青い靄に包まれた道へと自転車を漕ぎだしたのは、何かもっと不可解な衝動に突き動かされたせいなのだ。

けれども、予期せぬ不慮の事故、もしくは人為的事件が待ち受けていた……。

「不公平やな。人間は不公平な世の中を生きてるよ」

私はそうつぶやき、事故にせよ事件にせよ、ヒマラヤのてっぺんでもアマゾンのジャングルの奥地でもないところで、死体はおろか、乗っていた自転車や持ち物や衣類のひとつすら発見されないはずがあるものかと思いました。

雅人は生きているに違いない。

役人は動いてはくれないが、もう一度探索の機会を持ってくれるよう、しつこく中国側や日本の外務省に頼みつづけてみよう。

私はそう考えたのです。その考えが、稲村真喜子への相談事を完全に白紙にしました。

ところが、稲村真喜子のほうこそ、雅人の真実を千春に教えるべきかどうか苦慮していたのでした。

一段落ついて、二階の屋根裏部屋に果物を盛った皿を持ってあがって来た真喜子は、ひとつしかない椅子を譲ろうとする私を制して、小麦粉の袋に腰を降ろし、

「千春ちゃんが、雅人の本当の両親について知りたがってるんです」

と言いました。

「せつという子が生まれへんかったら、そんなことはどうでもええことやったんやけど……」

私は、その言葉で、やはり雅人が何もかもを稲村真喜子という女に話していたことを知りました。

「ぼくの相談というのも、そのことなんです」

と私は言いました。

「ぼくの父の瀬戸正志《まさし》も、母の多美江も、兄にとっては血のつながりのない人間です。千春さんにしてみれば、雅人とのあいだに生まれた娘に、雅人が実の母の名をなんでつけたがったのか

……。まあ普通は、自分の娘に自分の母親の名をつけるってことは、日本人はしませんからね。ヨーロッパでは、そういうケースは多いようです。親父の名をそっくりそのまま息子につけるとか、母親の名を娘にもつけるとか……。だから余計に、千春さんにしてみたら、雅人の実の両親のことが気になるんでしょう」

そして私は、雅人が瀬戸姓になる前の、本当の姓を語ったことがあるかどうかも真喜子に訊きました。

「よう覚えてないって言うてました。ほんまに覚えてないのか、それとも言いたくないのか、私にはわからへんかったんです」

私は手帳を出し、皆川四郎さんの手帳から、書き写した文章を真喜子に見せました。

「これ、何て読むんです?」

真喜子は老眼鏡をかけて、私の手帳をのぞき込むと、そう訊きました。

「もかり、です。藻刈せつ。藻刈せつって姓が、本当かどうかも不明です。なぜかっていうと、雅人の母が民生委員の筒井峰子さんに言った本籍地は嘘やったんです。ここは瀬戸内海の無人島なんですよ」

「無人島……」

私は、皆川さんが調べた事項を、皆川さんの推理も含めて真喜子に話して聞かせました。

「あの子のことやから、きっとこの住所のところを捜して瀬戸内海の島へ行ったやろなァ……」

真喜子は、ときおり小窓をあけて空気を入れ換えたり、石油ストーブの火に見入ったりしながら私の話を聞いていましたが、私があらましを話し終えると、そうつぶやきました。

「無人島やったんですかァ……。雅人は、このお母さんの本籍地が嘘やったってこと、いつごろ知ったんやろ……」

「社会に出てからでしょうね。中学生のときやったはずはありません。でも兄は社会人になるのが早かったですから、タツタ玩具で働くようになって、案外すぐに休みを利用して、この愛媛県越智郡渦浦村大突間島甲二〇四めざして行ったかもしれませんねェ」

「そこが無人島やったってわかって、どんな思いがしたことやろ……」

稲村真喜子は、こんどは聞こえるか聞こえないかの声でそう言いました。

「ぼくは五月に、本州と島々と四国とを結ぶ道が完成したら、とにかく大島へ行ってみるつもりです。兄の母親が隠したがったことをあばく気はないんです。ただ、そうすることで何かがわからんかなァって気がして……」

「何かって、何ですのん?」

という真喜子に、

「その何かが何かすら、ぼくにはわからんのですが、まあ強いて言葉にすれば、兄が中国の新疆ウイグル自治区の最西端で、いったい何を思って、ウイグル人の子供から自転車を買って、ひとりで大平原と大渓谷がつらなる道へと漕いで行こうなんて気持になったのか……。そういう思いに至る心を作りあげた何かが、少しわかるかもしれへんということなんです」

私は、瀬戸雅人の肉親として中国当局の説明を受けるためにカシュガルの街から郊外の村へと行ったときのことも話しました。

「兄が立ったはずの、タクラマカン砂漠の入口にも行きました。想像を超える凄さでした」

「凄いって、何がです?」

「死の砂漠がです。何て言うのかな、人間を誘い込んでくる不思議な磁力のようなものって言ったらいいのか……。とにかく、音も匂《にお》いもない途轍もなく広大な死の砂漠の奥へと、一歩、二歩、三歩、百歩、千歩と憑かれたように歩きつづけたくなるんです。そういう誘惑に打ち克《か》つのに、かなりの精神力が必要でした。そんな精神状況になったのは、どうもぼくだけではない。もしかしたら、兄も、おんなじような心の状態に陥ったんやないのかって、タクラマカン砂漠からカシュガルの街へ帰ったとき思ったんです。その思いは、日本に帰って、日がたつごとに強くなってます。日々弱まるどころか強くなっていくんです」

私は、稲村真喜子が、私の知らない雅人のことについて口を開いてくれるのを待ちました。あるいは兄は、断片的な記憶であろうとも、実の母と二人きりですごした物乞い生活における思い出を稲村真喜子にだけは話したのではないかと思ったのです。

だが、真喜子は、二組の客が帰るというアルバイト学生の階下からの言葉で階段を降りて行き、随分長い時間戻っては来ませんでした。

どうやら、どの客も常連客らしくて、その二組が出て行くと、次に別の一組が帰りかけている様子でした。私は腕時計を見、思いのほか時間がたっていることに気づくと、石油ストーブの火を消して、調理場へと降りました。

表まで客を送って行った真喜子が店内に戻って来て、残っていた客と何か打ち合わせを始めました。会社の少人数の仲間たちとの、何やらサークルの宴会の打ち合わせのようでした。

なるほど、お好み焼き屋で宴会というのはおもしろそうだ。鉄板を囲んで、さまざまな種類のお好み焼きを食べ、焼きそばをつつき合えば、鍋を囲むのとはまた違った盛り上がりがあるだろう。

そんなことを考えながら、私は真喜子に、

「また来ます」

とだけ声をかけて〈ヤキヤキ〉を出ると家路についたのです。

上阪した樋口千春から社に電話があったのは二月二十日でした。どんなに予定が繰り上がっても二月二十五日までは稲村真喜子のマンションにせつとともに滞在するということでしたので、私は二月二十三日の夜に一緒に食事をする約束をしました。

そして私は、雅人の実の母のことは決して千春には明かさない決意をかためていました。

行方不明になるまで兄が住んでいた大淀区のマンションの管理人が、雅人宛に届いた年賀葉書三葉を封筒に入れて郵送してくれたのは千春と逢う前々日のことです。

前の年の正月も、夏の暑中見舞いも、そうやって私のところへと送ってくれていました。私は仕事関係の相手からの印刷だけの儀礼的な年賀状や暑中見舞いは放っておきましたが、兄と個人的な親交があったと推察できる相手には、事情をしたためた葉書を送ったので、もうことしの年賀状はないだろうと思っていたのです。

三葉のうち二葉は、地方都市のどうやら玩具に関係のある知人の年賀状のようでしたが、残りの一葉の差し出し人の名は「柳原晃一」となっていて、住所は尼崎市でした。

私はその名に覚えがあるような気がして、細書きの万年筆で書かれた読みにくい文章に目を凝らしました。

——謹賀新年、いかがおすごしですか。昨年は喪中にて賀状失礼させていただきましたが、ことしは大過なく新しい年を迎えました。哀しみは薄らぐことはありませんが、遺児・秀政の晩年にお寄せ下さった御厚情への感謝は、日を追うごとに深くなっています。ことしも良いお年でありますように。——

そう書かれた文章から少し離して、

——土橋君は暮れの二十八日に亡くなりました。肝臓癌でした。——

とつけくわえられていました。

柳原晃一……。あれっ？　自分のなかには確かにこの名前への記憶がある。誰だったろう。

私はその葉書を何度も見つめ、度忘れして苛立《いらだ》つときに似た思いを抱いたまま半日をすごし、風呂から出てビールを飲んでいるときに、もしやと気づいたのです。

土橋君というのは、あの「土橋の坊主」ではないのか。だとすれば柳原晃一は、あの城北運河の近くの市電の走る通りにあった焼肉屋〈城北門〉の次男だ。本名は黄晃一。大学四年生のときに一家のなかで自分だけが帰化した在日韓国人で、小さいときから並外れて勉強がよくできて、京都大学医学部に進み、医師になった黄家の次男だ。

私は、あらためてその年賀状を見つめ、

「遺児・秀政の晩年にお寄せ下さった御厚情」という一行を何度も読み返したのです。

同じ尻崎市といっても、兄の勤め先であったタツタ玩具がある場所と、柳原晃一の病院があるところとは、かなり離れています。城東区にあった〈城北門〉は、父親の黄承治が亡くなったあと店を閉めてしまい、当時、あの界隈のガキ大将だった勲は、大阪のキタ新地で焼肉店を経営しているらしいと兄から聞いたことがありましたが、それはもう十年も前なのです。

私は翌日、社で柳原晃一に手紙を書こうとしましたが、たまたま昼から阪急電車の西宮北口駅の近くにある出入り業者のところに所用ができたので、若い社員と二人で出向き、そのあと、私だけ一駅大阪寄りの武庫之荘《むこのしょう》駅で降りて、年賀状の住所を捜して歩きました。

柳原病院は、武庫川の東側の、尼崎市と宝塚市とをつなぐ幹線道路から少し住宅街へと入ったところにありました。

ごく普通の町の病院を想像していたのですが、柳原病院は五階建てのビルで、敷地内に別に建てられた木造の二階家が柳原晃一の住居になっているようでした。

ちょうど午後の休診時間で、私は受付の奥にいた事務員に名刺を渡し、患者でも見舞い客でもなく個人的な用事で院長を訪ねて来たのだと告げました。

事務員は電話で院長に連絡したあと、私を病院の裏口から住居へと案内してくれました。

ことしたぶん五十五歳になるであろう柳原晃一は、城東区に住んでいた高校生のころの面影はまったく残っていませんでした。

いつも黒い学生服を着ていて、痩せて、背ばかり高くて、「コウモリ傘」と陰で呼ばれていたのですが、いまはその長身に肉がつき、度の強い眼鏡をかけて、頭頂部の髪はほとんどありませんでした。

玄関の戸をあけるなり、ぶあついセーター姿の柳原晃一は、

「瀬戸紀代志って、えーっ、あの紀代志ちゃんかいな。雅人の弟の」

と言いました。

私は玄関口に立ったまま、突然事前の連絡もなく訪ねて来た非礼を詫び、兄・雅人の、中国の辺境での失踪を伝えたのです。

柳原晃一は、人の話に耳を傾けるときは必ず眉間《みけん》に皺を寄せるという高校生のころから変わっていない癖を見せて、私の話を聞いていました。

この人は、いつも患者にもこのように接するのであろうか。もしそうなら、たいした病気でなくても患者は死の宣告を受けている心持ちになることだろう……、私はそう思いながら、かいつまんでの説明を終えました。

玄関口に立ったままの私に、なかに入ってくれと促し、

「家内、出かけててねェ。お茶くらいしか出せなくて……」

と応接間の暖房のスイッチを押しながら言うと、柳原晃一は廊下を歩いて行きました。

広い応接間には、大きな本棚が置いてあり、医学書ばかりが並んでいて、壁には小さな油絵が

掛かっているだけでした。

寒かったせいもあるのでしょうが、この応接間に客が来ることは滅多にないのではないかと思わせる温かみのないテーブルやソファの配置、立派な本棚のなかの乱雑な本の並べ方、掛けられた風景画の寂しさに目をやっているうちに、柳原晃一は、小脇に茶碗を挟み、急須を持って戻って来ました。

盆に載せずにそうやってテーブルの上に置く仕草は、学生のころの、勉強ばかりで世事とは無縁だった彼そのままで、私は我知らずかすかに微笑んでしまったのです。

「何がおかしいの？」

しかめっ面でそう訊き、湯呑み茶碗に茶を注ぎ、柳原晃一は暖房の温度調節ボタンを苛立たしげに押しました。

「高校生のころと比べたら、体重が倍くらいになりはったんと違うやろかと思って……」

私はそう言って、かじかんでいる手を暖めるために茶の入った茶碗を両手で持ちました。

「カシュガルて、どこ？」

と柳原晃一は訊き、どうしていっこうに部屋が暖まらないのかといった表情で暖房の送風口を見ました。

私は、カシュガルが中国とパキスタンとの国境の町であることを説明し、

「兄が失踪したのは、その国境の町よりも五十キロほど南にある町っていうよりも村なんです。カシュガルはウイグル人の街なんですが漢人もたくさんいます。でもその村はウイグル人だけの

村で、漢人は住んでません」

と言いました。

「なんで雅人は、そんなとこに行ったんやろ」

「もっと南へ行くと、遊牧してるタジク族が大草原に点在してまして、ツアーのバスは、カシュガルからそのタジク族と大草原を観光するために出発したんです。カラクリ湖っていう湖があって、そこでUターンしてカシュガルへ戻る日帰りのコースらしいんです。予定では、翌日にカシュガルから飛行機でウルムチへ行き、そのままウルムチから上海《シャンハイ》へ飛んで、日本へ帰るはずやったんです」

「もう絶望的かなァ」

「まあ冷静に判断すれば、そういうことなんですが……」

やっと応接間が暖まってきて、私は体のこわばりも取れたようで、柳原晃一が雅人に宛てて出した年賀状に書かれていた内容に触れました。

「晃一さんと兄とが、ずっと交友がおありだったとは知りませんでした」

偶然に再会してから二十年になると柳原晃一は答え、そのころ自分は大阪市福島区にある大病院に勤めていたのだと説明しました。

「雅人の会社の先輩が入院しててね、雅人が見舞いに来たんや。病院の廊下でばったり逢って、そのときは立ち話だけやったんやけど、ぼくが病院勤めをやめて、ここで開業したころに、また駅でばったり逢うたんや」

「勲さんはお元気ですか？」

「ああ、相変わらずの乱暴者で酒ばっかり飲んでるけど、最近はちょっとおとなしいなりよった。酔っぱらって雅人に顔向けのでけんことをしでかしたらしいて、雅人の前に顔を出せんようになったって、ぼくに言うとった。そやから勲も、雅人がまさかそんなことになってるとは知らんのやろ」

勲には二人の息子と一人の娘がいるが、上の二人は結婚して、もう子供もいるのだとのことでした。

「遺児・秀政って、年賀状にお書きになってましたけど……」

私が言うと、柳原晃一は、雅人が失踪したのがおととしの十月だから、それから約二カ月後の十二月に、長男の秀政は死んだのだと答えました。

「去年の暮に一周忌を済ませてね。そやからおととしの正月は喪中で……」

「お幾つやったんですか？」

「二十七や」

私はお悔やみの言葉を述べ、そんなに若くして亡くなった理由を訊こうかと思いましたが、柳原晃一は自分の息子の死に触れられたくないといった表情をはっきりとあらわしていたのです。

「亡くなられた息子さんと兄とはおつきあいがあったようですが……」

「うん、いろいろとね。雅人には息子のことではお世話になりました。息子も、雅人がそんなことになっていたとは知らんまま死んだんやなァ……。ぼくも息子が死んで、そのことで去年はなんやかやと身辺あわただしかったし、精神的にも落ち着かん日々で……。ぼくはてっきり、雅人がそんなぼくを気遣ってくれ、あえて連絡を絶ってるんやろうってばっかり思い込んどった。まさかおととしの十月に、そんな中国のはしっこで行方不明になっていようとはなァ……」

「年賀状にお書きになった土橋くんていうのは、ひょっとして」

私がそう言いかけると、柳原晃一は大きく頷き、城東区に住んでいたころのあのワルだと初めて笑みを見せて応じ返しました。

「勲と土橋くんとは、なんやかやとケンカしながらも、おとなになってからもつきあいがあってね。勲に頼まれて病院を紹介したんやけど、ぼくの病院での初診の段階で、もう手のつけようがなかった」

それから柳原晃一は、勲と交友関係のあった何人かの者たちは、瀬戸雅人という人間に足を向けて寝られないはずだと言ったのです。

「みんな、何かあると、雅人に相談を持ち込んでねェ。やれ夫婦のいさかいやの、やれ仕事上の鬱憤やの、仲間同士の感情的争いやの……。雅人は、まあよろず相談所みたいなもんで、おとなげない問題をじつに親切に聞いてやってた……。なんて言うのかなァ、決して相手を傷つけることがないというのか。ひとことで言うなら不思議な優しさというのか……。真綿のような心遣いというのか……。そういうものが雅人にはあったんやねェ。みんな、そんな雅人を好きで、知らず知らずのうちに慕っていくというのか……。ぼくの息子もそのひとりやったなァ」

だがそんな存在の雅人の中国辺境の地での失踪を誰ひとり知らないのはなぜだろう。そう柳原晃一は私に疑問を投げかけました。

「新聞には報道されたんか？」

「ほんの小さな記事でした。政治的な事件でもないし、センセーショナルな何かがあったわけでもありませんし」

その記事が載った日は、世間を驚かせた少年による殺人事件の審判が下され、新聞の紙面もテレビのニュースの時間帯も、大半をその報道に費やしたのです。ひとりの日本人旅行者の失踪について小さいながらも触れたのは、私の知るかぎりでは二紙だけでした。

「まああいつらは新聞をこまめに読むっちゅうような連中やないからね。それにしても、勲の仲間のひとりくらいは、雅人の会社とかマンションに電話をかけてもええやろに」

と柳原晃一は言いました。

「兄は、出張の多い仕事でしたから、マンションに電話をかけても、ああまた出張かと思いはったんでしょう」

そう言って、私は勲の連絡先を訊きました。柳原晃一は、家と携帯電話の番号を教えてくれて、勲がいまは西梅田のビルの地下で韓国料理店を営んでいるのだと言いました。

「開店して三年半くらいやけど、やっと去年くらいから採算が取れるようになったみたいや」

私は柳原晃一がしきりに腕時計に目をやり始めたので、もう一度突然の来訪を詫び、彼の家を辞したのです。

不思議な優しさ……。真綿のような心遣い……。頑迷で世事に疎いといった印象しか与えない柳原晃一の、絶えず苛立っているような、どこか人間として余裕のない表情からはおよそ縁遠い言葉は、なぜかその日一日、私のなかから消えませんでした。

不思議な優しさというような使い古された、どこにでも転がっていそうな表現には、なんとなくいんちき臭さを感じざるを得ないのですが、兄・雅人に関してだけは、その人となりをあらわすためにこれ以上適した言葉が他にあろうとは思えなかったのです。

その、言葉にすれば簡単すぎる、けれども真に身にそなえるには困難な美質は、雅人という人間の生来のものだったかもしれませんが、あの余人の想像もつかない不遇の幼少時における生活と無縁であったはずはありますまい。

艱難《かんなん》汝を玉にするという諺《ことわざ》は、艱難汝を悪人にすると置き換えることもできるかと思います。幼少時の劣悪な環境が、ひとりの人間を大きく歪めて捩れさせていった事例は枚挙に遑《いとま》がないことでしょう。

ですが、瀬戸雅人という人間は、己の幼少時の不幸も、中学卒という学歴のなさも、平均的日本人よりもはるかに背が低いコンプレックスも、どこにあってもさして見映えのしない平凡な容貌も、人をして感服させるだけの弁説を弄する頭脳の回転も、さらには社会的に得意にできる職業も収入も持ちあわせてはいませんでした。つまり、極く一般的な意味では「何の取り得もない男」だったのです。

そのように考えてみると、柳原晃一の口から出た「不思議な優しさ」と「真綿のような心遣い」を雅人が身に帯していたことに、私はなぜか一種の戦慄《せんりつ》にも似た思いを抱かざるを得ないのです。

私は、その日、帰宅して妻と晩飯を食べながらも、風呂に入ってからぼんやりとテレビを観ながらも、あの大正区S橋近くの路上で盲目の母親と物乞いをしていた七歳の雅人の姿を思い浮かべていました。

その夜、もうそろそろ寝ようかと考えていたころ、勲から電話がかかってきたのです。太い響きのある声で、柳原勲こと黄承勲は、さっき兄から電話で私の来訪を知ったことを述べたあと、

「すんまへんなァ、こんな遅うに、覚えてるかァ、ワルの勲やがな」

と言いました。

「城東区の時代の思い出には、勲ちゃんが必ず出てくるんや」

私は笑いながらそう応じ返し、自分はきょうまで知らなかったのだが、兄とはずっとつきあいがあったようで、そのことを晃一さんから聞いて驚いたと言いました。

「雅人には、ほんまに世話になってなァ。じつはちょっと事情があって、俺は兄貴には、雅人が旅先で行方不明になったことは、あえて教えんようにしとったんや」

と勲は言うのです。

私は不審に思い、

「兄の事件、勲ちゃんは知ってたん？」

と訊きました。

「事件から一カ月くらいたってから知ったんや。雅人の勤め先に電話をしたんやけど、電話に出た人の話し方が、なんか奥歯に物の挟まったような感じで。出張ですとも、休みを取ってるとも言えへんし……。俺は雅人が病気にでもかかって入院でもしたんやろかと思て……。それでタツタ玩具に行ってみたところ、じつはかくかくしかじかで、と……」

自分の店の常連客には新聞社に勤めている者が何人かいるので、詳しいことを調べてもらったが、新聞社に入っている情報も、極くわずかで、小さく報道された内容以上のものはなかった。

そう勲は言い、もし時間が取れるなら一度自分の店に来てくれないかと誘ってくれました。

「あしたはどうや？　とびきりの参鶏湯《サムゲタン》を用意しとくで」

あすの夜は、私は樋口千春と逢って食事をする約束になっていたので、

「あしたは予定があってねェ。お昼はどう？　ぼくはあしたの三時に大事な会議と打ち合わせがあるけど、それまでは割合に自由な時間が持てるはずなんや」

と言いました。なにも慌ててあす勲と逢うこともなかったのですが、なぜ勲が雅人の失踪を知っていながら兄の晃一に隠しつづけなければならなかったのかという疑念にこだわっていたのでした。

「昼かァ。うちの店、昼は忙しいんや。サラリーマン相手の韓国風日替りランチちゅうのが大当たりで、十二時前には店の前に行列ができよる。アルバイトを雇うてるんやけど、それでもさばき切られんさかい、俺も店から出られへんし、そんなとこでゆっくり話もでけへんからなァ」

一息つくのは一時半を廻ってからで、それでは三時から大事な仕事がある紀代志があわただし

いのではないか……。

そう言って、しばらく私の返事を待っているようでしたが、私が言葉を出す前に、

「よし、ほな俺が紀代志の会社へ行くわ。天満《てんま》やったなァ。あのでっかいビルの五階と六階やろ？　あのビルの地下に喫茶店があったと思うねんけど」

と勲は言いました。

「ぼくの会社が入ってるビル、勲ちゃん、知ってるのん？」

「いっぺん雅人と行ったことがあるんや。このビルの五階と六階に紀代志の会社があるんやって、雅人が教えてくれよった」

ビルの地下には喫茶店が二軒あるので、私はそのうちの一軒の店名を教え、そこで午後の二時に待っていると言って電話を切りました。

翌日、私がその喫茶店に行くと、まだ二時前なのに、勲はすでに到着していて、註文したコーヒーは飲み干されていました。思ったよりも仕事が早く片づいたし、道も混んでいなかったので、二十分も早く着いてしまったと勲は言いました。

高校生のころの百八十センチ、七十五キロの立派な体は、五十歳を過ぎて全体に贅肉《ぜいにく》が付き、おそらくは百キロ近くに達していそうでしたし、短く刈った頭髪には、同年齢の者よりも白いものが多くなっていましたが、勲は日に灼けて、顔の色艶《いろつや》も良く、右の薬指にはめたカマボコ型の大きな金の指輪が妙に似合っていました。

「それ、純金？　大きな指輪やなァ」

私が言うと、
勲は右の掌を高く掲げて、

「ゴールドしか信じられへん世の中やがな。いざとなったらゴールドや」

と大声で笑いました。

「株はたちまち紙きれになるし、義理も人情も紙風船。信じられるのはゴールド、ゴールド」

その声で、近くの席にいた顔見知りの他社の社員が振り返り、驚き顔で私を見たので、私は笑いながら、もう少し声を落としてくれと勲に頼みました。

私は柳原晃一からの年賀状を見せ、これが自分のもとに転送されてこなかったら、兄と柳原家との交友を知らずにいたことだろうと言いました。

勲は柳原晃一が書いた年賀状を読み、

「うん。日本式に言うと、やっと秀政の喪が明けたっちゅうわけやなァ」

「秀政さんは二十七歳やったそうやけど、病気で亡くなったん？　それとも事故か何か？」

私が訊くと、勲は、私を見つめ、

「兄貴は喋らんかったんか？」

と訊き返しました。

「喋りたくなさそうな感じやったから、あえて訊かんかったんや」

「自殺しよったんや。あの近くにある団地の五階から飛び降りて」

晃一の長男である秀政が自殺を図ったのは、それが三回目だったとのことでした。

「一回目は、高校を卒業した年。二回目はそれから四年後の二十二歳のとき。三回目でとうとうほんまに死んでしまいよった」

晃一にはもうひとり娘がいて、いま二十五歳だが、母親とそりが合わず、東京でひとり暮らしをしながら、韓国の民族舞踊を学んでいるということでした。

「金持ちのお嬢さんで、鼻持ちならん女や」

「誰が？」

「兄貴の女房や」

「晃一さんの奥さんは……」

「日本人や。医者の娘でなァ、兄貴との結婚では親から猛烈な反対をされて、親子の縁を切ってまでも一緒になったたっちゅうのに、俺らとはいっさいつきあいよれへん。妹の結婚式にも来よれへんし、俺の結婚式にもなァ」

こんな話をしに来たのではないと苦笑して、勲は、その後の捜索はどうなっているのかと私に訊きました。

中国当局による捜索はすでに完全に打ち切られて、新たに再捜索をしてくれる気などまったくなさそうだ。私はそう言いました。

「常識的には、もうあきらめるしかないんやろけど、どこかで生きてそうな気がして……。ひょこっとあらわれるんやないかって気がするんや」

「肉親てのは、そういうもんや」

そうつぶやいてから、勲は聞き取りにくい声で、

「雅人を殺したのは、俺とか、俺のふざけた仲間やって気がするんや」

と言ったのです。

「ウイグル人の子供から自転車を買うて、その何とかっちゅう村から出て行くとき、雅人は二度と帰らんつもりやったんやないかなァって、俺、きのう兄貴から話を聞きながら思うてたんや……」

それはいったいどういうことなのか。私は身を乗り出し、声を潜めて勲に訊きました。

十一年前のことなのだがと、かすかに私の表情を探るような目で言いながら、勲は自分の腕時計を見ました。

あのときの話を詳しく語るには、きょうは時間がないがと前置きし、

「十一年前の夏に、みんなで尾道へ行ったんや。みんなっちゅうのは、俺と雅人と寺前《てらまえ》のカッチャンと、仙台屋、それにあの坊主や」

と勲は言いました。

私は、坊主とは「土橋の坊主」なのだなと思いましたが、寺前のカッチャンも仙台屋も、いったいいかなる人物であるか見当もつきませんでした。

みんなあの城東区の城北運河の界隈で育った遊び仲間で、おとなになってからもつきあいのつづいていた仲間なのだと説明し、

「死んだ土橋の坊主がな、どこからせしめてきたのか、ごっつい豪華なキャンピングカーを手に

入れよって、これで海水浴に行って、浜辺でキャンプをしようやないかって誘いよったんや。台所にはガスレンジもオーブンもあって、シャワールームもついてるアメリカ製のキャンピングカーや。屋根全体に厚さ五十センチの水を溜めるタンクがついててなァ、それを満タンにしたら、四、五日は人里離れた山のなかでも暮らせるっちゅう本格的なスグレモノやがな。ベッドは三段のが二列にあって、冷蔵庫も付いてるんやけど、それは壊れとった」

と勲は言葉をつづけました。

盆休みを避けて、みんな時間のやりくりをして、八月の二十日に志摩をめざして出発した。当初、雅人はどうしても出張があり、三日間の休みは到底取れないということで、雅人抜きで行くことに決まったのだが、出発間際に雅人も夏休みが取れたのだった。

雅人は盆休みも返上して、工場で新しい製品の試作にたずさわっていたので、社長のはからいで急遽《きゅうきょ》三日間の休暇が貰えたという。

出発してすぐに車のラジオのニュースが、大阪から志摩へ向かう名阪国道で大型トラックが横転する事故があって、通行止めになっていると伝えた。

気の短い土橋の坊主は、これでは今夜中に志摩のキャンプ地に着けないから、行き先を変更しようと言いだした。とにかく大阪から伊勢や志摩方面をつなぐ道は、どれもこの事故による渋滞の影響で混んでいるに違いないというのだった。

いつもは何事につけても苛立つことのない、気長な性格の雅人が、なぜか真っ先に土橋の坊主の意見に賛同し、瀬戸内のどこかにいい海水浴場があって、キャンプ場もあったはずだから、そっちへ行こうではないかと言ったのだ。瀬戸内の海辺も、本州側ならば中国自動車道が通っているから、志摩地方へよりも早く着くだろう、と。

その提案で、土橋の坊主は強引にキャンピングカーをUターンさせて阪神高速道路から山陽自動車道へと入った。

十一年前の八月二十日だと鮮明に記憶しているのは、仙台屋がその日、満四十歳になる誕生日だったからだ。

仙台屋は、中学三年生のときに土橋の坊主の家の隣に引っ越して来て、そのまま俺たちと同じ高校に進んだのだ。落語家になるのが夢で、高校に入ると落語研究会なるサークルを発足させて、自分に仙台屋仙輔《せんすけ》という名前をつけたので、俺たちは本名の岩本哲郎《いわもとてつろう》ではなく「仙台屋」と呼ぶようになり、それはいまでもつづいている。

落語家になるという夢は、夢だけで終わったが、彼は大学に進み、十年ほど土木関係の会社に勤めたあと放送作家に転じた。上方芸能に詳しくて、いまは上方の古典落語を聴く会の主宰者となり、若手の落語家の修業も兼ねた各施設への慰問を中心に活動し、何冊か本も出版した。

仙台屋は上方古典落語に詳しいだけでなく、将棋も強くて、アマチュアとしては相当な腕前だが、彼の将棋好きは一般の将棋愛好家とはまったく別次元のところにあって、いわゆる「賭《か》け将棋」に命を燃やすという一種特殊な世界に属している。

何事も、裏の世界とか、闇の世界というのがあるもので、プロの棋士をめざして挫折《ざせつ》した人間や、プロに匹敵する腕を持ちながらその道以外で飯を食っている人間が、この日本には驚くほどたくさん存在する。

仙台屋は、そのような者たちと大金を賭けて対戦することに病的に惹《ひ》かれる性癖らしく、それが原因で女房は二人の娘をつれて実家へ帰ってしまった。稼いだ金の大半は、酒と賭け将棋に消えていくのだ。

だが仙台屋こと岩本哲郎は、頭の回転が良くて、愛嬌《あいきょう》があって、仲間たちの面倒を骨惜しみせずにみてくれるので、三十年以上にもなる友だちづきあいが、いまもつづいている。

寺前のカッチャンは、寺前勝博《かつひろ》という名で、俺の親父が営んでいた焼肉屋に酒や油を卸す店の息子だった。校区が違ったので、小学校は俺たちとは一緒ではなかったし、同じ中学校にあがっても当時は遊び仲間ではなく、言葉を交わしたこともない。

親しくなったのは高校生になってからなので、中学を卒業すると就職した雅人とは、確か二十五、六歳のときに知り合ったと思う。

寺前のカッチャンのお母さんは、俺たちの中学校の書道と図画の先生だった室井秋梅先生から個人的に書道を習っていた。

秋梅先生が中学校を退職してからも、週に一度先生のお宅に通って直々に教えてもらっていたらしい。

カッチャンはカッチャンで、俺の兄貴を家庭教師に、教育熱心な母親に命じられて大学の受験勉強をしていた。

結果的には志望する大学には入れなかったが、第三志望程度の私大に入学できたのは、俺の兄貴のあの偏執的な性格のお陰だと言えるかもしれない。兄貴は、勉強の苦手な寺前のカッチャンをなんとしてもどこかの大学に合格させなければ自分の沽券《こけん》にかかわると思って、入試前半年間は三日置きにカッチャンの家に行き、夜中の二時三時まで勉強させたのだ。

カッチャンは大学を卒業すると親のコネで某酒造会社に就職したが、父親が亡くなって、三十歳のときに家業を継いだ。カッチャンは三人兄弟の末っ子だったが、上の二人はどちらも勉強がよくできて、長兄は日本でも一、二の商社に就職しメキシコに駐在していたし、次兄は司法試験に合格して弁護士になったばかりだったので、カッチャンが跡を継ぐしかなかったのだ……。

私は会議の時間が迫って来たので、いっこうに話の核心に近づこうとはしない勲の言葉を遮り、

「その十一年前の夏のキャンプで何があったん？」

と訊きました。

勲は、私に三時から大事な会議があったことを思い出した様子で、また自分の腕時計を見て、

「人捜しや」

と言いました。

「人捜し……。瀬戸内の海で？　キャンプに行ったんと違うのん？」

私がそう訊き直すと、勲は、雅人が志摩へ行く予定を変更して瀬戸内はどうかと提案したのは、じつは人捜しが目的だったのだと答えたのです。

「瀬戸内のどこで？」

「尾道や」

「ぼくの兄は、尾道で、どんな人を捜したん？」

「浜浦っちゅうんや」

そう言ったあと、勲は肉厚の瞼《まぶた》の奥から、私の表情を探る目を向けました。人を人とは思わないようなところのある勲にしては妙に繊細な心が垣間見える目でした。

この話のつづきはまた日を改めてゆっくりと、と言って、勲は立ちあがりました。三時まであと七、八分に迫っていたのです。

私は会議が終わるころ、もう自分が発言する必要がなくなってほっとしたとき、雅人が十一年前に尾道で捜したという浜浦なる人物名におぼろげな覚えがある気がして、もしやと思いながら手帳をひらきました。皆川四郎さんが調べてくれた雅人の母親についての記録のなかに、その名はあったのです。

藻刈せつ——大正七年十月三日生まれ。本籍、愛媛県越智郡渦浦村大突間島甲二〇四。出生地、同上、浜浦敏夫、イチの長女として生まれる。

結婚して藻刈せつとなる前、雅人の母親の姓は浜浦だったのです。

民生委員の筒井峰子さんが記載した記録には、藻刈せつの兄弟については書かれていません。それは兄弟がいなかったことを示しているわけではなく、当時、大河内さんがあえて藻刈せつから訊かなかっただけとも考えられるのです。

大突間島――瀬戸内地方――尾道……。

社会人となってタツタ玩具でおもちゃを作りながら、全国を営業して歩いた雅人は、大河内さんから自分の実の母の出生地を聞いて、何かの折に、瀬戸内の島々を渡って大突間島へと行ったであろうことは充分に考えられます。

もしそうならば、母親が語った出生地が、じつは遠い昔から無人島であったことも知ったはずなのです。

ですが、浜浦という名の人物を尾道で捜したということは、自分の母につながる誰かの存在も知って、その人に逢おうと試みたのでしょう。どうやって、その人物の存在を知ったのかは、私には推測する術もありません。

あるいは、そのあたりの事情は、勲やその仲間たちが知っているかもしれません。

それにしても、勲は十一年前の尾道でのことを話す前置きに、なぜ仙台屋と呼ばれる人と寺前のカッチャンについて、あんなにも詳しく語ったのか……。

私の知らない二人の人間をまず説明しようとして、ただ単に横道にそれるように前置きが長くなっただけではないのではあるまいか。その尾道での一件を語るためには、どうしても仙台屋と寺前のカッチャンについて説明しておかなければならなかったのではないのか……。私にはそんなふうに思えてなりませんでした。

夜の七時に、私は自分が樋口千春に指定した心斎橋の中華料理店に行きました。以前、会社の女子社員が結婚のために退職する際、送別会をひらいた店で、少量ずつの料理を幾皿も揃えて味も良く、しかも店構えと比すると予想外に安かったので、機会があればまた行こうと考えていたのです。

樋口千春は、せつを稲村真喜子に預けて、ひとりで中華料理店にやって来ました。〈ヤキヤキ〉で初めて逢ったときと比べると、いっそう母親らしい落ち着きが出て、顔の色艶も良くて健康そうでした。

「旅館の若女将っていう仕事にももう慣れましたか？」

私がそう訊くと、温泉旅館というもの自体が大きな曲がり角に来ていて、旧態依然の商売のやり方ではどうにもならなくなるのは時間の問題だと千春は笑顔で言いました。

「それが、私の母にはどうしてもわかれへんのです。ぎょうさんの団体客を機械的にこなすことしか考えてへんみたいで」

自分の旅館の建物それ自体が、団体客の宴会中心の構造なので、維持費や人件費がかかりすぎるのだと千春は言いました。

「社員の慰安旅行とか、忘年会や新年会のやり方も変わってきてるんです。企業の社員は世代交替が進んで、温泉旅館で宴会なんて喜ばへんのに……」

「じゃあ、どうするんですか？　千春さんが旅館を継いだら」

と私は訊きながら、電話で予約してあったコース料理が運ばれて来る前に、温めた紹興酒を註文しました。

「私は建物を建て替えたいんです。いまの二十五室もあるビルみたいな建物を壊して」

「壊す？」

「ええ、思い切って壊して、せいぜい五、六室の、どんなに多くても二十人くらいのお客さんしか泊まられへん程度の旅館に建て替えて、板前と、あとは私と二、三人のパートの女の人とでやっていけるようにしたいんです」

格式の高いと言われる旅館ほど不必要に部屋が大きすぎて、それに反比例して、洗面所やトイレが小さい。自分は、部屋は十二畳よりも大きくなると、客の居心地がかえって悪くなると実感している……。千春はそう言いました。

「湯田温泉は街中の温泉やから、周りの景色を楽しんでもらえるわけでもありませんし……」

「えっ？　街中にあるんですか？」

と私は訊き返しました。温泉というものは海の近くか、もしくはひなびた山間《やまあい》にあると相場は決まっていると思っていたのです。

「湯田温泉て、山口県の県庁所在地まで目と鼻の先で……。一度お越しになれば、何の変哲もない地方都市の街中にあることがおわかりになります」

と千春は言い、紹興酒にはほんの少し口をつけただけで、あとは私のグラスに注いでくれるばかりでした。アルコールはまったく受けつけない体質で、それは雅人も同じだったと千春は言いました。

「日本酒やったら、ちっちゃなお猪口《ちょこ》に半分。ビールやったらグラスに三分の一。それ以上は私にはもうほとんど致死量なんです」

「兄も似たようなもんでしたねェ。いつやったか、ビールをむりやり勧めて、後悔したことがあります。全身が真っ赤になって、息も絶え絶えで。本気で病院につれて行こうかと心配しました。ビールをひと口飲んだだけやのに……」

料理が運ばれて来たころには、私と千春とのあいだには話題が失くなってしまっていました。お互いが努めて雅人の話題を避けたわけではありません。

いったい雅人はどこに消えてしまったのか、などと語り合っても詮ないことなのです。

それで再び、私は千春が考えている旅館経営について、具体的な話を聞かせてもらうことにしました。そうしなければ、ただ運ばれて来る中華料理を食べるだけで、ほとんど会話というものが成立しなかったからです。

千春は自分の旅館を例にとって、詳しい数字をあげながら、いずれ近いうちに自分が経営者となるであろう旅館が新しい時代に生き残っていくための方法について語ってくれました。

私は千春の説明で、旅館業というものの仕組みの一端を知ったのです。

腕の確かな板前の給料、建物の固定資産税までも含めての維持費、庭の手入れに必要な年間費用、蒲団や枕カバーや、浴衣、丹前などのクリーニング代、畳、襖、障子の張り替えに要する費用、仲居の給金、電気水道代、その他諸々の備品に費やす金額等々……。

それらはことごとく千春の口からよどみなく出てくるのです。素人の、まったくの門外漢の私の見当違いな問いへの答え方にもためらいというものがありません。

そして、現在の古い建物を壊して、もっとこぢんまりとした新しい意匠の建物を建てる費用。それによって縮小されるであろう出費。得られるであろう売上げと収支……。

千春の頭のなかには、それらすべての数字が見事に整理されて詰め込まれていたのです。

「凄いですねェ」

私は箸を持つ手を宙に浮かせたまま、感嘆の声で言いました。

「凄いって、何がですか?」

「それだけ完璧にすべての数字を一瞬の躊躇《ちゅうちょ》もなく出せる人は、滅多にいませんよ。うちの社の仕事のできる営業マンだって、そこまで自分がたずさわってる仕事に関する数字を網羅してるやつは、たぶんいないと思いますねェ」

「だって、私、私が新しく作る旅館を軌道に乗せて、せつを育てて、いつかそれをせつにバトンタッチしなけりゃいけないんですもん、必死です」

と千春は恥じらいを含んだ笑顔で言いました。

私は、樋口千春という女性の芯の強さを見た思いでしたが、同時に、彼女が雅人の失踪という思いも寄らない事態のなかで、せつを産む決心をし、そして産み、その子の母として生きようとしている心根の強さを知ったのでした。

「兄貴はふらふらとどこへ消えやがったんかなァ……。こんなしっかりした旅館の女将の亭主におさまって、左団扇《ひだりうちわ》で、好きなおもちゃのアイデアだけを考えてたらええという人生が待ち受けてるというのに……」

私はそう言ってしまってから、いささかはめを外した自分の言葉を後悔しましたが、千春は屈託なく笑うばかりで、表情はまるで曇りませんでした。

「その計画、いつから実行に移すんですか？」

と私は訊きました。

「母と母のご主人を説得して、了解を得られたら、あしたからでも」

と千春は答えました。

「母のご主人かァ……。父ではないんですね」

「ええ。私、母のご主人の弱味をいっぱい握ってるんです。あの人は、お金儲《かねもう》けということに関しては動物的な勘を持ってて、湯田温泉の旅館がこのままではやっていかれへんようになることは、もう七、八年前からわかってるんです。なんにも口出しせんと母のしたいようにさせてるのは、母の神経が旅館のほうに向いてくれてるのがありがたいからなんです」

「お二人の了解は得られそうなんですか？」

と私は訊きました。

「母は、私が本気で旅館を継ぐ気になったとわかって安心するでしょうし、母のご主人は、こんどは逆に私に恩を売れるわけですから、しぶしぶながらも承知すると思うんです」

「承知してくれても、しぶしぶなんですか」

「景気がよかったころの旅館経営のうまみが忘れられへんのです。それに、温泉旅館とはこうあらねばならないという固定観念が染み込んでますから」

それから千春は、雅人の写真を譲ってもらいたいのだが、と話題を変えました。

「あの人、写真がきらいで、〈ヤキヤキ〉で真喜子さんが遊び半分にカメラを向けても、なんとなく顔を隠すようにしてしまうので、ちゃんと写ってる写真が一枚もないんです。私もあの人と二人で写真を撮られたことがなくて……」

千春の言葉で、そう言えば自分も兄と一緒の写真というものは二、三葉くらいしかなかったのではないかと気づきました。

「母も、瀬戸雅人っていう人の顔を見たがってますし、せつが大きくなったとき、これがお父さんだって見せてやれる写真が一枚もないのは、おかしな誤解を与えるような気がして……」

「そうですね。兄の荷物を整理した箱のなかを調べてみます。ぼくも、古いアルバムを捜してみましょう」

私は「形見」という言葉を使いかけて、いったんは口をつぐみました。ですが、いつまでもそのような言葉を禁句にしつづけるのも不自然ではないのかと思い直し、

「兄にまつわる思い出の品を全部集めておきます」

と言ったのです。

「兄が中学三年生のときに、一家で海水浴に行ったんです。そのときの写真は残ってますよ。死んだ父が、初めて自分のカメラを買ったもんですから、嬉しくてやたらパシャパシャとシャッターを押しまくったんです。逆光でピンボケってのもたくさんありますが、父と母と兄とぼくの四人が、海をバックに並んでる写真があります。あれはとてもきれいに撮れてたんで、父が大きく

焼き増ししたんです。でも、せつに見せるには、昔の写真すぎますね。タツタ玩具の誰かが、瀬戸雅人の写真を持ってないかどうか訊いておきます」

そう言いながら、確かに兄は写真を撮られるのをいやがったなと私は思いました。私が覚えている兄の近影は、三年前の正月のものでした。

正月の五日に私の家に遊びに来た兄は、私の二人の息子に、お年玉代わりに何か買ってやるがどんなものがいいかと訊き、息子たちは揃って当時流行《はや》りのスニーカーを求めたのです。

じゃあいまから買いに行こうということになり、三人で梅田まで出かけました。

そのスニーカーを買った店で福引きがあって、三等賞が当たりました。賞品はポラロイド・カメラでした。

「ポラロイド・カメラで写真を撮るなんて初めてなもんですから、その日、私の家で晩ご飯を食べながら、印画紙がなくなるまで撮ったんです。でも、兄は私たちを撮るばかりで、自分を写されるのをいやがりましてねェ……」

けれども、いやがる伯父を、私の息子のどちらかがむりやり写したのが二、三枚あったはずだと私は思いました。

「兄の手帳とか、住所録とか、健康保険証なんかは、段ボールの箱に入れて、ぼくの家に置いてあります。それもご所望でしたら送ります」

私がそう言うと、千春は、雅人が私の両親の養子となったのはなぜなのかと訊いたのです。そして、雅人の実の父と母は、どんな人であったのか、と。

私は、私の両親が、そのような話を詳しく語ってくれる前に、どちらも思いがけず早く亡くなったので、と口をにごしました。

「雅人が姿を消して、せつが生まれた当初は、私自身が身構えてたのか、瀬戸雅人という人がどんな人であれ、そんなことはどうでもいいんだって思ってたんです。でも最近、もしせつの父親が帰って来なかったら、私はせつに語るべき何物も持ってないんやなァって考えるようになって……。そう思って、いろんなことを思い起こしてると、雅人っていう人くらい自分のことを喋りたがらなかった人も珍しいなァって気がしてきて……。雅人が、ほんとの両親のもとから瀬戸家の養子になったのは八歳のときやそうですから、それ以前のことも少しは記憶に残ってるはずやのに、なんにも覚えてないの一点張りで……」

せつに、父親がいかなる人間であったのかを語るための何物も持っていない……。

私はその千春の言葉を、ひどく重いものとして受け止めました。ですが、私は千春の問いに答えることはできませんでした。もし雅人が、ほんの断片にせよ、瀬戸家の一員となる前の自分について千春に語っていたならば、私は取捨選択しながらも話せることもあったかもしれません。けれども、瀬戸雅人は、千春には何ひとつ語らなかったのです。それこそが雅人という人間の明確な意思であったはずなのです。

私は、話題をそらせ、料理を食べ、デザートを食べ終えると、兄はいなくなってしまったし、父も母もとうに亡くなってしまったしと千春に言いました。語るべき「瀬戸雅人」という人間は、あなたの胸のなかにあるではないか、それで充分ではないか、と……。

するとも千春もデザート用のスプーンを置き、

「星宿海って、いったい何なんですか？」

と訊いたのです。

# 第四章

何の絵も写真も使われず、ただその月の曜日と日付だけが大きな文字で印刷されただけのカレンダーを、千春は今年から使うようになった。

日付の下に数行の文字が書き込めるだけの余白があって、そこに予定や、記憶に残したい事柄を書いておけば、あえてそのための手帳類は必要ないので、千春はそのカレンダーが気に入り、田圃や畑や裏の低い山が見渡せるマンションの居間にも、そこから車で十五分ほどのところにある湯田温泉街の旅館の事務所の壁にも掛けていた。

あと二日で平成十一年五月も終わると思いながら、千春は二十日ほど前に開通した瀬戸内しまなみ海道のお陰で例年よりも忙しかったあわただしい五月を振り返り、先月、一歳の誕生日を迎えたせつが、小さなリビングでひとりで遊んでいるのを見やった。

二月に雅人の弟と大阪で食事をした翌日、千春は梅田の大きな書店で「星宿海」に関する本を五冊買ったが、まだどれにも目を通していなかった。

母が代表者である旅館・宝泉館に、毎年、冬になると働きに来ていた女子大生は、いまどきの若い女には珍しくきちんとした敬語が使えて、朝が早いのにも、夜が遅いのにもひとことの文句も言わず、労を惜しまず働いてくれるので、千春は宝泉館を取り壊して、客室五部屋のこぢんまりした旅館に建て替える計画をその子にだけ打ち明け、女子大を卒業したら正式に社員になるよう誘っていたのだった。

だが、千春が大阪から帰ってすぐに、その子の父親から電話があり、病気で入院したという報せを受けたが、その際、卒業後、宝泉館に就職する話はなかったことにしていただきたいと言われた。

年の瀬から新年にかけて湯田温泉の宝泉館で働き、神戸の実家に帰って来てすぐに胃の痛みを訴えて病院で診てもらったところ、最も厄介な胃癌であることがわかったという。その癌の進行の仕方と、二十二歳という年齢と思い合わせると、夏までは到底もつまいというのが医師の所見だった。

酒は一滴も飲めず、煙草も吸ったことはない。幼いころから肉類が嫌いで、お前は兎《うさぎ》かとひやかされるほどに野菜ばかり食べている。体を動かすことが好きで、朝五キロのジョギングを楽しむために、よほどのことがないかぎり夜は十一時には寝てしまうし、雨が降らなければ朝は六時に起き、歯を磨いて顔を洗って、すぐにジョギングに出て行く。

別段、何の信仰も持っていないし、ベジタリアンでもないが、カラシやワサビなどの刺激物も好まず、華奢《きゃしゃ》な体つきながら子供のときから病気らしい病気もしたことがない。人にいやがられるような性格でもなく、やんちゃな弟や妹の面倒もよくみて、親を困らせたこともない。

どうしてこのような子が、まだ二十二歳になったばかりなのに、もはや打つ手のない悪性の癌に冒され、余命長くて四、五カ月と宣告されなければならないのか……。

父親は、まるで近くに娘がいるのかと思えるほどの小さな声で千春にそう打ち明けたのだった。このことは、自分と妻以外は誰も知らない。祖母にも、弟にも妹にも話していない。無論、本人には最後まで教えるつもりはない……。

千春は、その報せを受けて、すぐに神戸の病院に見舞いに行った。一回目に見舞ったときは、医者の診断は間違いではないのかと疑うほどに元気だったが、四月の半ばに二回目の見舞いに病院を訪ねたときは、目をそむけるほどにおも変わりしてしまっていた。

そして医者の予想よりも早く、五月の半ばに亡くなった。

予定ならば、すでに宝泉館の社員として、新しい旅館建設のために、千春とともに忙しく働いていたであろう二十二歳の女の死は、千春自身思ってもいなかったほどの落胆と悲哀と無力感を千春にもたらして、まだそれから立ち直れないでいる。

人間とはなんとよるべない存在であろう……。そんな思いは、かつて味わったことのない厭世《えんせい》観《かん》となって、千春の仕事への意欲を奪ってしまったのだった。

幼少時、まだ父が健在だったころ、大阪市福島区海老江のスミタ・メリヤスの、夏暑く冬寒い社員寮での生活は、経済的には苦しくて、父や母の表情に一喜一憂して暮らし、何ひとつ欲しいものは買ってもらえなかったという記憶が残っている。

母が入院中の父を裏切り、いまの父と深い関係になり、その後すぐに再婚したころは、母をけがらわしく思い、何かにつけて反抗した。けれども、生活力のある義父を得たことで経済的には豊かになり、神戸の女子短大での自由な青春を楽しみ、社会に出てからもつねに母からの援助を受けつづけ、風邪以外の病気にはかかったことがないのだから、自分のこれまでの人生は、人並み以上に恵まれていたと千春は思っていた。

自分が子を宿してまもなくの雅人の異国での失踪は、確かに不幸といえばいえたが、それから一年七カ月たったいまも、雅人がこの世から消えてしまったという現実感が湧いてこない。

千春のなかでは、いつのまにか一縷の望みも消えてしまっていたが、子供を産もうと決めたときの気持も、せつが生まれたときに抱いた決意も、いささかも揺らいではいなかった。

いまの宝泉館を取り壊し、不要な人員を整理し、自分が理想とする新しい建物に替えて、新しい経営システムを取り入れ、自分が経営者となって運営していくことへの闘志に、いささかの変化もなかったのだった。

それなのに、肉親でもない、忙しい時期だけアルバイトで働きに来てくれていた女子大生の、二十二歳というあまりにも若すぎる死が千春に与えたものは大きかった。

その娘の死が、なぜか雅人の不可思議な失踪にふいに奇妙な不気味さをあおってきて、雅人という人間そのものになにかしら重大な秘密があるような気さえして、自分でもどう始末をしたらいいのかわからない、理由のさだかではない強い胸騒ぎにつねに襲われるようになったのだった。

雅人が瀬戸家の養子となる前のことを、紀代志が何ひとつ知らないというのは、あまりに不自然で、それはつまり誰にも話せないことが隠されているからではないのか……。

千春は二月に大阪で紀代志と食事をして以来、そんなふうに考えたりしたが、その点にこだわってあれこれ詮索しようとする気持にまでは至らなかった。だが、働き者の、真面目な、昨今の世の風潮に流されず、若いながらも自分の考えや生き方を貫こうとしていた娘の呆気ない死は、千春の「せつの父親」とはいったいいかなる人間であったのかという疑問へと強くつながっていった。

だから、雅人があれほどまでに憧憬《しょうけい》しつづけた「星宿海」について知りたくて五冊の本を買ったが、どれも表紙すらめくってはいなかった。

洗濯物を取り込んでから、せつにアイスクリームを食べさせていると電話が鳴った。養父の丸谷聡助だった。

聡助が電話をかけてくるのは初めてだったので、千春は最初声だけでは誰なのかわからなかった。

「降って湧いたような話なんやけどなァ」

と聡助は言い、宝泉館を取り壊して、そこに新しい旅館を建てるという計画は、実際にはどこまで進んでいるのかと訊いた。

いずれにしても銀行から金を借りなければならず、そのときには聡助の力に頼るはめになるのだからと千春は思ったが、聡助の最初の言葉が気になって、降って湧いたような話とはどんな話なのかと、少し気色《けしき》ばんで訊いた。義父が宝泉館の土地や建物を、自分のために使おうと心を翻したのではないかと怪しんだのだった。

「きのう、大阪から帰って来る新幹線で、加治家《かじや》の社長と乗り合わせてなァ」

と聡助は言った。加治家とは、宝泉館に隣接する老舗の料理旅館だった。

「なんと、この不景気なご時世に、宝泉館を売ってくれる気はないかっちゅうんや」

千春が何も応じ返さないうちに、聡助はさらに言った。

「康子の口から千春ちゃんの計画はあらかた聞いてるんやけど、千春ちゃん、あんたの計画は別の場所で実現したほうがええで。客商売は場所が大事や。わしは、人がもっとぎょうさん集まる、風光明媚《めいび》な場所で、千春ちゃんの夢を実現させるほうが得策やと思うてたけど、余計な口出しは、あんたの行き足を鈍らせるだけやと思うて黙ってたんや。そやけど、加治家があの宝泉館の土地を買うというのなら話は別や。千春ちゃん、なんにも湯田温泉にこだわる必要はないんとちゃうか」

「そんなこと急に言われても……。私は湯田温泉の宝泉館を壊して、その跡地に新しい旅館をということを前提に、いろんな計画を進めてたから……。銀行の支店長にも、その計画にのっとって、事業計画書も出したし……」

「いまの銀行は、簡単には金を貸さんで。これからますます金を貸さんようになりよる。これまでの実績も、将来に向けてのほぼ狂いのない事業計画にも、融資を受けようとする人間の能力にも金は貸しよれへん。間違いのない担保にだけ貸しよる。あいつらにとったら、事業計画なんて、ただの紙切れで、古くからの銀行とのつきあいも、そんなもんはただの過去や」

「いまの宝泉館の土地建物と私の新しい事業計画では、銀行は融資してくれへんて言いたいんですか?」

「わしは千春ちゃんにケンカを売ってるんやないがな。びっくりするような渡りに船の話やから、こうやって電話をしてるんや」

聡助は、加治家が買いたいと申し出ても、多少は足元を見てのことだと言った。同じ温泉町で、それも長年にわたって隣同士で商売をつづけていれば、双方の台所事情もおおむね察しがつく。

いま相場よりも安くても土地を売ったほうが宝泉館にとってはお得ではないのか。加治家は湯田温泉でこれからも料理旅館をつづけていくしかないが、そのためには料理旅館としての路線の変更と、古くなった建物の改築が必要で、さいわい先代が京都に建てた二軒の賃貸マンションの償却も五年前に完了し、順調な収益をあげている。加治家の暖簾を守りつづけるのが当代の責務とあらば、それらを売却することもいとわない。

しかしそれも宝泉館が話に乗ってくれば、であって、宝泉館が断わるというのなら、あえて固執はしない。いまの土地の範囲で、また別の絵を描けばいい……。

「足元を見て、はったりをかますっちゅうんやない。加治家は正直に本音をぶつけてきよったんやと思うんや」

「別の場所にって、急に言われても、雲をつかむような話やんか……」

聡助という人間は好きではなかったが、その金儲けに対する動物的な嗅覚や行動力には一目も二目も置いている千春は、感情を抑えてそう言った。

するとと聡助は、五月の初旬に開通した瀬戸内しまなみ海道に行ってみたかと訊いた。まだ行っていないと千春は答えた。

「島々をつなぐ道路というハードだけができて、そこを訪れる観光客のためのレストランとか喫茶店とか、宿泊施設っちゅうソフトはあとまわしになってるんや。そやけど、もうあの道の計画が持ちあがったときから、いろんな大手の会社が土地に手を出してきた。なかには道路の開通までもちこたえられんで倒産した不動産会社もある。そんな会社が買うてた土地には、ここにこぢんまりした旅館を建てたらええやろなァと思うようなのが五カ所あるんや。買うならいまやで。瀬戸内の島々が見えて、交通の便が良うて、ぎょうさんの観光客が来る。ここに目をつけへん手はないがな。宝泉館には、湯田温泉で守りつづけなあかんような暖簾はあれへん。わしはあの旅館では、儲けるときに儲けさしてもろた。いまは康子の退屈しのぎ用の、金のかかる遺物や。千春ちゃん、湯田温泉の宝泉館には見切りをつけなはれ。加治家っちゅう買い手が降って湧いたようにあらわれたのは、渡りに船や」

千春は、いまどこにいるのかと聡助に訊いた。きのう湯田温泉に帰って来たのなら、宝泉館の裏手にある家にいるはずだったが、電話からは、母との住まいではかかるはずのない若い歌手の曲が聞こえていた。

聡助は、どこにいるとは答えず、五カ所の土地の所番地は康子に渡しておいたと言った。そして、笑いながら、

「建物ちゅうのは風景に合わせて建てるもんやで。風景は、建物には合わせてくれへんからな」

と言って電話を切った。

聡助は義理の娘に嫌われていることを知っている。充分すぎるほど知っているから、顔を合わせても、言葉をかけてご機嫌をとろうとか、何か物を買ってやって、心を向けさせようなどとは試みたことがない。

といって、格別の憎しみを抱いている様子を垣間見せたこともなく、あれこれと指図がましく康子を通じて自分の感情を押しつけようともしない。

「俺を嫌いなのは当然であろう。それはそれで仕方がない。俺もお前に好きになってもらおうとは思わない。まあ、お互い、癇にさわらない程度に朝晩の挨拶くらいはしておこうではないか……」

千春は、聡助が腹のなかでそう思っていると信じてきて、そのほうが都合がよかった。

せつをみごもったときも、それが判明して母に打ち明け、産むつもりだと伝えてから二週間もたって、

「ほんまに産むつもりかいな」

と軽く世間話をするかのような表情で訊かれた。言葉つきにも表情にも、非難がましさも揶揄《やゆ》もなく、教養のかけらもなさそうな皮膚の厚い顔のなかの垂れ目をせわしげに動かしただけだっ

た。

千春が無言で頷くと、聡助も頷き返し、あとは何も言わずに、もう走行距離が十万キロを超えたという古いベンツに乗ってゴルフに出かけたものだった。

だからかえって千春は、聡助からの突然の電話と、意外なくらいに強引な、忠告というよりも命令、もしくは有無を言わせぬ指図について、反発よりも先に、素直に客観的に考えることができたのかもしれなかった。

「……しまなみ海道」

千春はそうつぶやき、大きな手文庫に入れてある新しい宝泉館に関しての書類を出した。瀬戸紀代志がお世辞でなく心から感心したように、その十何種類の書類に記載されている文章も細かな数字も、千春はすべてそらんじることができた。

千春はそれら書類を手文庫にしまうと、眠くなってきたらしいせつを抱きあげ、車で宝泉館へ向かった。

湯田温泉の宝泉館には見切りをつけろ……。聡助の癖である無感情な抑揚のない喋り方の底には、どこか断固としたものがあった気がした。

ダンプカーや大型トレーラーが行き交う国道には、コンビニエンス・ストアと消費者金融の看板が並んでいて、この近くに古くからの温泉街があるといった風情などどこにも見いだせなかった。

国道沿いの、最近できた大型書店に入り、瀬戸内の観光案内を捜すと、開通したばかりのしまなみ海道の特集号ばかりで、表紙のイラストに描かれた向島、因島、生口島、大三島、伯方島、大島などが、活気づいて見えた。

山口県の湯田温泉からしまなみ海道までは車で二時間くらいで、大阪や神戸からも三時間の距離だが、千春はこれまでに一度も瀬戸内の島々に行ったことはなかった。

観光案内の本を三冊と、しまなみ海道を中心とした地図を買ってマンションに帰り、眠くてしきりに目をこすりつづけているせつに湯冷ましを飲ませ、一緒に横になって本を開いた。

それぞれの島にある宿泊施設を調べると、国民宿舎や、最近できたのであろうリゾート・ホテルなどはあるにはあった。島によっては昔からつづく旅館も存在しているが、それらはどれも千春が理想として思い描くものとはかけ離れていた。

すぐに寝入ってしまったせつに、

「この島々のどこかに旅館を建てたら、せつとお母ちゃんは、そこに暮らすことになるんやなァ」

と千春は小声で言った。

聡助の持ち込んできた話にすぐさま乗ってしまうのはなんだかいまいましい気がしないでもなかったが、旅をする人にとっては、そこに美しい風景があるということは第一の条件であるはずだった。

温暖な瀬戸内の島々……。その言葉をつぶやき、広島県の尾道から六つの島々をつないで愛媛県の今治市へとつながる新しい道路の写真を見ていると、千春はいますぐにも出向いて行きたくなった。

せつが寝入ったのを確かめ、千春は母の康子に電話をかけた。聡助の意見を伝えようとすると、康子はすでに聡助から話を聞いていて、

「あんたの好きなようにしィな」

と言った。聡助の人脈から得た五カ所の候補地は、悪質な業者の手垢《てあか》にはまだ染まっていなくて、つまり土地として「傷物」ではないことだけは確かだという。

「私ももう歳やから、きれいな海でも見て暮らしたいわ。旅館の近くに私の隠居部屋も建ててェな」

母は、宝泉館を加治家に売ってしまうことが決定したかのような口調で言った。

いまから車で出かければ、夕方には尾道に着く。そう思って、千春は、今夜とあしたの夜、せつを預かってくれと母に頼んだ。

「あしたは句会があるし、お茶の稽古にも行かなあかんねん」

「下手な句、まだ作ってるのん？　お茶はもう極めたって言うてたやんか。私が新しい旅館を引き継いだら、お母ちゃん、句会でも踊りの会でも、なんでも好きなようにしたらええやん」

千春は母の返事を待たずに電話を切り、旅の用意をした。

どこかの島にある旅館を予約してから出発しようかと思ったが、観光ガイドに紹介されている旅館やホテルの内容がいかにいい加減なものであるかは、千春が最もよく知っている。出版社の要求する金額を支払えば、じつに上手にその旅館を賞《ほ》める記事を書いてくれる。

人手が足りなくて老朽化した旅館なら、「素朴な家庭料理と素人っぽいサービスが独特の旅情

を」となり、流れ作業式に団体の宴会をこなすことを主眼にした大旅館の場合は、「贅《ぜい》を尽くした一夜を。ゆとりの大露天風呂も人気」となる。

混み合う時期でないのなら、現地で旅館のたたずまいを見て、それから決めたほうが当たり外れが少ない。

玄関の掃除の仕方や二階の窓の汚れ具合や、出入りする従業員の動作を見れば、その宿の中身は、だいたいの推測がつくのだった。

いずれにしても、聡助の言葉どおりしまなみ海道というハードはとりあえずできたが、客を受け入れるソフトはあとまわしになっているのだとすれば、格別に名を知られた温泉でもないかぎり、島々にはせいぜい釣り客用の、民宿に毛がはえたような旅館があるにすぎないはずだった。

手早く用意をして、よく眠っているせつをそっと抱きあげると、せつは目を醒ました。

「おばあちゃんとこへ行こなァ」

とあやしながら言って、千春は小旅行用の鞄を肩に掛け、せつを抱いてマンションの駐車場へ行った。

おばあちゃんのところへ行くと知るといつも喜んで拍手をする格好で笑うのだが、せつは珍しく機嫌が悪く、千春にしがみついて来た。

千春がどこかへ出かけると知っても、おばあちゃんがいれば泣きもせず、いってらっしゃいと手を振るのが常なので、千春は自分から離れようとしないせつの額に手をやって熱がないのを確かめ、何かの小虫が服のあいだから入ったのではと、首や腹のあたりを調べた。

危ないから、ちゃんとうしろの席に坐っているようにと言い聞かせ、母の住まいへと車を運転しているあいだも、せつはなさけなさそうに泣きながら、千春の膝に載りたがって後部座席から運転席へと移って来た。

そのたびに千春は車を脇道に停め、せつに、車が動いているあいだはおとなしく坐っているようにと叱った。

宝泉館の裏手の平屋に行き、せつを母に預けようとしたが、せつは身をのけぞらせて千春のところに行こうとする。

「えらい珍しいなァ……。こんなに泣かれたら、私、よう預からんわ」

と母は言った。

「私が行ってしもたら、すぐにあきらめて、いつものせつに戻ると思うねんけど……」

千春は言って、母が聡助から預かった便箋《びんせん》を受け取り、いったん車に乗り込んだが、せつの悲痛なまでの泣き声に何か異常なものを感じて、家のなかに戻った。

離乳も手間なくその時期を終え、いまは柔かい離乳食からも卒業して、煮魚の身をほぐしてもらうとそれをいやがらずに食べるし、チーズをサイコロ状に切ってやると、それも三個か四個は食べる。

せつの好物は、ご飯にしらすちりめんを混ぜて、それを焼海苔《やきのり》で巻いたものだった。せつの親指くらいの大きさに巻いて、それを手渡すと、もういい加減にしないとお腹をこわすのではないかと案じるくらいにおいしそうに飽きることなく食べている。

「夜泣きする子ォやないねんから、一緒につれて行ってやったらどうやのん」

母は、泣きつづけるせつにたったの十五分ほどで音をあげてしまって、助けを求めるかのような言い方で千春を見つめた。

「そやけど、泊まるのは旅館やし、ちょっとそこまで車で買い物に行くのとはわけが違うもん。車のなかでじっとしててくれたらええけど……」

しかし、いくらおとなしくて聞きわけのいいせつといえども、二時間以上も狭い車のなかでじっとしていられるはずはなかった。せつに気を取られて事故でも起こしたら取り返しがつかない……。

千春は、宝泉館が忙しい時期だけ仲居のアルバイトに来てくれている戸田美登利《とだみどり》という五十二歳の女性のことを思い出し、彼女に瀬戸の島々への旅に同行してもらえないものかと考え、それを母に相談した。

「美登利さんなァ……。四月から学校に通うてるって噂やねんけど」

と母はつぶやきながら、電話のところへ行った。

「鍼灸《しんきゅう》の専門学校に入って勉強してるって誰かが言うてたなァ……」

「鍼灸？　美登利さんが？」

ことしの正月早々に、七歳上の夫が軽い脳梗塞《のうこうそく》で倒れ、それ以来、仲居のアルバイトができなくなって、千春は戸田美登利とは逢っていなかった。

美登利には二人の娘がいるが、どちらも結婚して、五十二歳でありながら四人も孫がいる。

電話には美登利が出たらしく、母は美登利の夫の容態を訊き、それから千春と代わった。

「せっちゃんがぐずってるなんて、えらい珍しいねェ」

と戸田美登利は笑い、千春の話を聞いてから、今週は下の娘が孫たちをつれて里帰りして来たので、二泊だけなら、せっちゃんの子守り役で瀬戸の島々へ同行してもいいと言ってくれた。

千春は、急いで自分のマンションへ引き返し、せつの着換え、それに焼海苔と上等のしらすちりめんを鞄に入れ、隣町の美登利の家へと向かった。

「しまなみ海道、行ってみたかったんよ」

急遽、旅の用意をして、千春の車に乗った戸田美登利は、度の強い近視用の眼鏡を外してコンタクト・レンズをはめた。

「鍼灸の専門学校に行ってるって、ほんま?」

と千春は車を運転しながら訊いた。

山口市内におととし開校になった専門学校にことし入学できたのだと美登利は言った。

「学校、休みと違うやろ?」

「来週から試験やねん。まァ、つまりこの一カ月で勉強したことがどれだけ頭に入ってるかを調べる中間考査ってとこやねん」

「へえ、ほんなら勉強せなあかん時間を私のために使うてくれるんやねェ」

「孫が二人も来たら、勉強なんかでけへん。上は三歳半。下は二歳。年子やもん……。もう家のなかはぐちゃぐちゃや」

千春と、せつを膝に載せた美登利が湯田温泉を出発したのは午後三時だった。

山陽自動車道を走り、ちょうど二時間で尾道に着き、そのまましまなみ海道に入った。

「尾道水道って、こんなに狭い海の道やったんやなァ……。私の記憶に残ってる尾道水道って、もっと広かったのに……」

尾道水道を渡るとき美登利がそう言ったので、千春は車のハザード・ランプを点滅させて速度を落とし、うしろから来た大きなトレーラーを行かせたあと車を停めた。

美登利は、子供のころ、尾道で暮らしたのだという。

「五つのときから、小学校を卒業するまでやから、丸七年間。私のお父ちゃん、造船会社に勤めてて、尾道のドックの技術主任やったんよ」

美登利が五歳のときといえば、いまから四十七年も昔ということになる。そのころは、どの島へ行くにも船を使うしかなかったはずだと思いながら、千春は車を発進させ、尾道大橋を渡ったところで停めた。

尾道水道は、とても海の一部とは思えなかった。大阪の街中を流れる汚れた運河のようで、造船所や倉庫や、いったい何のためのものなのかわからない年代物の建物が尾道側にも、橋ひとつでつながっている因島の水道側にも並んでいる。

そしてそこからは建物のほとんどが坂に建っているとしか思えない尾道の町が見えた。

フェリーなのか漁船なのか判別のつかない中型の古い船が東のほうから尾道水道に入って来て汽笛を鳴らした。造船所のクレーンの群れのほうからはサイレンの音が響いた。

東側の瀬戸の海には、詳細な地図でなければ載らないであろう小島が並んでいる。

林芙美子《はやしふみこ》という女流作家が、この尾道を舞台に書いた「風琴と魚の町」という小説が好きなのだと美登利は言った。

「故郷を追われてこの町に流れて来た夫婦とその娘の話でねェ、短い小説やけど、この尾道っちゆうちっぽけな町の、ちっぽけな生活が、身につまされて……」

風琴を鳴らしながら売薬の行商をしている父は、製薬業者が作ったインチキな粉薬を売ったかどで警察に引っ張って行かれる。

「その最後のところをねェ、私、暗記するほど読んだのよ」

そう言って戸田美登利は、「風琴と魚の町」の最後の十数行を、小学生が教師に指名されて教科書を朗読するようにそらんじた。

――私は、夕方町の中の警察へ走つて行つた。

唐草模様のついた鉄の扉に凭《もた》れて、父と母が出て来るのを待つた。「オンバラジヤア、ユウセイソワカ」私は、鉄の棒を握つて、何となく空に祈つた。

淋しくなつた。

裏側の水上署でカラカラ鈴の鳴る音が聞える。

私は裏側へ廻つて、水色のペンキ塗りの歪んだ窓へよぢ登つて下を覗いて見た。

電気が煌々《くわうくわう》とついてゐた。部屋の隅に母が鼠よりも小さく私の眼に写つた。父が、その母の前で、巡査にぴしぴしビンタを殴られてゐた。

「さあ、唄うて見んか！」

父は、奇妙な声で、風琴を鳴らしながら、

「二瓶つければ雪の肌」と、唄をうたつた。

「もつと大きな声で唄はんかツ！」

「ハツハツ……うどん粉つけて、雪の肌いなりやア、安かものぢや」

悲しさがこみあげて来た。父は闇雲《やみくも》に、巡査に、ビンタをぶたれてゐた。

「馬鹿たれ！　馬鹿たれ！」

私は猿のやうに声をあげると、海岸の方へ走つて行つた。

「まさこヨイ！」と呼ぶ、母の声を聞いたが、私の耳底には、いつまでも何か遠く、歯車のやうなものがギリギリ鳴つてゐた。——


美登利は、妻の目の前で夫を殴りつけて唄をうたわせている巡査が、本当にいまもこの尾道の警察署にいる気がして、少女のころ、警官を見ると憎悪の目を注いだものだと言った。

「へえ……。美登利さんて、文学少女やったんや」

言ってから、千春はなんとつまらない言葉を使ったものだろうと後悔した。自分はただ感心してそんなありきたりな言葉を口にしたが、言われたほうにすれば、あるいは揶揄の最たるものとして受け取りかねない類の軽々しい表現かもしれないと思ったのだった。

千春は、自分の知らない小説の最後の部分を淀みなくそらんじた美登利になにかしら一目置く思いを抱いたが、同時に、口を小さくあけて、片方の手にかじりかけのクッキーを持ったまま、せつが首をもたげて美登利の口元を見つめていた。その見つめ方に、尋常ならざるものを感じた。意味などわかるはずはないのに、美登利がそらんじる小説の一節に懸命に聴き入っている……。そんなふうに見えたからだった。

聡助が紙に書いておいてくれた五つの候補地は、すべて〈フクダ地所〉という会社が管理していて、それは因島市役所の近くだった。

とりあえず、フクダ地所に行って、社長の福田徹《ふくだとおる》という人物に会わなくてはならない。

どうせきょうは、フクダ地所に着くころには日も暮れるだろうから、初対面の挨拶だけで終わるしかない。暗くなってから候補地を見に行っても仕方がない。

ただそれぞれの候補地の住所はわかっているので、その周辺の夜の雰囲気を探ってみてもいい。千春はそう思い、携帯電話のボタンを押し、電話に出て来た事務員に社長はいらっしゃるかと訊いた。

「丸谷社長から、さっき連絡をもらいまして、お待ちしとりました」

福田徹は太い声でそう言って、因島のインターからの道順を教えてくれた。

小さな子供づれであることを伝え、先にどこかの宿に入ってから、自分ひとりで会社のほうへうかがいたいと千春が言うと、いささか場所は不便だが、この因島ではなく向島の南側に、景色だけは最高だとお勧めできる旅館があると福田は言った。

「古い旅館とか民宿もあるにはありますが、その向島の高台にある旅館の露天風呂から瀬戸内の景色を見てもらいたいですなァ」

千春は、地元の人間が勧めるほどに景観のいいところに建つ旅館を見てみたくなり、そこに泊まることに決めて、向島のインターで降りると、T字路に出た。そこに福田に教えられた旅館の大きな看板があり、「パノラマ大浴場。瀬戸の景観が一望。漁師料理に舌つづみ」と書かれてあった。

「うわァ、いやな予感……」

と千春がつぶやくと、美登利も笑いながら、

「だいたいどんな旅館か想像つくねェ。覚悟しといたほうがええねェ」

と言った。

それもしまなみ海道の開通に合わせて整備されたらしい広い道路には、ほとんど車の姿はなく、造船所というよりも、船の修理場といった工場が海沿いに並んでいて、丈の短いクレーンから垂れ下がる鎖が海風で揺れていた。

旅館の所在地を示す立て札を頼りに坂道をのぼり始めると、周りは伸び放題の灌木《かんぼく》に囲まれて夕日は届かず、一瞬にして夜になったような錯覚に囚れたほどだった。

坂道は曲がりくねって、のぼればのぼるほど急勾配《こうばい》になり、千六百ccの千春の車ではアクセルをいっぱいに踏まなければ通れない場所もあった。

「間違《まちご》うたんやないの？」

と美登利は灌木のなかを指差して言った。そこには「瀬戸内海国立公園」という立て札があった。

「へえ、ここは国立公園のなかなんやねェ」

と何気なくつぶやいて、千春は思わずブレーキを踏み、狭い坂道に車を停めた。

「国立公園のなかに個人が建物なんか建てられへんわ」

瀬戸内海全体が国立公園と指定されているのだとすれば、国が計画したもの以外には、建物に限らず、ありとあらゆる規制でがんじがらめになっているはずだった。

国立公園と指定される以前に存在した住居や店舗や畑などは動かすことなく使用することを許可されるだろうが、それ以外のものは、たとえ通行に邪魔であっても木一本勝手に切ることはできない……。

なるほど、だからしまなみ海道というハードは国が造ったが、レストランや宿泊施設というソフトはできていないのだ。できていないのではなく、造れないのではないのか……。

あの聡助も、そこまでは考えが及ばなかったのかもしれない。

そう言えば、これだけ大きな島が幾つもあるのに、どの島にもゴルフ場がない……。

「お母ちゃんのご亭主も、たまには空振りしはるんやなァ」

千春は言って、再び車を発進させた。聡助からの電話で身内にたぎった気負いが急激に萎《な》えて、アクセルを強く踏む足の力も失せたような気がした。

やはりどうやら道を間違えたらしい。こんなに狭くて急な道の先に旅館があるとは考えられない。それにだいいち、ここは国立公園内なのだ。そんなところに旅館があるはずがない。

そう思って、千春はなんとか車の向きを変えられそうな場所を捜した。こんなに暗い、人っこ一人いない寂しい道をのぼりつづけて行き止まりだったりしたら骨折り損だ。パノラマ大浴場なんかに入りたくもない……。風呂場にそんな謳い文句をつける旅館にろくなところはないのだから……。

千春が意を決して車をUターンさせようとしたとき、灌木の向こうに旅館の屋根が見えた。

その旅館は三階建てで、玄関もロビーも予想していたよりも清潔で、車の音を聞きつけた若い女の従業員が愛想良く迎えに出て来た。

予約はしていないのだがと言うと、フクダ地所の社長さんから電話があったという。

千春は、いったん車から降りてロビーに自分の鞄を置き、宿泊手続きを済ませるとせつに、

「すぐ帰って来るからね。美登利おばちゃんと遊んでてな。帰って来たら一緒に大きなお風呂に入ろな」

と言って車に戻った。せつは美登利に抱かれたまま、笑顔で手を振った。

向島から因島へと橋を渡り、フクダ地所の社屋ビルに着いたのは夕方の六時だった。

社屋ビルといっても、タイル壁の三階建てで、一階はすべて駐車場になっていた。

千春は青い作業服を着た福田徹に初対面の挨拶をすると、すぐに、

「この瀬戸内の島々は全部、国立公園なんですね」

と切り出した。

五十代半ばの、年齢に比して多すぎる頭髪に一本の白髪もない福田は、事務所の壁に貼ってある大きな地図を人差し指でなぞりながら、

「そうです。こっからここまで、ぜーんぶ、国立公園内です」

と答えた。

「環境庁の管轄でして、まあ何やかやと規制が多いです。お陰で豊かな自然が保たれてるわけでして」

「でも、それだったら、私がこの瀬戸内の島のどこかに土地を買っても、建物を建てるためには、あまりにも厄介なことが多すぎるんじゃないんですか？」

その千春の問いに、福田は怪訝そうに、

「なんでですか？」

と訊き返した。

「国立公園のなかに建物を建てるためには、環境庁とか県とかに特別な申請をせなあかんでしょうし、木を一本切ったり植えたりするのにも面倒な手続きをして、それもまたお役所仕事のあの不親切な段取りの悪さで、いつまでたっても許可が下りずってことになるんじゃないんですか？」

そんなことが初めからわかっていて、なにもあえてしまなみ海道に新しい旅館を建てるという労作業に手を染めるわけにはいかない……。

そんな思いを抱きながら千春は言った。

「それは指定地域だけです。国立公園内の指定地域には簡単には建物を建てられませんし、私道を造ったり、木を切ったりもでけませんけど、指定地域外なら問題はないんです」

福田徹はそう言うと、女の事務員に冊子になった地図を持って来させた。それは、瀬戸内の島々においてどこが指定地域で、どこが指定地域ではないのかを色で区分した地図だった。

その地図の、指定地域外のところには斜線が施されていて、因島に二カ所、伯方島に一カ所、大島に二カ所、赤いマーカーで印が描かれてあった。

それはフクダ地所が現在管理している土地で、旅館の候補地として聡助が紙に書いてくれた場所だった。

最も面積の大きな土地は大島の南西に位置した県道の脇で、福田徹は、ここが自分の推奨する候補地、次が因島のここと、指で示した。

「どっちも四百坪近いですし、景色がええんです」

と福田は言った。

「因島のこの二カ所、とりあえず日が落ちんうちにご案内するつもりでしたけど、どうもきょうは日が暮れてしまいそうで……」

「この五カ所、全部、更地ですか?」

と千春は訊いた。

「いえ、このうちの二カ所、えーと、ここここは、まだ建物が残ってます。民宿と民家ですが、元の所有者はもう住んでません。空家です」

と福田は言った。女の事務員が茶を運んで来た。

千春は妙なかけひきをされたくなかったので、単刀直入に訊いた。

「こんなに立派な橋が開通して、瀬戸内の海があって、気候も温暖で、なんでしまなみ海道の開通を目論んで観光業者が積極的に動こうとしないんですか？」

福田は頷き返し、しまなみ海道の構想の段階から観光業者や不動産業者は活発に動いたが、彼等が欲する広さの土地を取得するには障害がありすぎたのだと言った。

「まず国立公園内やという点です。樋口さんが心配なさっていたことをそれぞれの業者も念頭に置いて動きだしましたが、環境問題っちゅうのが世界的なテーマになってきまして、まあつまり、世論に逆行する計画を莫大な資本を投じて進めることが難しい時代になったんです。もうひとつの理由は、しまなみ海道は結局のところ、本州と四国とをつなぐ便利な道にしかすぎんということが、いろんな調査でわかってきたんです」

「便利な道にしかすぎんて、それはどういう意味ですか？」

「観光客が通過するだけの道やということです」

と福田は言った。

「四国側から来る人たちは尾道に泊まりたがります。八十八カ所の霊場めぐりのつながりで尾道のお寺さんに行きたい人たちが多いうえに、尾道は昔から坂の町としても、いろんな小説や詩なんかにも使われた文学の町としても知られて、ひとつのイメージができあがってるんですなァ。そやから、四国からの観光客は、大島、伯方島、大三島、生口島、因島、向島を通過して尾道をめざします。逆に本州側からの人たちは、愛媛の道後温泉に泊まりたがります」

日本人というのは、旅といえばどうしても温泉というふうに連想するものらしいと福田は言って、大きな音をたてて茶をすすった。

「道後温泉も全国的に有名ですもんねェ」

と言いながら、なるほど、だからこそ、念願の道路が開通したというのに、島々には活気が生じないのかと思った。

「いまはしまなみ海道が開通したばっかりですから、珍しさもあって、島に降りる人もいてますけど、どこかの島で一泊しようとは考えてないようで、観光業者や不動産業者の下した結論は正しかったたっちゅうことですなァ」

と福田は言った。

「若い人の、時間はあるけど金はないっちゅう貧乏旅行と、釣り客だけが相手の民宿経営が、やっとこさというところです」

千春はフクダ地所の社長のあまりの正直さに我知らず笑い、ただ苦いだけで香りのない茶を飲んだ。

「温泉は、掘ったら出るんでしょう?」

「そらまあ、掘ったら出るやろけど、温泉が噴き出すまでどのくらいの費用が要ることやら」

「じゃあ、私が土地を買っても意味がないじゃないですか」

千春は笑いながら言った。

すると福田は持っていた湯呑み茶碗をテーブルに置き、

「丸谷社長から樋口さんの考えてはる計画の一端をお聞きしまして、そういう旅館こそが、この瀬戸内の島のどこかに一軒必要なんやと私は思たんです」

と言った。

「つまり、ニワトリが先か卵が先かっちゅうやつです」

樋口千春さんが新しく築きあげようとしている旅館は、団体客を大量に機械的にさばいていこうとするものでもなく、寝る場所さえあればいいという貧乏旅行者を相手にするものでもない……。

福田はそう言ってから、人々が島々に泊まらないのは、泊まりたくなるような宿がないからであり、そのような魅力ある宿が一軒もできないのは、一日に五組の客があればいいという経営方針で旅館というものを考える経営者がいないからだ。大量の客をあてこめないから、いい旅館やレストランができない。それらの施設がないから人々は島々を通過していく。ニワトリが先か卵が先かというのは、そんな意味だと思ってくれ……。

そのような意味の言葉を、外見から受ける印象よりも歯切れのいい喋り方で千春の目を見ながら口にしたあと、女の事務員に、もう帰ったらどうかと勧めた。

「新婚さんでして」

福田が言うと、女事務員は、いま柚子羊羹《ゆずようかん》を切ろうかと思っていたのだがと千春を見やった。

「羊羹を頂戴したら、旅館の夕食が入らないと思いますので」

千春は笑顔で辞退し、福田が最も推奨する大島の南西の土地の価格を確認した。ある程度予測される土地代金は、聡助が紙に書いておいてくれたのだった。

福田はメモ用紙に坪当たりの単価を書き、ここは地形もこぢんまりした旅館に最も適しているのではないかと思うと言った。

そしてその土地への道順もメモに書いた。

「夜遅く、ここに行ってみて下さい。元は造船所の資材置き場やったんです。海のきわにまで庭を延ばすことができますし、逆に、海のきわに客室のすべてが面するように設計することもできます。ここからの景色は、なかなか見事なもんです。西側から南側にかけても、東側にかけても無人島が多いんですが、その小さな島々が、春夏秋冬、朝昼晩と、いろんな風情で変化します」

福田は、ボールペンで海岸線らしきものを描き、ここが土地、こっちが海、ここが県道と千春に教えた。

「東側は小高い丘のようになっとりまして、蜜柑《みかん》とポンカンの畑です」

女事務員が帰ってしまうと、福田は自分の旧知の者が、広島と岡山の県境の、山と川以外何もないところに、客室三つの旅館を造ったのだと言った。

「水産物加工が本業ですが、趣味が嵩《こう》じて、とうとう自分で旅館を建てて、そこの親父におさまってしもたんです」

福田は中国自動車道の、千春が聞いたこともないインターチェンジの名を口にした。

「そこを降りて、車で四十分のところの川の畔でして、ほんまに何にもないんです。川のせせらぎの音と、ときどき通る植林関係の人間の車の音だけ。川には河童《かっぱ》が棲《す》んでて、山から天狗《てんぐ》が出て来そうなとこに旅館なんて建ててどうすんねんと、周りはあきれとったんです」

その男は、親代々の水産加工業者だが、妻を亡くした十年前から焼き物に凝って、料理をいい焼き物の器を使って出す料理屋を食べ歩くという道楽に没頭した。

風評とは裏腹に、いわゆる「ゲテモノ」と称される器を使う店もあれば、本物の名品を使いながらも、出される料理は二流どころか三流以下という店も多かった。

それで、少々道のりは遠くとも、ここに行けば浮世の些事《さじ》からは遠く離れて、うまい料理をいい器で楽しめるという小さな旅館を自分で造ってやると決めたのだ……。

「京都の大徳寺の近くの料亭で板長をやっとった男を引き抜いてきまして、最初はこの男と二人だけで始めよったんです」

温泉が出る場所ではないが、内湯の檜風呂《ひのきぶろ》にはいつも湯が溢れ、三つの客室は建物の三方に遠く離れて、客同士が顔を合わせることは滅多にないし、勿論、話し声も聞こえない……。

「ジビエ料理っちゅうんですか？　禁猟期の終わる毎年十一月の半ばには、野生の鹿や猪、鴨《かも》、雉《きじ》、なんかの料理を出すんです。その一カ月ほどの期間は、一年前から予約で満室です」

福田は、あの旅館で食べた鴨鍋は忘れることができないうまさだったと言った。

「私は丸谷社長から、義理の娘さんの計画を聞いたとき、ぜひ一度、あの旅館へ行ってほしいと思いましたし、きっとこの瀬戸内の島のどこかでも、あの〈やま村〉っちゅう旅館をしのぐ旅館が造れるはずやと思たんです。あっちは山ですが、こっちは海です。景色のすばらしさではどこにも負けへんというところです」

福田は、これは素人考えだがと前置きし、

「観光地があって、そこを観光したいから出かけていき、その観光地にある旅館に泊まる……。これがいままでの日本人の旅の考え方やったと思うんです」

と言った。

「しかし、これからは、あの旅館に泊まりたいから、そこへ足を延ばすっちゅうふうに変わっていくんやないかと思うんです。そういう客は、そんなにぎょうさんいてるとは思えませんが、ぎょうさん来てもらわんでもええんです」

「そうなんです。仰《おつしや》るとおりです。私が造りたいという旅館は、そんな旅館なんです」

千春は強い味方を得たような気持になって、そう相槌を打った。自分の構想に近いことを考えている人間が、こんな瀬戸内の島で、さして大きくもない不動産業を営んでいたというある種の驚きは、はからずもこれまで嫌悪しつづけた丸谷聡助という男を見直してみようという思いへとつながったのだった。

丸谷聡助の商いにおける成功は、手がけようとする仕事への着眼点とか、単なる運の良さとか、商売に対するあくの強さといったものばかりではなく、人に恵まれるという、それも「才」と呼ぶべきものの恩恵が大きいのではないのか……。

千春はそう思ったのだった。

丸谷聡助には、自分が知らなかった、あるいはこれまで決して知ろうとしなかった何等かの人間的魅力、もしくは人徳のようなものがそなわっているのかもしれない……。

千春が母の夫である丸谷聡助をそのように考えてみたのは初めてであった。

「ご案内役として、私はあしたは一日、あけてあります。午前中から出発しませんか」

と福田は言った。瀬戸内の朝をぜひ見てもらいたいのだという。

そして苦笑いしながら、

「ま、景色の良さという点では、樋口さんがきょうお泊まりになる旅館には負けますがね」

と福田は言った。

「そりゃあ、あれだけ急な坂をのぼったところの、てっぺんに建ってるんですもんねェ。あそこは山の項上なのに、国立公園指定地域ではないんですか？」

と千春は訊いた。

「いえいえ、あそこは指定地域内です。あそこに旅館を建てるにあたっては、地元の有力者の裏の力が必要やったんです。建てたのは四十年も前ですから、なんぼ国立公園内といえども、いまほど規制が厳しくなかったんです」

だが見事な景観を得るために法律の網をくぐって建てた一種のつけがいま廻ってきているのだと福田は言った。

「つけって？」

と千春は訊いた。

「何もかもが老朽化して、あっちこっちを改装しとうても、国立公園保護っちゅう規制のお陰で、経営者の好き勝手にはでけんのです。内部をちょこちょこっと誤魔化す程度に直すだけやから、建物自体がアンバランスになるわ、空調は昔式のままやわ、水廻りも悪いわ、場所によっては雨漏りするわ……。あの景色に惚《ほ》れて、建物と土地を譲り受けて、新しい旅館かホテルに建て替えたいと名乗り出る人はおるんですが、みんな国立公園指定地域やと気づくと、さっさと手を引きます」

福田は、瀬戸内の島々のなかで高地にあって、樹木や山肌に遮られずに景観を楽しめる場所は、今夜、樋口さんが泊まる旅館と、もう一カ所、大島の亀老山《きろうさん》にあるのだと言った。

「亀老山。そこにも旅館があるんですか？」

と千春は訊き、地図に見入った。

「いえいえ、そこは展望台です。亀老山展望台っちゅうとこでして、しまなみ海道の開通に合わせて、古い展望台を新しくしたんです」

福田は大島の地図を拡げ、ここが亀老山展望台と指で示した。

最も四国に近い大島の南に亀老山展望台はあった。

「ここからの瀬戸内の島々は、ほんまにきれいです。少々天気が悪うても、南側には四国が見えますし、西側には大小さまざまの島がぎょうさん眺められます。まァ、その大半は無人島ですが……」

あしたはぜひその亀老山展望台にも行ってみてくれと福田は言った。

千春は夜の七時前にフクダ地所を辞して、美登利がお守りをしてくれているせつの待つ旅館へと戻った。日はすっかり暮れてしまっていた。

せつは美登利に抱かれて、小さなロビーの奥にある食堂の大窓から、まだほんの少し赤味を帯びている海を見ていた。

「部屋はつぎはぎだらけで、畳も古いけど、ここからの景色には、うっとりしてしもた……」

と美登利は言い、せつを千春の両腕に移した。

きっとここなら、看板に偽りありではなく、大浴場からの眺めも絶景なのであろう……。

千春はそんな気がしたが、もう七時半だったので、先に夕食を運んでもらうことにした。

料理は、素朴な海のものばかりだった。

一尾丸ごと焼いたカマスの身を丁寧に取り、それと少しのけんちん汁とでせつにご飯を食べさせた。せつは千春が箸で運んでくれるものをすべていやがらずに食べて、さらにいつもの味のついていない焼海苔をくれと促した。

千春は持参した焼海苔の罐を鞄から出し、それをせつの手に持たせて、蜜柑の皮をむいた。せつは蜜柑も半分食べ、それから焼海苔をまるで薄いクッキーでも食べるかのように前歯でいい音をたてて噛《か》んだ。

「こんなに手のかからん子ォは、ほんまに日本中捜したかてぃとらせんわ」

と美登利は感心したように言った。

千春は、せつ以外に子供を育てたことはなかったので、周りの人々にこれまで何度も似たようなことを言われたが、ああそうなのかと思うだけだった。

「ほんまにこの子を殺して自分も死んでしまおうって思うくらい夜泣きする子ォとか、離乳がうまいこといかん子ォとか、疳《かん》の虫をしょっちゅう起こして、火がついたように泣きつづける子ォとかのほうが多いんやで。そやのにこのせっちゃんは、いつでも嬉しそうで楽しそうで……。私、せっちゃんやったら、いつでも預かってあげるわ」

美登利は言い、さっきロビーで中年の仲居と話した内容を千春に語って聞かせた。

「旅館の裏側に廻って、足元の断崖から下を見たら、足がすくむそうやでェ。ただ瀬戸内ってとこは、不思議に台風の通り道からは外れてて、地震もないから、こんなところにでも旅館が建てられたんやって……」

瀬戸内の島々に生きる人々は漁業には従事していないのだという。

「漁師町は本州側の、尾道の近くに二カ所あるだけやねんて……」

「へえ、そしたら瀬戸内の島の人たちは何して食べてはるのん？」

と千春は訊いた。

「柑橘類の栽培が主で、最近はいちじくに手を出す人が増えたそうやねん。いちじくって、いまええお金になるらしいわ。日本は、いちじくブームやって、その仲居さんが言うてたわ」

いちじくのジャム、いちじくのジュース、ケーキ用のいちじく、乾燥いちじく……。それらはいま需要が多く、瀬戸内本来の柑橘類よりも儲けになるらしい……。

「道と橋ができたからというても、島にはたいして恵みはなかったそうやねん。観光客は、ただ通過していくだけです、って……」

美登利の多少遠慮混じりの言葉に、千春は自分も同じことをフクダ地所の社長から聞かされたと答えた。

食事を終え、仲居がテーブルを片づけ、蒲団を敷き始めたころ、千春は浴衣と着換えを持つと、せつと大浴場へ行った。美登利は湯冷めをしやすい体質なので、寝る直前に入ると言ってテレビを観ていた。

せつの服を脱がせ、自分も裸になると、千春はせつの手をしっかり握ったまま、露天風呂のほうへ行った。

子供というものは、少しでもはしゃぐ心があると体が勝手に動きだすものだと認識していたので、千春は入浴の際は決してせつの手を放さないことにしていた。

露天風呂へのガラス戸をあけた瞬間、千春は感嘆の声をあげた。星屑《ほしくず》が眼下に散らばっているかと思ったのだった。

露天風呂は長さ五メートル、幅三メートルほどの長方形で、屋根がついていた。

おそらくそこからの眺望は瀬戸内の南側と東側へと展《ひら》けているのであろう。黒々とした幾つかの島々と、月明かりの下の瀬戸内の海が、夜なので輪郭もおぼろに眼下にあって、それぞれの島のひときわ突き出た地点には、行き来する船のための小さな灯台の灯りが点滅していた。

旅館の真下の海岸線には一隻の船が灯りを消して停泊していて、遠くでは、きっとそれも船なのであろうと思える三つの黄色い灯が、穏やかな波間をゆっくりと北から南のほうへと動いていた。

天空には星々があって、それらは島影にまぎれたり、水平線の向こうへとつながっているのだが、視界は露天風呂の湯気にしょっちゅう遮断されるために、どこからどこまでが夜空で、どこからどこまでが海なのかわからなかった。

だから、どのあたりまでが本物の星々で、どのあたりからが波光なのか、それとも海面に映る星々なのかもわからない……。

「凄いねェ……。せつ、星の海やねェ」

千春は、露天風呂の石の湯舟にせつをつかまらせ、出前持ちが出前の品を持つようにしてせつの小さな白桃に似た尻を支え、自分は湯舟のなかで横坐りして、そう話しかけた。

「あの黒いのは島やねェ。灯りがついてるから人が暮らしてる島やけど、その右隣の島には灯台の灯りしかあらへん。そやから無人島やねんなァ……。その向こうの島は、さあ、どのくらいの大きさやろ。甲子園球場の三分の一くらいやろか。その向こうの島は、もっと大きいけど、やっぱり無人島や。なァ、せつ、遠くで動いている灯りは船やで。お船が左から右へと進んでる……。漁船やったら、もっとぎょうさん灯りがついてるし、フェリーやったら、もっと大きいから、島に住む人の足代わりの小舟かなァ……。ちょっと買い物に行くための軽自動車みたいなもんや……」

あれもお星さま、これもお星さま……。

千春は夜空を指差して、せつにそう言い、次に海を指差し、

「あれは海に落ちたお星さまや」

と言った。

風がそよいで、湯気が一瞬消えると、目の慣れも伴って、最初は海だとばかり思っていたところが、じつは島であったことに気づいた。

該当するパーツがみつからないまま半分以上埋め切れないでいるジグソーパズルのように島と海とは点在していたが、それは仄かな濃淡の差で判別がつくのではなく夜空の星の映り具合によって、どれが島でどれが海なのかがわかるのだった。

けれども、再び湯気が立ちのぼると、光の加減は変化して、島だったはずの陰影に星が映り、海面だったはずのところの波光は黒く静まりかえって樹木の密生する島と化し、その絶え間ない変化はいつまでも繰り返された。

千春は、せつを湯にのぼせさせてはいけないと思い、露天風呂から出て、洗い場へと行った。そして、せつの髪を洗い、体を洗い、お母さんがいいと言うまで坐っているようにと命じて、プラスチックの腰掛けにせつを坐らせ、自分の髪を洗った。

だが、せつは、誰かが忘れていったシャンプーの容器の蓋《ふた》を持つと、露天風呂のほうへ這って行き、そのへりのところで遊びだした。

「お風呂場では、ひとりであっちへ行ったりこっちへ行ったりしたらあかん。こないだも、おばあちゃんの旅館の岩風呂で滑って、頭を打ったやろ。こっちにいてなさい」

風呂場用のおもちゃを持ってくればよかったと思いながら、千春はせつを呼んだ。

露天風呂は、千春が坐ると、やっと千春の顎から上が出る深さなので、せつの背丈よりもはるかに深い。目を離しているあいだに、せつが露天風呂に身を乗り出して落ちてしまったら大変だと思い、千春は何度もせつを呼んだ。

せつは、露天風呂の向こうを指差して何かを言いたそうに声を出した。何度もそうした。夜の海を見るのも、そこに浮かんでいる船を見るのも、せつには生まれて初めてのことなのだった。

千春は大急ぎで体を洗い、せつと一緒に脱衣場に行き、扇風機の風に当たりながら、せつに水を飲ませた。

フクダ地所の社長が勧める旅館の候補地は、ここよりも二百メートルほど低い地にあるので、眺望は異なるであろうが、この静かな海と島々と月と星々だけで充分ではないのか……。

千春はそう思った。千春は、湯田温泉に新しく建てるはずだった小さな旅館の幾つかの設計図を心のなかで破り捨て、再びせつの手を引いて、露天風呂へ戻った。

「きょうは特別お星さまが多いんやろか……」

さっきと同じように、せつを湯舟のへりにつかまらせ、頼りなく湯のなかに浮いているせつの体を支えたまま、千春は「星のような海」と心のなかで言った。

その瞬間、湯のなかの自分の背に鳥肌が立つのを感じた。「星宿海」という言葉が浮かんだのだった。

雅人の口から何度も何度も出た言葉……。中国の黄河の源流にあるという無数の湖。そのあまりの数の多さが、見た人をして海かと思わしめたために名づけられたという「星宿海」……。夥しい湖が星々と見まがうばかりなので「星宿海」……。

このせつの父が、あれほどまでに憧れた地「星宿海」……。自分は見たこともないし、ほとんど想像すらできないが、あるいはそこは、規模は違ってはいても、この瀬戸内の海と島々と、そこに降り注ぐ星々が織りなす一瞬の光景と重なるものがあるのではないだろうか……。

千春はそんな気がして、湯舟のへりに近づき、中腰になってあらためて風景に見入った。夜の大気はさっきよりも澄んだのか、それとも気温と海水の温度差によって、微妙に湿度が変化したのか、目に見える小さな島々の数が増したように感じられた。そしてそのぶん、海に映る星々の数も密度を増していた。

「せつ、星宿海やなァ。ここは星宿海やなァ」

と千春はせつの耳元でささやいた。

千春は露天風呂から出て、脱衣場でせつの体を拭き、二人で扇風機の風に当たった。温泉の湯は芯から二人の体を温めたらしく、いつまでたっても汗がおさまらなかった。

大阪で瀬戸紀代志と逢ったあと、梅田の大きな書店で星宿海について触れていそうな本を五冊買ったが、そのうちの二冊は、まだ旅行鞄から出していなかったような気がした。ボストンバッグのなかの、ジッパーで開け閉めのできる袋に入れたままになっているのではなかったろうか……。

鞄から出したきり表紙もめくっていないのは三冊で、それは『黄河の旅』と『古代中国伝説』、それに『崑崙《こんろん》を行く』という題だった。あとの二冊は……。

「あとの二冊は、帰りの新幹線のなかで読もうと思て、あの三冊とは別にしたんや」

千春は言って、せつの髪を再びバスタオルで拭き、パジャマを着せると、自動販売機でオレンジジュースを買った。

部屋に戻ると、美登利はテレビをつけたまま、蒲団の上でうたた寝をしていたが、せつが体に飛び乗ったので目を醒ました。

千春は持参したドライヤーで髪を乾かしながら、

「なんで、パノラマ大浴場なんて、しょうもない謳い文句をつけたりするんやろ」

と美登利に言った。

「景色なんか、なーんにも見えへん汚ない露天風呂やったんやろ?」

「とんでもない」

と千春は言った。

「私やったら、あの露天風呂からの景色をわざわざ看板に書いたりせえへんわ」

あまりのすばらしさに、しばらく言葉をうしなってしまった……。パノラマ大浴場などという陳腐な謳い文句をつけられて、この旅館の露天風呂はきっと泣いていることだろう……。

千春の言葉で、美登利は浴衣とタオル、それに着換えを持って露天風呂へ向かった。

千春は、川の字形に敷かれた三組の蒲団の真ん中にせつを寝転がらせ、女の子らしく伸びてきた頭髪にブラシを入れて、三つ編みにしたり、真ん中から分けたりして、せつにはどんな髪型が似合うだろうかと考えながら、久しぶりに雅人のことを思った。

あえて考えないように、あえてその風貌を脳裏に描かないようにと自分に言い聞かせた一年と七カ月であったが、露天風呂からの眺望で「星宿海」という三文字を連想したとき、このせつという娘の父としての瀬戸雅人について、自分はほとんど何も知っていないのだと、あらためて思ったのだった。

紀代志は、血のつながらない兄である雅人の、瀬戸家の養子となる前のことについて、なぜか多くを語ろうとはしない。

そのことに不審を感じながらも、そんな自分のなかの訝しさを紀代志には悟られないよう気を配ってきた。

だがそれも考えてみれば、おかしな話だ。

せつは間違いなく雅人の子であり、自分と雅人とは、世間にうしろ指をさされるような関係ではない。結婚とか入籍とかといった手続きよりも先に、自分はせつをみごもっただけであって、雅人がシルクロードの旅から帰ったら、正式に夫婦となっていたはずなのだ。

雅人は、小さなおもちゃメーカーに勤める名もない男だったが、自分の仕事を愛し、人に迷惑をかけることなく、実直すぎるほどに人生を生きていた。

それなのに、せつに、お前の父はこのような人であったと語れるものがないのは、なぜなのか……。

すでに男の子がいる瀬戸家になぜ養子として貰われてきたのか……。

実の両親は、どんな人だったのか……。

どこで生まれ、どのように八歳まで育ったのか……。

弟の紀代志だけでなく、当の本人の雅人ですらそれを語ろうとはしなかったのは、なぜなのか……。

紀代志はそのことについてよく知らないのではなく、知っていながらも、話せないことがあるのではないのか……。

せつが大きくなり、周りの友だちには父がいるのに、なぜ自分にはいないのかと訊かれたら、かくかくしかじかで、中国の南西端の辺境で消息を絶ったのだと答えるしかない。

だが、それ以前のことをどう語ればいいのか……。

せつの本当のおじいさん、本当のおばあさんは、どんな人だったのか。せつの父は、なぜ八歳で瀬戸家の養子となったのか……。

自分はたったそれだけのことすら、せつに語って聞かせてやれないのだ……。

「この少ない短い髪の毛では、まだ三つ編みは無理やなァ」

千春はせつの腋《わき》の下をくすぐりながら言った。身をよじって笑いながら、せつはブラシをつかみ、それを千春に持たせようとした。

もっと髪の毛をきれいにしてくれとせがんでいるのだった。

千春はせつの気が済むまで、

「これがアフロヘアー、これがいま流行りの何とかカット」

と言いながら、髪の毛をブラシで逆立てたり、うしろへ流したりした。

せつがうつらうつらしだしたので、千春は床の間の横に置いてある旅行用のボストンバッグのなかを探った。

二冊の本は、書店の袋に入ったまま、ボストンバッグの小袋のなかにあった。『唐詩の旅——黄河編』と『星への筏《いかだ》』の二冊で、『星への筏』には〝黄河幻視行〟という副題がついている。

千春は蒲団にうつ伏せになり、片手でそっとせつの胸を規則正しく叩きながら、武田雅哉著の『星への筏』の序章を読んだ。

——「星への筏」——それは、古代中国人の詩的想像力の言語世界のなかで、宇宙船を意味することばであった。

毎年八月になると、黄河のほとりに流れ着いては、ふたたび去ってゆく筏があった。好奇心あふれるひとりの男が、これに乗り込んで出発した。筏は男を乗せたまま不思議な空間を漂流し、十か月あまりたって、あるところに到達した。そこには城閣が見えた。なかをのぞくと、機《はた》を織る女がいた。また、牛を牽《ひ》いた男が、牛に水を飲ませに水辺にやってきた。織姫と牽牛《けんぎゅう》がいる、そこは「天の河」のほとりであった……。

地上の大河、黄河の源流はいずこにあるのか？　ただひたすらに黄河をさかのぼることによって、ひとはその源流に到達しうるに相違ない。八月の筏は、男を星の世界に運んでしまった。黄河の源流は、実に天の河なのであった。

ここで一枚の地図をごらんいただこう。——

そこまで読んで、千春はその地図に目をやった。子供が細筆でなぐり描きしたような、古代中国の南東部から海へとつづく地図で、右下には「日本」と「琉球」という文字があった。

その地図の右上から左下までにわたって一本の河らしきものが描かれ、おそらくその河の源と思われるところに「瓢箪」があってそこが「星宿海」となっていた。

「あっ、瓢箪」

と千春は声を出し、その稚拙な地図に見入った。雅人が自分で切った紙を幾重にも貼り合わせて作った「星宿海」は、まさにその地図を土台にしたとしか思えなかったのだった。

注釈には、その地図の説明がなされていた。

――ひょうたん形に描かれた明代の黄河源流。明『三才図会』所載「中国三大幹図」。――

千春は『星への筏』という本の奥付を見た。

一九九七年十月十八日第一刷発行となっていた。

ということは、雅人が消息を絶ったころに、この本は出版されたのだった。星宿海を教えてくれたという書道の先生が、この明代の地図を持っていたのだろうかと千春は思った。

確か、雅人は自分が作った「星宿海」の模型を見せてくれた際、なぜ星宿海が瓢箪なのかと訊いた千春に、

「瓢箪やっていうのが、おもしろいやろ?」

とだけ答えたのだ。

「そんなん、答えになってへんやんか……」
千春は不満そうにそう言ったことを覚えている。
『星への筏』の著者も、

――注目していただきたいのは、その左端―西の端に、〝ひょうたん〟のような形のものが描かれていることである。そのひょうたんの口にあたる部分からは、二本の平行線が、何度も折れながら東へと伸びている。この線こそは、本書の主人公であるところの黄河なのだ。では、黄河の源流に描かれているこのひょうたんは、いったいなんなのか？　言い替えるならば、黄河の源流が、なぜひょうたん形をしているのであろうか？　この疑問に答えるべく本書は書かれたといってもよいだろう。

こんなバカでかいひょうたんは、ぼくの知るかぎり、この地球上には存在しない。しかしながら、黄河がほんとうに巨大なひょうたんからこんこんと湧き出ているのだとしたら、ぼくらの宇宙は、たいへん楽しい構造を持っていることになる。この地図を描いたイラストレーターもまた、黄河の源流がひょうたんであったなら、さぞやおもしろいであろうと考えたのである。「おもしろい」とは、「好ましい」ということである。つまりかれは、ひょうたん形こそが黄河の源流として、好ましいデザイン、あるべきデザインであると考えたのだ。

ぼくがこの本のなかでお話ししようと思っているのは、より好ましい地球の姿や、かくあるべきものとしての宇宙の構造を描こうとしてきた、東洋の人びとの営為である。――

それならば、黄河の源流に存在するという「星宿海」は、実際にはいかなるものなのだろう……。それは雅人がつねづね口にしていたような、いや、さっき私が露天風呂から見た光景の何十倍、何百倍もの規模の、無数の湖が星のように点在するところなのであろうか……。

千春はそう思って、目次に目をやった。

美登利が洗い髪にタオルを巻きつけて部屋に戻って来たので、千春は本を閉じた。

「すばらしい景色やったわ」

と美登利は、まだ完全に寝入ってはいないせつの顔をのぞき込みながら、声を殺して言った。

「パノラマ大浴場なんて名づけられて可哀相やろ？」

と千春は言った。

「私が、お風呂につかってたら、八人ものおばさんが賑やかに入って来て……」

「へえ、そんなにお客さんがいてたんやねェ」

「旅館に泊まってるお客さんと違うねん」

と美登利は言い、冷たい水をおいしそうに飲んだ。

「地元のおばさんたちやねん。週に一回か二回、誰かが運転する車に乗って、入浴料だけ払《はろ》うて、ここの露天風呂に入りに来るそうやで。まあとにかく賑やかなこと。あれは、景色を楽しみに来てるんやあらへんわ。亭主や嫁の悪口を言いに来とるんやわ」

そのなかのひとりの婦人は、自分の亭主は日の出の時刻を見はからって、わざわざ隣の因島から有料道路代を払い、ここの露天風呂に入りに来るのだと話してくれたという。

「あの露天風呂からの日の出は、そらもう絶景やねんけど、橋を渡る代金と入浴料は馬鹿になれへんて、文句言うとったわ」

「へえ、日の出の時刻かァ……」

あしたは早起きをして、自分もその時刻に露天風呂に入ろうと千春は決めた。

「お日さんが顔を出す前の十五分くらいが、そらもう言葉にでけへんくらいの美しさやって……」

と美登利は言った。

千春は、寝坊をしないようにと、美登利が蒲団に入ると部屋の明かりを消したが、神経が冴えて眠れず、枕元の電気スタンドを灯《とも》し、『星への筏』を読みつづけた。


フクダ地所の社長は、こざかしい商売人的な策を弄しない人物だった。

彼は、わざわざ急坂をのぼって千春たちが泊まっている旅館まで車で迎えに来てくれて、すぐに第一候補である大島の南西部へと向かった。

因島にも、福田が旅館の候補地として念頭に置いてあった土地もあるのだが、きのう、千春の構想をあらためて確認して、もう他の候補地を見せる必要はないと思ったのだという。

いい天気だったが風が強くて、島から島へと架けられた橋を渡るたびに、笛の音のようであったり、銅鑼《どら》の音のようであったりと刻々と変わる風の音が聞こえた。

「朝日がのぼる前に、あそこの露天風呂に入ったんです」

と千春は柑橘類を植えてある丘の連なりを見ながら福田に言った。

「あそこの露天風呂は天下一品ですやろ?」

と福田は嬉しそうに言った。

「朝日がのぼるにつれて、海も島々も色を変えて、どこまでが海で、どこまで島なんか、区別がつけへんようになって……。以前、テレビでギリシャのエーゲ海の夕暮れを観ましたけど、私は瀬戸内のほうが、小島が多いだけに、かえって飽きがこないって気がしました」

と千春は言った。

「クリスマスに使う赤や青の星の形をした飾り物がぎっしりと撒き散らされてるみたいに見えて、いつまでも露天風呂から朝焼けの海を眺めてたから、のぼせて、しばらく部屋で横になってたんです」

けれども、きのうの夜の風景は、自分にとってはもっと意味深いものだったと思ったが、それを千春は口にはしなかった。

「あの旅館は、とにかくいちばん高い場所にありますんで、露天風呂からの景色は、ほかのどんな場所に造っても勝てません」

と福田は言った。

「大島の亀老山の展望台も高い場所にありますが、まさかあそこに旅館をっちゅうわけにはいきませんのでね」

「あんな高い場所でなくても、工夫次第で、すばらしいお風呂を造れるはずです。瀬戸内海と島々を借景にして……」

千春がそう言ったとき、車はまた長い橋の手前にさしかかった。

橋の右側のほうが島々が多く、はるか彼方に四国の今治の街が見えた。

「この橋を渡ると大島です。亀老山展望台は、あのあたりです」

福田は島の左側を指差したが、蜜柑を植えてある山しか見えなかった。

大島のインターチェンジを降り、吉海町という町を通って島の南西部への道を行くと、民家も少なくなり、船の修理用ドックも見えなくなって、道の左右には蜜柑、かぼす、柚子などを植えたなだらかな丘ばかりとなり、それが途切れた途端、左右は海になった。

元は住居だったのか、あるいは船舶関係の建物だったのか、もういまとなっては判別できないほどに朽ちた廃屋が三軒つづき、細い坂道を西へと下ると、蜜柑の丘と丘に挟まれる格好の候補地に着いた。

「ここです。左右の蜜柑の丘も、なかなか結構な借景ですけど、眺めもいいでしょう?」

と福田は言い、車を停めた。

かつてここに住んでいた人の家はなく、壊されなかった物置き小屋だけが、フクダ地所のマーク入りのロープに囲まれた敷地のなかに建っていた。

「もうちょっと北へ行くと……」

福田は蜜柑の丘のほうへと斜面状になっているところへ行き、指差した。

「泊《とまり》港っちゅう小さな港があります。ここからちょっとだけ港が見えますよ」

そして、そのもっと向こうを見つめ、

「あれが津島、その向こうにも大小さまざまの島がありますけど、ほとんどは無人島です。この大島はねェ、愛媛県なんです。きょうは風が強いから、かすかに今治も見えるし、大突間島の北側も見えます」

と言った。

千春は西側を指差し、幾つかの島の名を福田に訊いた。

「あれは確か岡村島。その両隣が大崎上島《かみじま》と大崎下島《しもじま》です。大崎下島の近くにも、斎島《いつき》とか尾久比《おくび》島とか、そらもうちっさな島々がいっぱいあります」

千春は福田の説明を聞きながら、頭のなかで敷地内に自分で旅館の形を描きつづけた。

ここが玄関。玄関へとつづく道には木を植えよう。

あそこに厨房《ちゅうぼう》。その横に自分たちの住むところ。そこから廊下をこう渡して、客室をあそことあそことあそこに……。そうすれば、海と島に面して露天風呂が造れる……。

電気や水道やガス、それに下水道のことも福田に確認して、千春はこの土地を買うと決めた。

そして持参したカメラを持つと、蜜柑の丘をのぼって、土地全体を写し、周りの風景も東西南北に分けて写しつづけた。

美登利とせつは、かつては何のためにそこに設けられたのかわからない石の階段を降りて、わずかに砂浜になっているところで波と遊んでいた。

携帯電話を持って福田が丘のほうへと走って来た。

「丸谷社長からです」

千春は携帯電話を受け取り、聡助に、いまどこからかけているのかと訊いた。

「湯田や。きのうの夜に帰って来てなァ」

それから聡助は、土地を見た感想を訊いた。

とても気に入ったこと、そして、自分はもうここにしようと決めたことを、千春は伝えた。

「衝動買いは高《たこ》うつくで」

と聡助は感情のない、いつもの口調で言った。

「衝動買いといえば衝動買いやけど、これから十日間熟慮しても、結果はおんなじやと思うねん」

「そうか……。決めたか。そんなら、すぐに動きださんとなァ」

「まず、湯田の土地を売らんとあかんなァ」

と千春は言った。その実質的な交渉は、聡助に頼みたかった。

買い主は、こちらが売る気になったと知れば値を叩いてくるであろう。そういうことのかけひきは、聡助にはお手のもののはずだと思った。

「ただ、ここには温泉がないねん。温泉につかりたい人は、みんなここを素通りして、松山の道後温泉へ行ってしまうねん」

千春の言葉に、

「いちばん金がかかるのは風呂の施設やな」

と聡助は言い、もう一度、念を押すかのように訊いた。

「決めたんやな。湯田の土地を売ってもええんやな」

「うん。決めた。よろしくお願いします」

千春が聡助にそんなことを言ったのは初めてだった。そのせいか、ごく自然に、

「お義父《とう》さんは、ここの土地を見んでもええのん？」

と言った。千春が聡助を「お義父さん」と呼んだのも初めてのことだった。

「千春ちゃんがそこまで気に入ったのなら、もうそれでええがな。新しい旅館に建て替えるために、いろんな旅館を見て歩いて、建築家の意見も聞いてきたんや」

それから聡助は、土地の売却に関しては、この俺にまかせてくれるかと訊いた。

「うん、おまかせします。ありがとう」

聡助は、もう一度福田に代わってくれと言った。

福田が聡助と電話で話しているあいだ、千春は十畳ほどの広さしかない砂浜に降り、美登利に、ここを買うことに決めたと言って、せつを抱きあげた。

「湯田の宝泉館がなくなってしまうんやなァ……。なんやしらん、寂しいわ」

と美登利は言い、ここにどんな旅館が建つのか自分には想像もつかないが、自分なら少々値段が高くても泊まりに行きたいと思うと言った。

「年に一回くらいなら、私にも泊まれるかもしれへん」

「そんな高い料金の旅館を建てる気はあらへん。なんぼすばらしい旅館で、すばらしい料理が出ても、高すぎたら、値打ちはないやろ？　世の中、お金が余ってる人ばっかりやあらへんもん。そやけど、年に一度も旅に出られへん人ばっかりでもあらへん」

千春は、さあ、動きだしたぞと思い、

「ここで暮らすようになるねんで。海を見て、島を見て、ぎょうさんの蜜柑の色づくのを見て暮らすねん」

とせつに言った。

せつは、幾つかの島々を指差して、意味不明の言葉を喋り、波と遊びたがって、千春の腕から砂浜に降りたがった。

電話を切った福田も砂浜に降りて来たので、千春は、ここに決めたことを伝えた。聡助からも聞いたのであろうが、近いうちに契約書を作って湯田に持参すると福田は言い、他の候補地はもう見なくてもいいのかと訊いた。

「もう見ません。ここが気に入りましたから」

「ほな、亀老山の展望台にのぼってみませんか？　それとも私の事務所へ行きますか？」

と福田は訊いた。

「きょうはええ天気で風も強いから、日頃は見えん遠いところの小島も見えるはずです」

千春は、その亀老山からの眺望も見てみたかったが、心はすでに新しい旅館建設へと走りだしていて、フクダ地所で詳しい打ち合わせをしたら、すぐに湯田温泉に帰り、これまでの計画を白紙に戻したことを銀行や建築設計士に話したかった。

それに何よりも、宝泉館を買いたがっている老舗の旅館が正式に決断して売買に関する幾つかの手順を進めるかどうかを確認したかった。

だが、フクダ地所の事務所は因島にあるので、この大島からは、伯方島、大三島、生口島と橋を渡って行かなければならない。

そして再び亀老山展望台に戻るのは、あまりにも効率が悪い。要する時間も、ひとつの橋を渡るための有料道路代も……。

「ここからすぐですよ。展望台まで車でのぼれます」

そう福田は言い、

「これが、きのうお話しした私の知り合いの旅館への地図です。住所も電話番号も書いときました。ぜひ一度、ご自分の目で見て来て下さい」

と四つに折り畳んだ地図を渡してくれた。

「じゃあ、その亀老山の展望台に寄ってから、福田さんの会社に行きましょう」

千春は言い、波にこわごわ近づいて、波が寄せてくるとすぐに這って逃げるという動作を繰り返しているせつを抱きあげ、福田の車に乗った。

心は高揚して、亀老山の展望台へ着くまでのあいだ、千春は倉木《くらき》正順《まさのり》という建築設計士も、この大島の南西の用地を目にすれば、これまでの計画を白紙に戻した自分の気持を理解して、新たに設計の構想にとりかかってくれるに違いないと思った。

倉木正順は、事務所は東京の神田にあるが、住まいは北軽井沢の浅間山の見えるキャベツ畑が延々とつづく村のはずれにあって、週の半分はそこで仕事をしている。

妻と幼い娘がいるが、その四歳の娘が喘息《ぜんそく》で、そのために空気のきれいな北軽井沢に去年の春、引っ越したのだ。

倉木はまだ三十五歳だが、建築設計士としてその名は高まりつつあり、去年は仙台にできる美術館の設計をまかされ、ことしは京都にこぢんまりとした料亭を建てるための設計に没頭している。

湯田湯泉に倉木は三度足を運んでくれたし、千春も東京の事務所に二度行った。

「宝泉館が売れることが正式に決まったら、倉木さんにこの大島まで来てもらわなあかん」

千春は胸のなかでそうつぶやき、聡助の折衝の老獪《ろうかい》さにすがりつくような思いを抱いた。

展望台の駐車場に車を停め、階段をのぼり始めると、柑橘類を使ったアイスクリームやシャーベットを売る屋台があった。

千春は、ポンカンで作ったシャーベットを三つ買い、せつと美登利と福田に手渡した。

「私、甘いものはあかんのです」

と福田は申し訳なさそうに言った。

「糖尿病でして……。まだインスリンを射《う》たなあかんとこまでは行ってないんですけど、そうならんために、甘いもんは我慢してるんです」

自分は酒はまったく飲めないのだが、甘いものと揚げ物に目がなくて、その二つこそ、糖尿病の大敵なのだと福田は言った。

しまなみ海道開通に合わせて整備されたのであろう亀老山展望台は、ゴミも落ちていなくて、展望台へとのぼる階段も、その階段を両側から挟むようになっている石造りの壁も新しかった。階段をのぼっていく足音が、その両側の壁に反響して、谺《こだま》のような音がした。

展望台そのものも新しく、よく磨いた御影石《みかげいし》の床の上に地球の形をしたものが彫ってあって、東西南北を示す印と、大島を中心とした簡略な地図も彫られていた。

「うわァ、ここもきれいやなァ……」

美登利はそう声をあげ、展望台の手すりのところに行って、大島と四国の今治市とを結ぶ来島《くるしま》大橋のほうに向かって立った。

尾道から今治までの島々を結ぶ橋のなかでは、この来島大橋が最も長いように思えたが、千春はその橋の右側に展ける海と島々の風情に見惚れた。

景色としては、きのう泊まった旅館の露天風呂からのそれよりも変化に富んでいた。

ここから見る夜景は、いかなるものであろうか。今治市の街の灯も混ざって、もっともっと「星宿海」に似ているのではあるまいか……。

千春はそう思った。

「ひとつ、ふたつ、みっつ……」

美登利は来島大橋を中心として、視界に入るすべての島々の数を声をあげてかぞえ始めた。

「ななつ、やっつ、ここのつ……。あっ、あれも島や」

千春が買うことを決めた土地は、蜜柑の丘に遮られて見えなかったが、あそこからは目にすることができない大小さまざまな島々の多様さは、強い風で体が冷たくなってきても目を離せないほどだった。

ここに星の夜に来てみたいと千春は思った。日の出の時刻にも来てみたい……。

——河源は、吐蕃、ドォ・カムス（朶甘思）の西の隅に位置する。泉が百あまりわき出ている。泉があれば、水たまりもある。水は湿地帯の中に広く分布し、七、八十里四方にわたっていて、ほとんど泥で満たされている。ここは人跡未踏の地である。全体を見渡すことはできない。かたわらの高い山に登って眺めてみたところ、水たまりは燦然として、さながら星をちりばめたようである。そのためにホドン・ノール（火敦脳児）と名づけられている。ホドンとは、翻訳すると「星宿」の意味である。——

昨夜読みふけった『星への筏《いかだ》』に引用された文章が、千春のなかで甦った。この記述は十四世紀に黄河の源流地区に達した人物が口述したものを「河源志」という題で綴った一節だった。

中国・青海省の西、崑崙山脈の東端に、瓢箪の形として表現された星宿海は、高い場所から見渡しても到底視界が及ばないところにまで大小さまざまな泉があって、そこから絶えることなく泉水が湧き出て、それは光の加減で昼でも星々に見えたので「星宿」であり、それら一帯を「星宿海」といつとはなしに呼ぶようになった……。

千春は昨夜の読書で、「星宿海」についておおむねそのような理解に達していた。その呼称は太古の人々の空想や言い伝えが絡み合った一種の幻想によるものであったかもしれないし、この瀬戸の島の最も高い場所から眺める光景など到底比較にならない規模であったにせよ、きのうの夜もきょうの早朝も、自分が見たものは「星宿海」なのだ……。

千春はそう思った。思った途端、千春は新しい旅館の名を「星宿」と名づけようと決めた。

「夜には、私はここに来たことはないんです」

と福田は言った。強い風が、福田の目に涙を滲《にじ》ませていた。

「夜は、なんやしらん、物騒な気がして……。たちの悪い若いのが、バイクで集まって来るには格好の場所ですし……」

だが、夜中にここで何か事件が起こったり、風態の悪い者たちがいるという話はまだ耳にしていないと福田は言った。

せつが、くしゃみをして、洟水《はなみず》を垂らし始めたので、千春は、

「行きましょう」

と言って展望台から降りた。

「全部食べたら、お腹が痛い痛いになるで」

せつには多すぎる量のシャーベットの残りを取りあげたが、せつはぐずることなく自分のシャーベットを母が食べてしまうのを嬉しそうに見ていた。

「この子は、よう笑う子ですなァ」

と福田は言った。

「何がそんなに嬉しいのかと思うくらい、にこにこして、言うこともよう聞きよる……。私の孫とえらい違いや」

「お孫さん、お幾つですか?」

と美登利が訊いた。

「四歳と二歳です。上は女で下が男。親の躾《しつけ》が悪いのか、すぐに泣きよるし、すぐに反抗しよる。気に入らんことがあると物をぶつけたりしよる。この子とはえらい違いです」

「甘いのは親よりもおじいちゃんのほうですやろ」

美登利にそう言われて、福田は憮然《ぶぜん》とした表情で、

「いや、おばあちゃんのほうですね。あいつが甘やかしよる」

と言った。

「星宿」……。星の宿。いい屋号だ……。

千春は、因島へと向かう車中、何度も「星宿」という字を手帳に書いた。多くの客から愛される立派な旅館に育てあげて、雅人が「せつ」と名づけたこの子に譲るのだ、と思った。

# 第五章

六月に入ってまもなくして、私はやっと兄・雅人の写真を二葉みつけました。

一葉は雅人が四十歳のときに撮ったもので、東京のデパートの倉庫へ出入りする許可書に貼られてありました。その許可書には、写真を撮影した年月日が記載してあったのです。

もう一葉は、四十四歳のときのもので、タツタ玩具が社員の慰安旅行で北陸の加賀温泉に行ったときに、五人の同僚と旅館の中庭で並んで写っていて、珍しくカメラに向かって真っすぐに立ち、なにやら楽しそうな笑みを浮かべているものでした。

私はそれを写真屋に持って行き、大きく焼き増ししてくれるよう頼みました。

ネガがないので、その写真を写真に撮るという作業が必要で、日数も一週間くらいかかるし、値段も思いのほか高かったのですが、その二葉の写真をせつのために贈りたかったので、私は念のためにと三枚ずつ焼き増しすることにしました。

千春とせつに一枚ずつ。そして私の家に保管するために一枚。

社の近くの写真店でできあがった写真を受け取り、社に戻ると、柳原勲から電話がかかってきました。

「雅人のことで、なんか進展はないかなと思て……」

と勲は言い、今夜、自分の店に来ないかと誘いました。

「寺前のカッチャンと仙台屋が来よるんや。尾道でのこと、ゆっくり話ができると思うんやけど……」

私は少し残業があるが、八時には行けるだろうと言いました。

勲は、尾道でのことをどうしても私に話したいらしく、そしてそれは雅人の異国での失踪と何かつながりがありそうな気がして、私は月に一度の夕方六時からの会議が予定どおり一時間で終わってくれることを願いました。

その会議は、社の技術者が営業の者たちに新しい製品やアイデアのレクチャーをするもので、コーヒーや紅茶を飲み、ケーキを食べながら、とかく確執の多い技術者と営業マンの親睦《しんぼく》をはかるという目的も持っていたため、終業後の六時から一時間と決められたのです。

そのあとは日頃親しいつきあいのない技術者と営業マンとが飲みに行くという段取りになっています。

私は会議が予定よりも二十分遅れて終わると、何人かの誘いを断わって電車でＪＲの大阪駅まで行き、そこから地下街を通って西梅田へ向かい、勲に教えられたビルの地下の〈東大門〉という韓国料理店を捜しました。

赤い大きな暖簾に紫色で〈東大門〉と染めつけてある店の前には、順番を待つ会社帰りのＯＬ風の若い女性たちが列を作っていました。

店の奥に個室が三つあって、勲はその一室を私のために用意してくれていました。

「凄いなァ。大繁盛や。いまどき、客が列を作って順番を待ってる店なんて、滅多にないで」

私がそう言うと、勲は生ビールを入れたジョッキと数種類のナムルを自分で運んで来てくれて、

「六時から八時までの二時間限定の『東大門コース』っちゅうのが当たってなァ」

と笑いました。

「七輪をテーブルに置いて備長炭《びんちょうたん》で、カルビ、ロース、ミノ、タン、テッチャン、それにマメ。あとはキムチとご飯がついて千五百円。マメを出す店は、最近では少ないねん。このマメが人気や」

「マメて、何の豆や？」

「枝豆の豆やないがな。マメ、知らんかァ？　牛の腎臓《じんぞう》や」

それを一センチほどの厚みに切り、一昼夜血抜き兼臭み取りをして、醬油を塗って炭火で焼き、唐芥子を振りかけて食べるとこたえられない、と勲は説明し、

「もう来るはずやねんけど」

と金のロレックスに目をやりました。

「見るからにゴールドって感じで、重たそうな時計やなァ。そんなんはめてたら肩凝れへん

か?」

私は丸い座蒲団にあぐらをかき、生ビールを一口飲んでからそう訊きました。

「このロレックスは特別製や。時計の部分は十八金やけど、ブレスレット・バンドは純金や。時計本体よりもバンドのほうが高いんや」

そう言って、勲はズボンの尻ポケットから四つに折り畳んだ地図を出し、学生のアルバイトとおぼしき従業員が運んで来た七輪をテーブルの真ん中に置きました。

地図は尾道観光のためのイラスト・マップと、それよりもかなり精緻なウォーキング・マップの二種類で、海に面したところにある市役所から西北に行った町の一角に赤い丸印がつけてありました。

「それが浜浦っちゅう家や。まあ、この地図を頼りに行っても、そうは簡単にみつからん路地の奥にあるんやけど」

そう言ってから、勲は尾道に行ったことはあるかと私に訊きました。

「尾道から北へ十キロあたりの山のなかで高速道路のトンネルに大型換気扇を取り付ける工事をしたことがあるけど、尾道には一回も行けへんかったなァ」

と私が答えたとき、二人の男が個室の襖をあけたのです。

「こっちが寺前のカッチャン。こっちが仙台屋こと岩本哲郎や」

と私に紹介し、勲は、自分を呼ぶ女の声でいったん個室から出て行きました。

私は自己紹介して二人に名刺を渡しました。

寺前のカッチャンこと寺前勝博は、角張った顔に焦げ茶色のフレームの眼鏡をかけていて、堅物の学校の教師のような風情でしたし、仙台屋は笑うと眉も目も八の字になる柔和な顔つきで、色が白くて少々太りすぎの腹がベルトの上で段を作っていて、大金を賭けた将棋で妻子をかえりみない男とは到底思えませんでした。

二人は生ビールを飲み、ナムルを少し食べ、勲が戻って来るのを待っていましたが、尾道のイラスト・マップを見つめている私に、

「雅人は可哀相なやつやったなァ」

とひとこと仙台屋がつぶやいたのです。

「俺が、心ないことをうっかりと言うたばっかりに……」

仙台屋がそんな言葉をまたつぶやいたのは、二、三分あとのことで、私はその間、雅人は可哀相だったなとふいに感情のたかぶりとともに思えてきて、ジョッキの底から立ちのぼってくるビールの泡を見ていました。

「酒はきちがい水やっちゅうのは、ほんまや」

と仙台屋は煙草に火をつけ、

「こいつが、いやなやつやったんや」

と地図の丸印の部分を指でつついたのです。

「浜浦って人のことですか？」

私の問いに、仙台屋は意味不明の笑みで応じ返し、寺前のカッチャンに助け舟を求めるように

目をやりました。

「暑い日やったなァ……」

おそらくキャンピングカーで尾道へ行った十一年前のことを言っているのであろうと思い、私は寺前のカッチャンに、

「尾道に行った日ですか？」

と訊きました。

「絵に描いたような強欲そうな人相の悪い金貸しや、この浜浦っちゅうやつ」

そう言って、寺前のカッチャンはこんどは仙台屋に助け舟を求めて、お前が喋れとでもいうように軽く仙台屋の肩を突きました。

勲が大皿に肉と野菜を盛って戻って来て、座はいったん賑やかになりましたが、その雰囲気に乗じて自分の非を懺悔《ざんげ》するといった様子で、仙台屋は私に頭を深く下げて、ただ「申し訳ない」と言うばかりです。

何がいったい申し訳ないのか、私にはわからず、尾道の、この浜浦という家を訪ねて、そこで何があったのかと三人に訊きました。

「この浜浦っちゅう男は、歳のころ七十過ぎっちゅうとこかなァ……。ゴマ塩の頭を刈って、ほとんど丸坊主っちゅう感じで、薄い紫色のレンズの眼鏡をかけて、手編みのレースで作ったアロハ・シャツみたいなのを着て、ごっついぶあついワニ革のバッグを持って、家に帰って来よった。把手《とって》のついたこんなバッグや。わかるやろ？」

勲は手で、そのワニ革のバッグの大きさを示しました。縦が十五センチくらい、横の長さが二十五センチくらいで、幅は七センチくらい。ワニ革のなかでは最も高価な部分の背の突起が大きく無数に並ぶその小型のバッグにはいささか頑丈すぎる太い持ち手がついていたそうです。

「見た途端、うわァ、こんなおっさんにかかわらんほうがええでって思たけど、雅人にとっては義理の叔父さんやそうやから、俺らは浜浦っちゅう家の近くにある流行らん喫茶店で待ってたんや」

と仙台屋が言いました。

「義理の叔父さん？　ぼくの兄のですか？」

「そうや。雅人のお母さんの妹の亭主や。亭主いうても、正式な夫婦かどうかはわかれへん。雅人の叔母さんも死んで、もうこの世にいてへんかったし、叔母さんは若いころに亭主が戦死して、そのあと尾道に移って、あの金貸しと一緒に住むようになったらしいから。あのおっさん、元は違う名前やったのを雅人の叔母さんをたぶらかして、浜浦っちゅう姓に変えよったんやろ」

と勲は言いました。そして、仙台屋に、

「あのこと、紀代志に喋ってしまえよ」

と促したのです。

仙台屋は頷き返し、じつは自分はまだ瀬戸雅人になる前の、大正区時代の雅人を知っているのだと言いました。

「俺はM町やから、紀代志さんの家とは川を挟んでちょうど真向かいにあたるとこに住んでたんや。川の北と南とでは小学校の校区も違うし、川の南側の子らが橋を渡って北側へ遊びに来ることも、その逆もなかったから、俺も紀代志さんも、たぶん子供のころに顔を合わせたことはないンとちゃうんかなァ」

だが、自分の家は川筋にあって、窓からは対岸の橋の下が見えるのだと仙台屋は言いました。

「雅人が、あのお母さんと橋の下で暮らしてるのを初めて見たのは、俺が七つのときやと思うんや。それまでは橋の南詰めに船の出入りを監視する掘ったて小屋があって、そこにときどき水上警察の警官が来て、川を行き来する船のなかに正式な許可を取ってないのがないかチェックしとったんやけど、もっと海に近いとこにコンクリート造りの監視所ができたから、その小屋は無人のまま、しばらく残ってたんや」

雅人と盲目の母がその小屋に住むようになったのは、自分が小学校の二年生に進級してすぐだったと思うと仙台屋は言いました。

「川向こうで起こってることは、川のこっち側、つまり紀代志さんの住んでるとこから見たら北側の連中には、よその場所で起こってるのとおんなじで、みんな見えててもたいして関心はないんやけど、あの親子、いつまであそこで暮らせるんやろって、俺の親父と近所の人が話をしてたんを覚えてるんや」

そして自分はそのころ扁桃腺《へんとうせん》の手術をするために津谷《つたに》耳鼻咽喉《いんこう》科に入院し、術後もその病院に何日か通ったので、雅人と母親が市電の通りで物乞いをしている姿を何度も見たのだと仙台屋は言いました。

「マサトっちゅう名前も、顔も、不思議なくらい、俺ははっきりと覚えてたんや。あの親子を見て、子供心にもいろんなことを感じたからやと思うねんけど……」

だから、それから二十年近くたって、二十五、六歳のときに、勲を介して瀬戸雅人と知り合ったとき、「雅人」という名と、少年のときの面影が残るその顔で、あの大正区S橋の近くにいた少年と似ているような気がして、そのことが気になって仕方がなかった。

少年が「マサト」と呼ばれていたことは知っていたが漢字でどう書くのかわからなかったし、城東区に両親と弟がいると訊いて、まさかあの物乞いの女の息子と同一人物だとは思えず、名前は偶然の一致であり、容貌が似ているのも他人のそら似であろうと思ったのだ。そのことは十一年前、尾道へ行くまでの雅人との十数年間のつきあいのなかで、一度も思い出したことはなかった。瀬戸雅人と、あの路上の少年が重なったのは、最初に逢ったときだけだった……。

仙台屋はそう言いました。

「尾道で何があったんです?」

と私は訊きました。

「昭和十八年に借りた二百五十円が、どういうカラクリか、昭和六十三年の夏には天文学的な数字に膨れあがってたんや。あの金貸しのワニ革の手提げバッグのなかで」

とこんどは寺前のカッチャンが言いました。

「戦争中に二百五十円を借りたのは、当然、雅人やあらへん。雅人のお母さんや。そのころ、雅人のお母さんはまだ目も見えたし、脚も動いてたらしい。空襲で大怪我をしたのは、そのあとやからなぁ」

勲は言って、七輪に載せた金網の上に肉を載せていきました。

私は生ビールの大ジョッキをお代わりし、それを一気に半分飲み、三人の核心に近づかない悠長な話し方に苛立ちながら、雅人が瀬戸家の養子となったいきさつを話して聞かせました。

その大筋のところは、すでに雅人から聞いていたらしく、三人は私にただ相槌を打ちながら、焼けたカルビやロース肉をタレにつけて食べつづけましたが、私が話し終えると、

「雅人のお母さんは、その民生委員にも警官にもほんまのことは喋らんかったんやなァ。雅人の話では、お母さんが目に怪我をしたのは、あの大正区の橋にねぐらを定める半年ほど前なんや」

そう勲は言ったのです。

脚の怪我は確かに空襲のときに受けた傷がもとなのだが、目が見えなくなったのは、雅人が五歳か六歳のときだと。

「それは、兄がそう言うたんですか？」

と私が訊くと、三人は同時に頷き返しました。

そして十一年前の尾道での出来事をやっと話し始めたのです。

——雅人の心には、母がしょっちゅう語って聞かせた生まれ故郷の思い出が深く刻印されていて、その絵のような風景を自分のなかで膨らませるばかりだったが、母はそこがどこなのかは決して口にしなかった。

ただ、美しい海に無数の島々が点在するところだと言うばかりだった。

母の思い出話には、「星のような海」とか「海のような星」という言葉が必ず出てきた。

母は妹と一緒に十歳から十二歳のときまで、事情があって親戚の家に預けられた。蜜柑を栽培する農家だったが、合間に小規模な漁を手伝ったりして生計をたてている家で、母の生家とは手漕ぎの船で二時間ほどのところにあった。

小さな蜜柑畑だったが、その蜜柑畑のてっぺんから雑木が生い繁《しげ》る山へとのぼれる一本の細い道があり、おとなたちは毒虫やマムシがいるからのぼってはいけないと近所の子供たちに言っていたという。

ある日、蜜柑畑の雑草抜きを手伝っていて、四つ歳下の妹の姿が見えなくなり、ほかに行くところはないと考えた親戚のお爺さんが、山の頂上へとつながっている一本道をのぼって捜しに行こうとしたが、その日は霧が深く、海も島も見えないありさまで丈の高い雑木に包まれた一本道だけが鮮明に光っていた。

雑木が霧を防いでいたからだが、そのために滅多に人が通らない「けもの道」にも等しい道はかえってのぼりやすく、六歳か七歳の妹のものと思える裸足《はだし》の跡が、湿った土に残っているのもはっきりと見えた。

少しのぼっては妹の名を呼び、また少しのぼっては呼びを繰り返しているうちに、妹の泣き声が頭上で聞こえた。

動かずにそこで待っているようにお爺さんは大声で言った。それなのに、妹の泣き声は山のてっぺんへと遠ざかっていく。

山全体が濃霧に覆われていて、雑木林の上は乳色の厚い膜だらけだった。じっとしておれ。お爺さんは何度も叫び、木の枝を二本折って、それを叩き合わせながらのぼりつづけた。この島に熊などはいないが、マムシとヤマカガシが怖いので、木を叩き合わせる音で蛇を追い散らそうとしたのだ。

妹は、動くなという声が聞こえてはいても、けもの道に迷った恐怖でじっとしていられなかったのであろう。気が動転して、お爺さんの声がどっちから聞こえてくるのかわからなかったらしい。あるいは霧に包まれた雑木林のなかでは、声は反響して、下からの声が上から聞こえるという状態になっていたのかもしれない。

とにかく、妹の泣き声は、山のてっぺんへてっぺんへと遠ざかっていくのだ。

五月の半ばあたりだったと記憶している。

お爺さんは絶えず声を出して、けもの道をのぼり、やっと妹をみつけた。もうそのときは夕暮れ時分で、急激に冷気が身を包んだ。

裸足の妹は足の裏から血を出していて、どこかで転んだのか、肘や膝にすり傷があり、泣き腫らした顔は、涙と洟汁《はなじる》だらけだった。

妹を抱きあげ、お爺さんは、さらに道をのぼった。祠《ほこら》があって、そこで休憩しようと思ったらしい。

すり傷程度でよかった。一度、この道でマムシに咬《か》まれた人がいて、危うく命を落とすところだったのだとお爺さんは言い、息が鎮まると煙草を吸った。

そのとき風がふいに吹き始め、霧は東へと音をたてて消えた。そしてそのとき雅人の母は見たのだ。一瞬にして消えた霧の向こうに、姿をあらわした夕日が海と島々を淡い光の粒子で覆っていた。

「なんと！　目の下にお星さんがいよる」

とお爺さんが言った。

そうとしか言いようのない不思議な風景だった。眼下の海も無数の島々も、日が落ちる寸前の光の作用で、すべてが星に見えた。

ここで長居をしていたら、下りの道が見えなくなる。お爺さんはそう言って、妹を抱きあげ、自分の蜜柑畑へと下って行った。

あの一瞬の風景は、いまでも忘れてはいない。星のような海。海のような星。自分は死ぬときはあそこで死にたい。——


「大正区の橋の下での生活が始まってからも、夜になって、雅人と二人きりになると、お母さんはしょっちゅうそない言うてたらしい」

その勲の言葉を受けて、寺前のカッチャンは、

「なんで、目も見えへん、脚も動かんちゅう状態になっても、役所の世話になろうとせんかったのか、雅人はおとなになってからそれが不思議でしようがなかったんやけど、尾道でその理由が

わかったんや」

と言ったのです。

「まあ、大昔からの非道な金貸しの手口やけど、千円借りたら十日で千百円になり、その千百円がさらに十日たつと千二百十円になり、っちゅう計算でどんどん利子が膨れあがっていく金を、雅人のお母さんは昭和十八年に浜浦鉄扇《てっせん》ちゅう男から借りてしもたんや」

と寺前のカッチャンはつづけ、

「雅人のお母さんは、そんな無茶苦茶な高利の金を自分が借りたなんて、夢にも思てなかった……」

そう言いました。

「何とかの家っちゅう名の、堺《さかい》市にあった施設に、脚に大怪我をした母親と二歳の雅人は収容されとったそうや。昭和二十四年や。当時は、そんな母と子が日本中に溢れとったって、俺の父親が言うとった。戦争で亭主を喪《な》くしたり、父親を喪くしたりして路頭に迷てた人らを収容するっちゅうても、日本という国そのものが貧しかったし、戦後四年たって、国の経済はますます混沌としてて、数少ない施設でとにかくその日をなんとか暮らせていけるっちゅうのは、じつに幸運な限られた人たちだけやったそうやで」

と仙台屋は言いました。

だが、いつまでもその施設で暮らしていけるわけではなかった。国からなのか、あるいは民間の団体からなのかはわからないが、施設内ではさまざまな仕事が割り当てられて、脚の悪い雅人の母はミシンを踏むことができないために、服や下着にボタンを縫いつける仕事を与えられた。その仕事がないときは、ラジオの配線盤に何本もの線をハンダ付けする作業をしていたという。施設を管理する役所には、自分の妹の住所を教えてあった。近しい係累で生存している可能性のある者の名を届けることになっていたからだ。

昭和二十四年の冬に、妹の亭主だと名乗る男が尾道から大阪府堺市にあるその施設に藻刈せつを捜してやって来た。

それが浜浦鉄扇という名の金貸しだった。

浜浦鉄扇は、幼な子をかかえて、空襲で左の股関節《こかんせつ》と右の膝に大怪我を負ったせつに借金を返済する能力がないことは充分承知していた。

だが、昭和二十四年十一月現在で、貸した金は利子に利子がつきつづけてこれだけの金額になっていると伝え、こんな施設にいてもらちはあかないのだから、身の振り方は俺にまかせたらどうかと勧めた。

そのとき初めて、雅人の母は、自分が昭和十八年に用立ててもらった金に法外な金利がつけられていたことに気づいたという。

いちおう金の貸し借りをしたという証《あか》し程度のものだがと、昭和十八年に浜浦鉄扇が金を渡すときに署名捺印《なついん》を求めた紙には、せつが見たこともない付帯条件が余白にタイプ打ちされていた。

そして同時に、妹の亭主が、どんなにしつこくて恐ろしい人間かも知ったのだ……。

「俺の言うとおりにせんかったら、雅人を貰うていくっちゅうたそうや」

と勲は言った。

「雅人を？　まだ二歳の雅人をつれて行って、どうするねん？」

と私が訊くと、

「日本に駐留してる米兵のなかには、夫婦のあいだに子供がでけへん連中もぎょうさんおって、日本人の子供を養子にしたがってるけど、それを斡旋《あっせん》する裏稼業のやつらもおる……。浜浦はそない言うて脅したんや。お前は脚が悪いから、横になっとったらええだけの仕事をさせたる。子供をつれて行かれたいか、それとも裸で横になっとったらええだけの仕事を選ぶか……。どっちにしても、この金は地獄の果てまでも追いかけて必ず返済させるぞって。俺を甘《あも》う見るなよ。それだけの覚悟がなかったら、わざわざ広島の尾道から大阪の堺くんだりまで汽車賃と時間を使うて来たりはせんぞ……」

「それ、雅人のお母さんが雅人に言うたんか？」

と私は訊きました。

「いや、そんなことはひとことも雅人には言えへんかったそうや」

と仙台屋は言いました。

「尾道で、訪ねて来た雅人に、その浜浦鉄扇が言いよったんや。鉄扇なんて名前も、どうせ本名やないで。あとからつけたええ加減な名前に決まっとる」

それからこんどは仙台屋が、尾道での出来事を話し始めたのです。

瀬戸内海に面した尾道は、横長の坂の多い町で、上にのぼればのぼるほど路地が多くなって、その路地はどこで行き止まりになるのか、あるいは思いも寄らない別のもっと細い路地につながっているのか、わからない。その路地は階段に変わったり、あちこちに曲がる急な坂道に変わったりして、ひしめきあう家々の玄関先や裏や、たまには小さな裏庭を伝って、いったい自分がどこにいるのかと迷ってしまうほどだった。

よそ者には、坂道の迷路といっても過言ではないだろう。

その迷路を、俺たちは雅人がどこかで調べてきたのであろう住所を頼りに、うだる暑さのなかを行きつ戻りつして、やっと「浜浦」という家をみつけたときには、西日が尾道の町全体を覆っていた。

軒の傾いた天麩羅《てんぷら》屋があって、歳取った夫婦が「ジャコ天」だとか「ゴボ天」とかを揚げている薄暗い店の横の路地をのぼり、赤ん坊の泣き声がする二階家の裏をさらにのぼり、押したら倒れそうなアパートの物干し場を通って、人と人がやっとすれ違えるほどの狭い石の階段を降りたところに、木造とモルタルの、だが玄関にだけはいやに頑丈そうな厚いアルミのドアを取り付けた家の「浜浦鉄扇」と太い筆文字で書かれた表札を見つけたときは、俺たちは汗だくになって、猫が数匹うろつき廻っている道に坐り込んでしまった。

そこからは、周りの木造の家々の窓と壁の他は何も見えなかったが、近くで車が行き来する音が聞こえた。

つまり俺たちは駅から東側の大通りをのぼって路地をさまよい、元の大通りの近くへと戻ってしまっていたのだ。

呼び鈴を押したが何の応答もなくて、二、三十分玄関先で待っていたが、もうあきらめて帰ろうと土橋の坊主が機嫌悪く言ったので、雅人も、

「家がわかったんやから、きょうは叔母さんに逢えんでもええわ」

と言い、大通りへの近道と思える急な坂道を下りかけた。

すると、紫色のレンズの眼鏡をかけた、坊主頭の男が、扇子で自分の顔をあおぎながら、その坂道をのぼって来て、浜浦家の玄関の鍵をあけたのだ。

雅人はそれを見ると、坂道を引き返し、あなたは浜浦さんかと訊いた。みつ子叔母さんは、お元気だろうか、と……。

みつ子は確かに私の妻だが、それがどうかしたのかと男は訊き返し、鍔《つば》の浅い年代物のパナマ帽を取るとハンカチで汗を拭いた。

雅人は、自分は藻刈せつの息子だと名乗った。

俺たちは一目で、この浜浦という男が堅気の人間ではないとわかったが、とりわけ土橋の坊主は、よほどいやな予感を抱いたのか、雅人を手招きして呼び、

「あの男、気をつけたほうがええで。雅人、ほんまのことは喋るなよ、あれは普通の男やないで」

と耳打ちした。

「お前が逢いたいのは、その叔母さんやろ？　あんなおっさんやないはずや。叔母さんに逢えんようなら、余計なこと喋らんと、すぐに退散せえ」

土橋の坊主の、これまでの交友関係から得た勘というやつだったのだろう。

雅人が、わかったというふうに頷いたとき、浜浦は笑顔で近づいて来て、よく訪ねて来てくれたと雅人の肩に手を廻し、みつ子は七年ほど前に死んだが、たったひとりの姉とその子を案じつづけたのだと言った。遠慮せず家にあがってくれ。積もる話があるのだ、と……。浜浦鉄扇からは酒の匂いがした。

俺たちは、大通りに喫茶店があったことを思い出し、雅人にそこで待っていると告げた。するとと浜浦は、下水路の上にコンクリートの板が載せられているだけの、人ひとりがやっと通れそうな場所を指差し、そこを行けば大通りの喫茶店の横に出ると教えてくれた。

そして玄関をあけ、雅人を抱きかかえるようにして家のなかに入って行った。

俺たちはいったんその下水路の上を行きかけたが、浜浦という男の人相風態が発散している汚濁のようなものが気になって、雅人を案じる気持が強くなり、誰か雅人の側についていたほうがいいのではないかと話し合った。

「俺がついとったる」

と土橋の坊主は言い、浜浦の家へと走って行った。

だからここから先は、土橋の坊主から聞いた話なのだ。

土橋の坊主が浜浦の家に入ったとき、雅人だけが椅子に坐っていた。表から見ると、尾道に多いただの斜面に建つこぢんまりした民家だったが、奥の座敷へと至る六畳ほどの空間は何かの事務所のようで、電話が二台と、帳簿類を納めるスチールロッカー、それに大きな金庫があった。

「あの男から何か訊きたいことでもあるんか?」

と土橋の坊主は雅人に小声で言った。

「ぼくのほんまの母親のことを覚えてたら、いろいろと思い出話を聞かせてもらいたいんや」

と雅人は答えた。

ほんまの母親……?　城東区の城北運河の近くで暮らしていたのは雅人の本当の母親ではなかったのか……。

土橋の坊主はそう思ったが、

「あの男、たちの悪い、やばい男やで。何を訊かれても、ほんまのこと喋ったらあかんど」

と念を押した。

一緒に暮らしている妹が出かけていて、何のもてなしもできないがと言いながら、奥の座敷から浜浦は冷やした麦茶を持って来て、事務所の椅子に腰かけ、昭和二十七年に堺市の「慈神会館」から姿を消して以来、俺はあんたたち親子を捜して八方手を尽くしたのだと言い、

「あんたのお母さん、いまどないしてまんねん」

と訊いた。それは広島弁ではなく、生粋《きっすい》の大阪や神戸の言葉でもない、おかしなイントネーションの、つまり偽りの関西弁だった。

「ぼくの母も死にました。ぼくが八歳のときです」

と雅人は答えた。

「ほう。あんたが八歳のときかいな。そらまあ苦労しはったやろ。八歳でお母さんと死に別れて……。あんた、そのあとどうやって大きなったんや？」

土橋の坊主は、浜浦に気づかれないように、雅人の足をそっと踏んだ。

「施設です。孤児院です」

「ほう……。わしは施設っちゅう施設は、しらみつぶしに調べたんやけど、藻刈せつも雅人もみつからなかったんや。千枚通しで、自分の両目を突くなんてアホなことをして、『慈神会館』から逃げ出すなんて、あんたのおかはんも思いきったことしよったわい」

「千枚通しで？　ぼくの母が自分で、ですか？」

浜浦はそれには答えず、自分の名刺を雅人と土橋の坊主に渡し、お前たちの名刺もくれというふうに両手を差し出した。

幸運なことに、二人とも身分を証明するものを持ち合わせていなかった。雅人の財布はキャンピングカーのダッシュボードに入れたままだったし、土橋の坊主も同じだったのだ。

きょうは友だちと夏休みで遊びに来たついでに叔母さんの家を捜してみたまでのことで、日を改めてきちんとご挨拶に参上する。

そう言って立ちあがりかけた雅人に、浜浦鉄扇は、住所と勤め先を教えてくれと言った。

土橋の坊主は、また雅人の足を踏んだ。

雅人は出鱈目《でたらめ》の住所を言った。――神戸市中央区元町×丁目の「タツミ・マンション」に住んでいて、勤め先は須磨区にある自動車修理会社だ、と。

浜浦は、その両方の住所と電話番号をここに書けと紙とボールペンを出した。どうしてそんなことをしなければならないのか。まるで警察で調べを受けているようだと雅人は言った。

「それが大金を借りたままの人間の言うセリフか!」

浜浦鉄扇は大声で怒鳴り、机を蹴《け》った。そして金庫から一通の封書を出した。それが例の借用書だったのだ。

「息子が代わりに返しに来てくれたもんやと思たけど、どうも違うみたいじゃなァ」

と言い、浜浦は電卓を出して計算を始めた。

それから、自分が戦後四年たって「慈神会館」から連絡を受け、藻刈せつと雅人親子の居場所を知ったいきさつから、藻刈せつが千枚通しで自分の両目を突いて息子とともに姿を消すまでのいきさつを得々と語ったのだ。

「親の借金は、親が返済不能の場合は、子に支払い義務がある。そやから、わざわざ返しに来てくれたんやと思たんじゃ。あんたの家と勤め先の電話番号も教えてもろとかなあかんなァ」

雅人はまた出鱈目の電話番号を書いた。

浜浦は、立ちあがって金庫の近くにある電話でその番号のボタンを押し始めた。

土橋の坊主は、

「雅人、逃げェ」

と言って、浜浦の家から走り出た。そして雅人と一緒に下水路の上を走り、大通りに出ると喫茶店に駆け込み、待っていた俺たちに、

「急げェ」

と叫んで、山陽本線の線路近くに停めてあるキャンピングカーへと走り、そのまま国道を東へと向かった。


「尾道のあの狭い路地が助けてくれたんや」

と仙台屋は煙草に火をつけて言いました。

「それと、浜浦の同類みたいなんとつきおうてきた土橋の坊主の対処の仕方のお陰や」

寺前のカッチャンはそう言いました。

「それにしても、あのときのみんなの逃げ足の速かったこと……」

勲はそう言って、やっと笑顔を浮かべ、

「とにかく喫茶店のレジに千円札を二枚置いて、釣り銭も貰わんと、必死で大通りの坂道に走り出て、海のほうへと走った走った。なんで逃げてるのかわからんけど、とにかく逃げなあかんのやと思て、そらもう全速力で走って、キャンピングカーに乗り込んで、逃げた逃げた、東へ東へと」

とおかしそうにテーブルを叩きました。

「あの浜浦のおっさん、もうあきらめとった高利の金が、飛んで火に入る夏の虫みたいに、自分

のほうからのこのこ訪ねて来てくれて、慣れた手順を間違えよったんやなァ」

と寺前のカッチャンは言いました。

「慣れた手順て?」

私は、千枚通しで自分の両目を突いてまでも、浜浦という男から逃れようとした雅人の母の、盲目になってしまった顔を思い浮かべながら、そう訊きました。

「親切そうに、懐かしそうに、母親の思い出なんかを話しながら、雅人の近況をちょっとずつ訊き出してたら、雅人も自分の住んでるとこや勤め先の住所と電話番号を正直に教えてたはずや。そやのにあの浜浦っちゅうおっさんは、先に借用書を雅人や俺に見せてしまうどころか、自分のあこぎさをこれでもかとさらしてしまいよった。長年その商売で生きてきた町の高利貸しも、あの日の暑さで頭の働きが悪うなっとったんかもしれんけど、お陰で雅人は、あのえげつない借金から永遠に逃げることができたっちゅうわけや。もし自分の住所や勤め先を正直に教えとったら、あの浜浦にとことん追い詰められつづけたと思うで」

寺前のカッチャンはそう言って、土橋の坊主の機転をあらためて口にしたのです。

「土橋の坊主は、それまで雅人には迷惑のかけどおしやったけど、あのときの勘と機転で、そのお返しを全部したようなもんや」

「なんで雅人のお母さんは、自分で両目を千枚通しで突いたんやろ……」

と私はつぶやきました。

娼婦にさせられないように、どんな客も寄りつかない女になろうとしたのなら、なにも自分の目をつぶさなくとも、他に方法はあったのではないのか……。私はそう思ったのです。そして、おそらく脅しにすぎなかったのでしょうが、自分が娼婦として使い物にならなければ、息子を奪われてしまうはずですから、なぜ雅人の母が、自分で自分の両目を傷つけたのか、私にはその理由がわかりませんでした。

そのことを最も知りたがったのは雅人だったと仙台屋は言いました。

「とにかく、あの浜浦ちゅう男の息がかかってそうな連中の縄張りからちょっとでも遠くへ行こうと、俺らはキャンピングカーで明石《あかし》まで戻ったけど、そこから大阪方面への道は大渋滞で、どうにも動けんようになって、しょうがないから明石からもうちょっと東へ行ったとこにある小さな海水浴場で夜を明かしたんや。尾道から逃げ出してからは、雅人はほとんど喋らへんかった……。浜浦のおっさんから聞かされた話が、雅人には想像もしてなかったことばっかりで、つまり茫然自失っていう状態やったんやと思うんや」

どうせなら、とことん真実を調べようではないかと俺が提案して、「慈神会館」いう施設について知っている人間を捜したのだと仙台屋は言いました。

「堺の市役所に大学時代の友だちがおったから、戦後の堺にあった戦争未亡人とか孤児の収容施設について調べてもろた……」

慈神会館は、「慈仏慈神教会」という新興宗教の組織の、いわば宣伝用の施設だったが、昭和三十年に内部の主導権争いがもとで分裂し、その分裂したグループも幾つかに枝分かれしていって、いまはそのうちのひとつが奈良市に本部を置いて怪し気な占いとか瞑想《めいそう》法とかでかろうじて宗教法人として活動しているにすぎない……。

仙台屋はそう説明してくれました。

「雅人親子が世話になっとったころの慈仏慈神教会のことを覚えてる人なんか、もうみつかれへんし、俺らにはそれ以上のことを調べる能力もないしなァ……」

そして仙台屋は、その翌日、海水浴場の近くに停めたキャンピングカーのなかで目を醒ますと雅人の姿がなく、どうしたのかと浜辺を捜したと言いました。

「雅人はひとりだけ浜辺で夜を明かしよったんや。俺は、海に向かって浜辺に腰を降ろしてる雅人の横に坐って『お前のお母さん、汚ない格好をして、両目は真っ白で、犬も寄りつきそうもないって感じやったけど、あれはわざとそうしてたんやなァ』ていうっかりと言うてしもたんや」

そう言った瞬間、しまった、自分はなんという失言を犯したことだろうと慌てたが、海水浴場に着いてから飲みつづけたビールの酔いはまだ残っていたのか、雅人と実の母親が大正区のS橋近くの名のない橋の下で暮らしているさまを対岸の家の二階の窓からしょっちゅう目にしたことを正直に口にしたのだと仙台屋は私に言ったのです。

「また具合の悪いことに、浜辺の近くには誰もおらんと思とったのに、こいつらが目を醒まして、俺と雅人が腰を降ろしてるそのうしろに来とったんや」

しかし、波の音のせいか、自分も雅人も、勲や土橋の坊主や寺前のカッチャンがうしろに立っていることに気がつかなかったのだと仙台屋は腕組みをしながら言いました。

「ぼくとぼくの母親が、川向こうから見えたんかって訊き返した雅人の顔のなかで、昬だけが異様にひきつって痙攣《けいれん》しとった。……雅人のお母さんは、その橋の下で、体を売っとったんや」

世の中には、畜生以下ともいえる人間がいるものだ。浜浦鉄扇という男もそのうちのひとりだが、盲目で両脚が動かない物乞いの女の体を、夜の橋の下で買う男たちもいる。岩の裂けめであろうと、木の瘤《こぶ》の凹みであろうと、それが女の性器に見えれば自分のものを突っ込んで欲望を果たせる輩《やから》がいるのだ……。

仙台屋はそう言って、自嘲《じちょう》の笑みを浮かべ、

「俺、雅人に、『つらかったやろなァ……。お前もお前のお母さんも』って言うてしもた。いっぺん滑った口は滑りつづけるんやなァ」

とつぶやきました。

「雅人のお母さんは、とにかく浜浦鉄扇ちゅう男から逃げることしか考えてなかったんやっちゅうことが、俺は尾道でわかったんや」

雅人は海を黙って見ていたが、うしろに他の仲間も立っていて、自分たちの会話を聞かれてしまったことに気づくと、キャンピングカーには戻らず、徒歩でどこかへと消えてしまった。

あとで訊くと、一時間半も歩いて駅へと辿り着き、大阪へと向かう電車に乗ったそうだ。

「それから二年近く、雅人は俺らと逢おうとせんかったんやけど……」

こんどは仙台屋に代わって、勲が口をひらきました。

「このまま雅人とのつきあいが終わってしまうのは、あんまりにも悔いが残るやないかって、寺前のカッチャンが言いだして、俺と仙台屋とで、尼崎のタツタ玩具を訪ねたんや。雅人は喜んで

くれて、自分はあれっきり土橋の坊主に何のお礼もしてないっちゅうて、土橋の坊主に電話をかけて、曾根崎《そねざき》商店街にある焼き鳥屋で、尾道へ行った連中全員と再会したんや」

雅人の実の母親のことは決して話題にはしないという暗黙の約束を全員が守ったと勲は言いました。そして、全員がそこで黙り込んでしまったのです。

私は、浜浦という男はその後どうなったのかと訊きました。

勲も寺前のカッチャンも仙台屋も、知らないと答えました。

「尾道で逢うたときは、たぶん七十過ぎっちゅうとこやったから、いまはそれに足すことの十一歳」

そう寺前のカッチャンが言うと、

「生きとったらの話や」

と勲が言いました。そしてまた全員が黙り込んだのです。

「雅人が中国の辺境で姿をくらましたのは、俺たちのせいやっていうのは、どういう意味やねん？」

と私が訊いても、誰も返事をしませんでした。

しばらくたって、仙台屋は、話題を変えようとする口調で、

「雅人は中学生のとき、訪ねて来た民生委員の人から自分の母親の生まれ育ったとこを教えてもろたそうやねんけど、あいつ、タツタ玩具に勤めるようになって全国を営業して廻る仕事についたころ、そこを訪ねて行ったんや」

と言いました。

「ところが、そこは無人島やった……。瀬戸内海の四国寄りの島や」

私がそう言うと、全員が私を見つめ、

「無人島?」

と訊き返しました。

そうか、雅人はそこまで話さなかったのかと私は思い、雅人の母親が当時の警察や民生委員に教えた本籍地は嘘だったのだと言いました。

「そやけど、まったくの嘘ではないはずやって、ある人が言うてはったけど、確かにその人の言葉は当たってたんやなァ。尾道も瀬戸内海に面した町やからね」

すると、寺前のカッチャンが、

「瀬戸内の大島が、雅人のお母さんの生まれ育った島や」

と言ったのです。雅人は山陽地方や四国に出張すると必ず大島に立ち寄り、ある場所に何時間も坐り込んで海と島々を眺めつづけたらしい、と。

「そやけど、大島は無人島やないで」

勲の言葉には応じ返さず、私は「ある場所」とはどこかと訊きました。

「何とかちゅう展望台らしいねん」

と勲は言いました。

「夜が明けかけて、日がのぼって来て、それが目の高さくらいまでになる三十分ほどのあいだの景色を見るために、雅人はわざわざ大島に渡って、夜中に歩いてその展望台へ行くんやって言うとった」

大島にある展望台……。私は、そこに行ってみなければなるまいと思いながら、三人の顔を盗み見て、やがて、あらためて訊いてみたのです。

「雅人の失踪は、俺たちのせいやっていうのは、どういう意味やねん？　それをぼくに教えたかったから、みんなここに集まったんと違うんかいな」

三人は顔を見合わせていましたが、仙台屋が少し居ずまいを正すかのように坐り直して語り始めたのです。

雅人が会社の同僚と二人で、旅行社が企画した中国シルクロードの旅というツアーに参加して日本を発《た》つちょうど一年ほど前、土橋の坊主が尼崎にあるパチンコ屋で些細なことから見知らぬ男と口論になり、パチンコ屋に迷惑がかかるから場所を変えて話をつけようと近くの空地に移り、そこで危うく大怪我を免れる事態が起こった。

相手は、小柄で痩せたチンピラ風情で、ケンカ慣れした土橋の坊主は、向かい合って対峙《たいじ》した瞬間、こいつはたいしたことはないと安心したらしい。

すると男は、ズボンのポケットから革手袋を出し、それを左手にはめたのだ。

土橋の坊主は、その革手袋を不気味に感じたが、ただのこけおどしだろうと思い、膝の外側にある急所に横蹴りを入れようとした。そこを強く蹴られると、どんな人間も脚が痺《しび》れて立っていられないどころか、ときには失神してしまうという急所で、土橋の坊主がケンカをする際の得意技だった。

土橋の坊主の蹴りは確かに正確で、相手の膝の急所近くに入った。相手は前のめりに倒れかかったが、その瞬間、革手袋をはめた左手が土橋の坊主の顔に突き出された。

しかしその手は握られていなくて、掌のほうを大きく拡げたまま突き出されたので、土橋の坊主は咄嗟に、これは攻撃のために突き出されたのではなく、倒れようとする人間が本能的に出しただけの手だと思ったのだ。

だがそうではなかった。土橋の坊主は右の鼻と頬骨のあいだに烈しい痛みを感じた。それでも土橋の坊主は相手の革手袋を必死でつかみ、片方の脚が痺れてしまっているであろう男を引き倒して押さえつけ、革手袋の掌の部分を見た。そこにはアイスピックの先端のような二センチほどの長さの金属が一本仕込まれてあったのだ。

「お前、これ何やねん」

思わずそう訊くと、男は薄笑いを浮かべ、

「ニイチャン、運がええやっちゃなァ」

と言った。

「これをかわせたやつは、そんなにいてへんで。たいてい、目を串刺《くしざ》しにされるんや」

男は拡げたままの掌を突き出すことで、相手を安心させて、そこに仕込んだ太い針を目に突き刺すという技を使うことに慣れた、いわばケンカのプロみたいなやつだったのだ。

こいつはプロだ。そして一匹狼《いつぴきおおかみ》ではない。

土橋の坊主はそう思い、国道への道を走って逃げて、通りかかったタクシーに乗った。

夜になって、刺された箇所がひどく痛みだし、翌朝、病院に行くと、土橋の坊主の頬骨には折れた針の先端が刺さったままで、即刻手術というはめになった。医者が引き抜いた針のようなものは、五ミリの長さのアイスピックの先端だった。骨に突き刺さっていたので、取り除くには骨を少し削らなければならず、その痛みたるや言語に絶していたと土橋の坊主は言った。

「麻酔がちゃんと効いてなかったんや、あのヤブ医者」

と土橋の坊主は、それからしばらく医者を恨みつづけたものだ。

「俺の蹴りが急所に命中してなかったら、俺は片目をつぶされてたなァ」

俺たち五人が久しぶりに顔を合わせて、京橋の焼肉屋で話し込んでいたとき、土橋の坊主は、自分が試しに作ってみたという革手袋をみんなに見せながら、何度もそう言った。

薄い鉄板に、切ったアイスピックの先をハンダ付けし、それを革手袋の中側に接着剤で固定してみたのだという。

「たかがケンカに、こんな禁じ手はなしやで。昼間やから、かろうじてかわせたけど、夜やったら、簡単に目を刺されてるで」

そして土橋の坊主は、その尖った凶器を仕込んだ黒い革手袋を雅人の眼前で小さく振りながら、

「これで、お前のおかはんの仇《かたき》を討ったれや」

と言ったのだ。

俺たちも酔っていた。素面《しらふ》だったのは酒の飲めない雅人だけだった。

「お前には、そんな根性はないやろなァ」

と土橋の坊主は言い、俺ならばこうやってあの浜浦という男の目をつぶしてやると調子に乗って喋りつづけた。

いや、そのやり方では、雅人の顔を見られてしまう。俺ならこうやる……。

いやいや、それでは失敗する可能性がある。こうやったらどうだろう……。

俺たちも、なんだか身の毛のよだちそうな黒革手袋を手にはめて、雅人をあおった。無論それは、雅人が決してそんなことをやる人間ではないと信じたうえでの悪い冗談だった。

すると雅人は、片目ではなく両目を突くにはどうすればいいだろうと真顔で訊いた。

あの浜浦鉄扇が思いのほか屈強で、片目を刺されてもなおこの自分の体をつかんで放さなかったら、どうしたらいいのか、と。

俺たちは、その場合はこうする、とか、こうなったらああするとか、意見を出し合った。

人間は目を刺されたら反射的にどうするだろうか。まず自分の両の手で刺されたほうの目を押さえ、前のめりにうずくまるに違いない。そのとき、もう片方の目は無防備になっている。

だから慌てず、掌でアッパーカットを打つみたいにして、その目を刺せばいいのだ。

よほど根性があって獰猛《どうもう》な人間でないかぎり、目を刺された瞬間に相手の体にくらいついたりはしないはずだ。ましてや夜道で不意をつかれたら……。

そう言ったのは、確か勲だった。

「問題は、いかにして相手に自分の顔を見られへんようにして、両目を刺し、いかにして誰にも目撃されんように逃走するかやで」

と言ったのは、この俺だ。

「あの入り組んだ路地と坂道をどう利用するかや」

そう言ったのは、確か土橋の坊主だったと思う。そしてあいつは、こうも言った。

「雅人、やるんやったら、俺も手伝うで」


仙台屋はそこで話をやめてしまったのです。私はまだつづきがあるものと思い、仙台屋の顔を見つめ、それから勲や寺前のカッチャンを見つめました。

「まさか……」

私は誰も口を開こうとしないので、苦笑を浮かべてそう言いました。

「浜浦って人、いまどうしてるんです？　そのおっさんの目ェ、誰かに刺されて見えへんようになったんか？」

みんなは顔を見合わせ、知らないというふうに首をそっと横に振りました。

「浜浦鉄扇がいまどうしてるのかを、うっかり調べに行ったりして、藪蛇《やぶへび》になったらあかんからなァ……。犯人は現場に戻って来るっちゅうのは、犯罪捜査の鉄則や。それに、あっちこっちで恨みを買うてる尾道の非道な金貸しが、誰かに目を刺されて失明したからって、そんなこと新聞の地方版くらいにしか載らんやろ」

勲のその言葉で、私は、この連中は何か隠し事をしていると感じたのです。隠し事というよりも、明かせない真実といったほうがいいのかもしれない……。そんな勘のようなものでした。

けれども、私がいくらそれを追及したところで、この連中は喋りはしないであろうと思い、腕時計を見ました。

満員だった店内には、客の姿はなく、汚れた鉄板を洗うアルバイト学生と店内を掃除する女だけが忙しく動いていました。

私は、四人に礼を述べて立ちあがりました。そして言いました。

「兄はもう帰ってけえへんと思うねん。いつまで待ってもしょうがない。このあたりで、きっぱりとあきらめることが大事やないかと考えてるんや。とにかく消息を絶った場所が場所やからね。南にはパキスタン、西にはアフガニスタンやタジキスタン。その隣はウズベキスタン。北にはカザフスタンやキルギス。まあつまり中央アジアのど真ん中の山岳地帯で、治安も悪い。生きてるはずなんかあれへん……」

私を見送るために店の入口のところまでついてきた四人に、私はうっかりと千春のことを喋りかけ、慌てて出かかった言葉を抑えました。千春のことを知っていたとしても、その千春が雅人とのあいだにもうけた「せつ」を産んだのを彼等は知らないはずだと思ったのです。

それで私は探りを入れるために、雅人には懇意にしていた女はいなかったのだろうかと訊いてみたのです。

「さあ、おらんかったんとちゃうかなァ」

と勲は答え、

「ほんまに浮いた話のないやつやったからなァ。女を買うたっちゅう話もあらへん。お前、女よりも男のほうがええとちゃうか？　ってひやかしたことがなんべんもあるんや」

と寺前のカッチャンは言いました。

尾道の浜浦鉄扇か……。私は地下街を歩きながら、その男の容貌を頭のなかで作りあげようとしました。紫色のレンズの眼鏡をかけ、ワニ革の小さな鞄を持ったパナマ帽の男……。

私はその男が、終戦直後の堺市で、雅人の母親を脅している姿がちらついて、怒りを超えた何か荒々しい感情に駆られたのです。

けれども、雅人が、自分の手で浜浦鉄扇への復讐《ふくしゅう》を実行するなどとは、どうしても考えられませんでした。

大正区の時代も、私たち一家の家族となってからも、雅人はよく近所の子供たちにいじめられたものですが、ただの一度もケンカをしたことがないどころか、ひとことたりとも言い返したこともない気弱な少年だったのです。

たとえ、そのような争い事に慣れた土橋の坊主の応援があったとしても、その雅人に、革手袋に仕込んだ凶器が使えたとは到底思えません。

私は帰宅すると、すぐにパジャマに着換え、以前買った瀬戸内海を中心とした地図と、今夜、勲たちから貰った尾道のイラスト・マップに見入りました。

瀬戸内海の四国寄りにある大島には、二つの展望台がありました。島の北側のカレイ山展望公園、それに南側の亀老山展望台です。

雅人が足繁《あししげ》く通ったという展望台は、いったいどっちなのか。雅人はなぜそんなにも頻繁にそこに行ったのか……。

そこから見る夜明けの海が気に入ったという理由だけとは思えなかったのです。

雅人の母は、あの大正区の橋の下で、ときには体を売ることもあったのか……。

そのようなことに関して、仙台屋が嘘をつくとは思えません。彼は、確かに少年のころ、対岸の自分の家の二階から、その光景を盗み見たのでしょう。

私の記憶に残っている雅人の母親は、常識的に考えれば、男の肉欲の対象になる女とは思えませんでしたが、それは子供の目から見ればの話であって、たとえ暗がりのなかであろうとも誰に見られているかわからない戸外で、はした金で欲情を始末できるとなれば、足を運んで来る男どもが存在することは、あの城東区の城北運河の畔の空地で、私は知ったはずなのです。

私は、浜浦鉄扇という金貸しを実際に見たわけではありません。にもかかわらず、次第に煮えたぎるような嫌悪と憎悪が、その男に向かって注がれていくのを自覚していました。

そしてその嫌悪と憎悪が、いかなる精神の回路を巡って行き着いたのかわからないまま、私は真実を千春に話そうと決めたのです。

なぜ雅人が、生まれてくる子が女ならば「せつ」と名づけたいと千春への手紙に書いたのか……。その雅人の思いの底にあったものを、千春に知っておいてもらいたい……。

私はそう考えるに至ったのです。

しかし、断じて口にしてはならないことが二つあると私は思いました。

一つは、生きるために、雅人を育てるために、やむにやまれず、雅人の母がときに体を売ったこともあるという事実。

もう一つは……。

私は、そのもう一つのことを確かめるために近々尾道へ行こうと決めました。


気象庁が九州の梅雨入りを報じた日、私は社の自分の机の上にあるカレンダーを見て、さていつ尾道に行こうか考えながら、帰宅の用意を始めました。

机に散乱している書類や図面を片づけていると電話が鳴り、受話器から樋口千春の声が聞こえました。

千春は手紙を書こうかと思ったのだが、一日の仕事が終わると疲れてしまって文章をしたためる気力が残っていないのでと笑い、

「湯田温泉に新しい旅館を建てるっていう計画、中止したんです」

と言ったのです。そしてその理由をかいつまんで私に話してくれました。

「十日ほど前に、宝泉館の売買契約を正式に結びました」

「しまなみ海道の大島に旅館を建てるんですか？」

その私の驚き声を不審に思ったらしく、千春は、

「大島に行かれたことがおありですか?」

と訊き返しました。

「いいえ、一度もないんですが、近々、瀬戸内の島々に行ってみようかと、いまカレンダーを見ながら、いつがええか考えてたもんですから」

私は、そう言いながら、大島の土地はもう購入したのかと訊きました。

「そっちのほうの売買契約は、今週中にも私が因島に行って地元の不動産屋さんとのあいだで交わすつもりなんです」

「今週の土日ってのはどうですか? 土日なら、ぼくも大島に行けます。金曜日の夜に車で尾道まで行って、その日は尾道に泊まり、土曜日に大島の旅館の建設用地で待ち合わせるっていうのはいかがですか?」

千春の都合も訊かずそんな提案をしてしまったのは、千春の口から瀬戸内の「大島」という島の名が出たうえに、そこに湯田温泉の宝泉館を売却した金で新しい旅館を建てることを決めたと聞いて、そのあまりの偶然に私が驚きを超えたある種の戦慄に似たものを感じたからでした。

あの尾道、そしてあの大島……。それらは雅人にとってはさまざまな縁がひしめくところだという私の思いがあります。雅人が暇をみつけてはわざわざ足を向けてそこにのぼったという展望台は大島にあり、雅人の母が警察に教えた出生地も大島から船で行くことができる無人島なのです。

ですから私は、あるいは千春は私に内緒にしているだけで、じつは雅人の口から実の母のことや瀬戸家の養子となるまでの事柄を打ち明けられていたのではないのかと疑ったほどでした。

「この話が決まってからすぐに東京から建築設計士のかたが二回大島に足を運んでくれました。その人も凄く気に入って、夏までには設計図を完成させるって約束してくれたんです」

その設計士が二、三の案をたずさえて湯田温泉に来るのが今週の木曜日なのだが、ひょっとしたらもう一度予定地へ行きたいと言うかもしれない。もしそうでなくても、今週の土曜日と日曜日、自分には行きたいと思っていた場所がある。それを一日早めてもいい。

千春はそう言いました。そして因島にあるフクダ地所という不動産業者の住所と電話番号を教えてくれて、土曜日の夕刻の五時なら間違いなくそこに行けると言いました。

私は、もし都合が悪くなければ、いつでも家のほうに電話をくれと言って電話を切りました。

私は、仏の思《おぼ》し召しとか、神のお導きといったものを信じたことのない人間です。ですが、電話を切った私の胸に湧きあがってきた感情を言葉にしようとすれば、そのいずれかか、あるいは両方が一緒になった言葉だったと言うしかありません。

せつ……。私は社を出て地下鉄の駅に歩きながら、雅人がなぜ自分の子に母親と同じ名をつけたのかがわかるような気になっていました。

金曜日の午後三時に社を早退すると、私はいったん家に帰り、自分の車で尾道に向けて出発しました。

阪神高速道路から中国自動車道へ。そこから山陽自動車道へ。

家を出てから尾道に着くまで四時間弱しかかりませんでしたので、ＪＲ山陽本線の尾道駅近くにあるビジネスホテルにチェックインしたのは夜の八時前でした。

そのホテルからは、駅前桟橋が見え、尾道水道を行き来する船と沿岸に突き立つ無数のクレーンと、名のわからない近くの小さな島の灯りが見えました。

私は、勲から貰ったイラスト・マップをベッドの上に拡げました。イラストといっても、おそらく飛行機から撮影した写真を立体的に描きおこしたと思える精緻なもので、拡げるとかなり大きいのです。

北側の尾道水道に面して商店街が東西に延びています。その一軒一軒の名前が印刷されていて、食べ物を扱う店にはナイフとフォークのマークがつけられています。

西はＪＲ尾道駅の少し西側まで。東は尾崎本町というところまで。北は地図の真ん中を南北に貫く広い通りの長江というところまで。そして南は尾道水道。

浜浦鉄扇の事務所兼住居は、海側から北へとのぼる坂の町の東側に位置していました。

私はとりあえず、そのイラスト・マップに一カ所だけ赤い印が打たれた場所へと行ってみることにしてホテルを出ましたが、まず先に晩ご飯を食べてしまおうと思い、古い店舗の並ぶ商店街を東に歩いていきました。

空襲を受けなかったのではないかと推測される古い街並みの屋根瓦には苔《こけ》がはえていて、懐かしい趣きの建物が数多く傾きかけた軒をつらねています。

山陽新幹線が走る北側はどうやら新興住宅地なのでしょうが、イラスト・マップには坂に建つ古い街だけが描かれていて、私は神社や寺の多いのに初めて気づきました。

値段の手頃そうな寿司屋で広島の地酒を注文し、寿司を握ってもらい、私は歳若い女の従業員にイラスト・マップを見せて、この赤い印のところへ行くにはタクシーを利用したほうがいいかどうかを訊きました。

従業員は、町の者はみんな歩いて行くが、三十分はかかるだろうと言いました。

山陽本線に沿った国道を東へ行くほうがわかりやすいとのことでしたので、私は寿司を食べ終わると商店街の一角の路地を抜けて国道に出ました。

国道はトラックや大型トレーラーの行き来が多くて、その騒音と排気ガスに閉口し、私は山陽本線のガードをくぐって町全体が斜面に建っているところをあてずっぽうに北へと歩き、このあたりを右に曲がって真っすぐ行けば、そのうち赤い印の近くの広い通りに出るだろうと見当をつけたのですが、それは間違いだったのです。

尾道の名物である入り組んだ路地がたちまち私の行く手を遮りました。

行き止まりかと思うと人ひとりがやっとのぼれる石の階段があったり、そこをのぼると国道へと戻る細道が家と家とのあいだを縫っていたりで、私はそのうち自分がどこにいるのかわからなくなってしまったのです。

曲がったり、下ったり、のぼったりしているうちに、大きな寺の横に出ました。

ここは、なんという寺だろうと街灯の下でイラスト・マップを拡げようとしたとき、はるか眼下を航行する船の灯りが見えました。

こんなにのぼったのか……。私はそう思いながら、しばらくそこにたたずんで船の灯りを見つめました。

なぜか、中国の新疆ウイグル自治区で見たさまざまな光景が私のなかから甦ってきました。

兄の雅人の失踪の報を受けて、取るものも取りあえず飛行機に乗り、北京でウルムチ行きに乗り継いで、そこからカシュガルへと飛び、カシュガル空港で当地の外事弁公室の日本語が堪能《たんのう》な職員と公安警察の刑事と合流したのは夕刻でした。

その夜のことは、私はほとんど正確に記憶してはいません。カシュガルの公安警察に車でつれて行かれ、雅人についていろいろと訊かれ、そのあと外事弁公室のほうで予約してくれたカシュガルの中心部にあるホテルに入り、捜査の詳報を待ちながら夜を明かしたあと、いまにも壊れてしまいそうなマイクロバスでカシュガルから五十キロ南のウイグル人の住むあの小さな村へと向かったのです。

カシュガルに着いてからは、まるで犯罪者のような扱いを受けて、これは憎悪以外の何物でもないと感じさせる視線と口調で訊問されつづけた私は、同行した公安警察の刑事に車のなかで強く抗議したのです。

兄に何が起こったのかさっぱりわからないが、犯罪者のように扱うのはやめてくれ。もし兄の身に不幸が生じたのだとしても、それは兄が自発的に起こしたのではなく、何等かの事故か犯罪に巻き込まれたのであって、つまり被害者ということになる。

報せを受けて、日本からこんな遠い異国にまでやって来た私に対するあなたがたの態度は、被害者の弟への心遣いというものがない。あなたがたの喋り方や物腰は無礼そのものだ……。

その私の言葉に、漢人の公安刑事は冷笑を浮かべ、日本人を好きな中国人なんてこの中国中にひとりもいないと言い返してきたのです。

ああ、こんな手合と話をしても仕方がない。私はそう思い、それ以後は刑事が何を話しかけても目をそらして、必要なこと以外はいっさい口にしないようにしました。

けれども、兄がウイグル人の長老の孫から自転車を買ったという村に着くと、その長老や彼の幼い孫や、自転車に乗ってゆっくりとポプラ並木の道へと消えていく日本人を見ていた数人のウイグル人たちは、はるばる日本からやって来た私に極めて親切で、恐縮するほどの同情の心を寄せてくれました。

私はその村に三時間ほどいて、再びカシュガルに戻ったのですが、飛行機は二日待たなければならず、公安刑事の許可を得て、タクラマカン砂漠を見る一日ツアーのバスに乗ったのです。ホテル内にあるツアー会社の記録に、同じ一日ツアーの客として兄の名前があったからですが、漢人の公安刑事に憎悪の目を向けられたままカシュガルのホテルで二日間をすごしたくないという思いが強かったのです。

早朝の六時にホテルを出発するバスには、イギリス人の夫婦とアメリカ人の五人組、そして日本人の若者三人が乗っていました。

気温が上昇する昼までにタクラマカン砂漠をあとにしたいために、夜が明けきっていない早朝にカシュガルの街から出るのだということでした。

タクラマカン砂漠の西端に辿り着くまでに三つのオアシスを通過しました。そのオアシスの村々で、私は、妻や親兄弟や、恋人を荷台に乗せたロバ車を操っているウイグル人の男たちの「立派」な風貌に惹かれました。

彼等はみな一様に髭《ひげ》をたくわえ、ウイグル帽をかぶり、彫りの深い顔のなかの双眸《そうぼう》が意志的で、それでいて柔和な光を放っていたのです。

新疆ウイグル自治区では、七十パーセントのウイグル民族を三十パーセントの漢民族が支配しているということでしたが、私はカシュガルでは人相のいい漢人をひとりも目にすることはなかったのです。

私にとって「オアシス」とは、ウイグル人たちの立派な風貌でした。そんな彼等の顔々を見ているうちに、私はきっと彼等は生涯海を目にすることなく死んでいくのであろうと思いました。兄の失踪の報を受けて以来、私の心につねに「星宿海」という言葉が浮かびつづけていたからかもしれません。と同時に、タクラマカン砂漠ツアーのバスには英語が喋れるガイドが乗っていて、「タクラマカン」はウイグル語で「入ったら出られない」という意味だが、さらに異なった言語では、「生きて還《かえ》らざる海」と呼ばれると説明してくれたせいでもあったような気がします。

ウイグル人といっても、往古そのような民族がいたわけではない。このシルクロードのオアシス・ルートには、ソグド系、イラク系、トルコ系、蒙古《もうこ》系、アーリア系等々、さまざまな民族の血が混合しあって、中央アジア全体に散らばっていったのだ……。

だから、金髪で青い目の者もいれば、ペルシャ人特有の容貌の者もいる。父と母が同じソグド系なのに、その子供たちのなかにはひとりだけ漢民族とまったく同じ顔立ちの者がいたりする……。現在、ウイグル人のほとんどすべてがイスラム教徒だ……。

ガイドは、そう説明しました。

「彼等ウイグル族は……」

ガイドはたぶんバスのなかでもいつも同じ言葉をツアー客に語っているでしょうから、兄の雅人が乗ったバスでも「ウイグル族」という言い方をしたはずです。

雅人が初めてウイグルという民族を見たのはウルムチだったでしょうが、なぜ雅人が「異族」なる言葉に固執したのか……。

私は夜の尾道の、大きな寺の近くの急な坂道にたたずんだまま、そのことについて思いを傾けていきました。

雅人の幼少時の特異な生い立ち。そしてそれ以後、母親と死別して瀬戸家の養子となってからの生活。あるいは私の知らないさまざまな思念と経験……。それらはなべて雅人をみずから「異族」という世界へと押しやっていったのではないのか……。

もしそうだとするならば、その「孤独」とも「孤高」ともつかない心境を育《はぐく》んだのは、ほかならぬ私の父や母であり、私であったのではないのか……。

私は船の灯りが黒々とした島影に隠れてしまうのを見届けると、浜浦鉄扇の家を捜すために、とりあえず広い道に出ようと思い、ジグザグに曲がる坂や階段を降りていきました。

広い坂道に出て、私は自転車で通りかかった制服姿の男の高校生に地図を見せ、赤い印のところへはどう行けばいいのかを訊きました。

高校生は、たぶんあのあたりだと思うと言って、坂の上を指差しました。

広い道の両側には古い民家と店舗が密集していて、あちこちに細い路地があり、バスがやって来ると他の車どころか人間も脇に寄らなくてはならないほどです。

しばらく坂道をのぼっていくと、右側に喫茶店がありました。イラスト・マップと照らし合わせて、私はそこが浜浦鉄扇の家に招き入れられた雅人と土橋の坊主を待つために勲と仙台屋、それに寺前のカッチャンがいた喫茶店であろうと思いました。

喫茶店の横に路地があったのでそこを歩いて行くと、行き止まりになっていました。しかし、暗がりに目を凝らすと、民家の裏手のブロック塀の隣は急な坂になっていて、首をのけぞらせ見あげなければならないほどの高さのところにアパートのような建物がありました。

私は人ひとりがやっと通れるほどの狭い坂をのぼってみることにしました。

坂は下水路に沿っていて、のぼっていくと左に曲がって、石の階段へとつながり、そこをさらに行くと路地は三つに分かれていました。

浜浦鉄扇の家は、たぶん十メートル以内のところにありそうなのですが、三つに分かれた路地の選択を誤れば、またバス道へと出てしまいそうなのです。

赤い前掛けをした地蔵が途中に祀《まつ》られている路地を行ってみることにして、私はイラスト・マップをジャケットの胸ポケットにしまいました。

この尾道には、いったいどれほどの数の蟻の巣のような迷路があるのかと感嘆しながら、私は地蔵の前を通り過ぎ、民家とアパートの隙間を抜け、さらに左の石段をのぼりました。

　すると、猫が五匹もいるコンクリート敷きの空地に出たのです。その空地と路地とを挟んだ三叉路《さんさろ》の角に、シャッターを降ろした二階家があり、勝手口の板塀に長く表札を掛けていた跡と思える変色した部分が目に留まったのです。

　私はその二階家の周辺を行ったり来たりして、浜浦鉄扇の家はここに違いあるまいと考えました。

　遠くの街灯の明かりに向かって坂を下ってみると、下水路の上に板を載せた急な道があり、それは一直線にバス道のほうへとつながっていました。

　私は、この下水路の上を雅人と土橋の坊主が走り逃げたのだなと思い、再びシャッターの降りている二階家の前に戻りました。

　留守なのか、無人なのか、私には判断がつかなかったのですが、シャッターの上の部分に蜘蛛《くも》の巣が張られているのに気づき、勝手口のところにある郵便受けの汚れ方からも推測して、もう随分長いあいだ人の出入りがないのだとわかったのです。

　犬をつれた中年の女性が、おそらくバス道への正規の道であろうと思える曲がりくねった、とりわけ急勾配の道をのぼってきたので、私は浜浦さんのお宅はここだろうかと訊きました。

　女性は、そうだとだけ答え、なんだか私を避けるように歩調を速めて行きかけたので、

「誰も住んでないような感じなんですが、浜浦さんは、もうここにいらっしゃらないんですか？」

と私は訊きました。

「はい。もうだいぶ前からねェ」

その女性は、私のほうを振り返らないまま犬をつないでいる鎖を強く引っ張って、暗い路地へと消えて行きました。

私は、その女性がやって来た坂道を下り、バス道へと出ると、さっきの喫茶店に入ってみたのです。

コーヒーを註文してから、私は二組の客の様子を窺いました。用心しなければならないと思ったからです。

喫茶店の店主や、あるいは客が、浜浦鉄扇と親しい者だったら厄介なことになりかねないという不安があったのですが、二組の客はどちらも地元の人間ではないようでした。

私はコーヒーを運んで来た六十歳前後の店主に、

「この坂をのぼったところの浜浦さんを訪ねて来たんですが、もうだいぶ前から空家だって近所の人に言われまして」

と話しかけてみたのです。

「もう二年くらいになりますねェ」

と店主は私の人相風態をはかるような目つきで答えました。

「いま、どこにお住まいかご存知ありませんか?」

「知りませんね。つきあいなんて、なかったから」

そう言って、店主は店の奥にひっこんでしまいました。浜浦という男とはかかわりたくない……。店主の表情からは、そういう意志が読み取れたのです。

私は二組の客が出て行くまで待つことにしました。その客たちが出て行くと、店主は、そろそろ店を閉めたいのだがと私に言いました。

私は、金銭貸借に関して浜浦氏を訴えた人間の代理人なのだと嘘をつき、浜浦氏を捜しているのだと言いました。

「警察に訊いて下さいよ」

店主は迷惑そうに答え、あなたは弁護士かと訊き返しました。

「まあ、そんなようなもんです」

私はそう誤魔化し、警察で訊けばわかるような何かが浜浦氏の身辺に起こったのかと訊いたのです。

「刺されたんですよ、そこで」

と店主は浜浦鉄扇の家のある方向を指差してそう言いました。

「刺された？　どこをです？」

私は心臓の音がふいに大きくなるのを感じながら訊き返しました。

店主は指を自分の目の前に持っていき、錐《きり》のようなもので両目を突き刺されたのだと言ったのです。

「それで、浜浦さんはどうなったんですか？」

私の問いに、店主は、自分は詳しいことはわからないので、警察で訊くのがいちばん正確だと言いながらも、私の隣の席に腰を降ろすと煙草をくわえ、あの男が両目をつぶされるくらいで済んだのは運がいいと薄い笑みを浮かべました。

「正確には、二年前のいつですか?」

と私は訊きました。

「正確には……、えーと、八月やったから、一年と十カ月前やなァ」

「浜浦さんは、目の怪我だけで済んだんですか?」

「ああ、運のええこっちゃ。両方とも見えんようになりましたけんど」

浜浦を襲ったのは二人組の男ということだが、自分は詳しくは知らない。だが、近所の連中の話では、金目当てではなく、浜浦に恨みを抱いた人間が最初から目を狙《ねら》っての仕業であろうということだ。

店主はそう言って、どこか小気味よさそうな口調でこうつづけたのです。

——酒に酔って夜の十一時過ぎに帰って来た浜浦は、家の鍵をあけようとしたとき、うしろから膝の横を強く蹴られて、その場に倒れ込んだ。あのような男だから、反射的に自分が持ち歩いている鞄を襲われないようにと、必死で鞄を抱きしめた。

すると相手は素早く浜浦の眼鏡を取り、それからカメラのフラッシュを焚《た》いた。暗がりで突然襲われ、眼鏡を外されたうえにカメラのフラッシュの強烈な光を浴びて、浜浦は一瞬何も見えなくなった。

男のうちのどちらかが、浜浦の顔を押さえ、そして錐のようなもので目玉を三、四回刺し、二手に分かれて逃げて行った。その間、わずか一分そこそこの早技だった。

浜浦の絶叫は、あたりに響き渡った。浜浦は両目を手で押さえて立ちあがろうとしたが、蹴られた膝が痺れてしまって、夜道でのたうつばかりだった。

絶叫に驚いた近くのアパートの住人が窓をあけ、下から聞こえてくる浜浦の、「やられたァ、やられたァ、誰か来てくれェ」という声がするあたりに目を凝らしたが、倒れてもがいている浜浦の姿は見えなかった。

浜浦が家のシャッターをまさぐり、それにつかまって立ちあがるまで五、六分かかったらしい。そのとき、浜浦の家から路地を通って二、三分のところにある家の高校生が出て来て、恐る恐る浜浦に近づいたが、道に落ちていた浜浦の眼鏡を踏んでレンズを割ってしまった。

その子が家に走り戻って、救急車を呼んだのだ。――

「この店にも、警察の人が何回も来よりました。不審な客はおらんかったか、とか、人が走り逃げて行くような音は聞こえんかったか、とか……」

「二年前の八月の何日ですか？」

「さあ、盆は過ぎとったなァ。十八、九日から二十日のあいだやないかなァ」

「それで、浜浦さんは、いまはどうなさってるんですか？」

「どうしとるんやろ……。目が見えんようになったからなァ。さあ、どうなったのか、わからんです」

それはどうやら本当のようでした。

私も、浜浦鉄扇がいまどうしているのかなど、どうでもよかったのです。

錐か……。それは革手袋に仕込んだアイスピックの先端であろう。

二人組……？　ひとりではなかったのか。それは誰と誰なのであろう。膝の急所を蹴るというやり方は土橋の坊主の得意技だ。

ということは、二人のうちのひとりは土橋の坊主と考えていいのではないのか。もうひとりは？

私は、まさかと思いながらも、兄の顔を思い浮かべました。あの雅人にそのような芸当ができるとは到底信じられないまま、それでも私は胸のなかで、

「お兄ちゃん、やったなァ。見事に仕留めたなァ」

と喝采の言葉を自然につぶやいていました。

「その二人組を見た人はおらんのですか？」

私の問いに、店主は首をかしげ、

「あの暗い路地じゃけんなァ。仮にどこかですれ違うたやつがおっても、顔なんか見えんわ」

と笑みを浮かべて言ったのです。

「警察で訊くしかないですね。浜浦さんがいまどこに住んでるのかは……」

私はそう言って、店主に礼を述べ、喫茶店から出ました。警察になど行く気は毛頭ありませんでした。

「ざまあみやがれ」

私は通りの坂道を降りて行きながら、何度もそうつぶやきました。そして、国道二号線に出て、尾道水道へとつづく商店街を歩いているうちに、その二人組が、雅人と土橋の坊主に間違いないと思うようになったのです。

同時に、勲や仙台屋や寺前のカッチャンは、きっとそのことを知っていて口をつぐんでいるのであろうと確信しました。

ですが、浜浦鉄扇を襲い、見事に彼の両目を刺し、いわば完全犯罪をやってのけた二人組が瀬戸雅人と土橋の坊主だとしても、私にはなぜ土橋の坊主が雅人に手を貸したのかがわかりません。友情、もしくは義憤に駆られた、などという安易な動機では片づけられないほどに、二人の犯行には危険が隣り合わせなのです。

あるいは、そのころすでに土橋の坊主は、自分の体に死の病が取り憑いていることを知っていたのではないのか。

私はそんなことを考えながら、夜の尾道水道を東から西へと航行していく小型の運搬船の灯りを見つめていました。

土橋の坊主も死に、雅人も遠い異国で消息を絶って一年と八カ月もたった今となっては、真実は誰にもわからないのです。

勲や仙台屋や寺前のカッチャンも、真実の一端を知っているにすぎないことでしょう。

私は倉庫の並ぶ一角の裏手を通り、クレーンが岸辺の厚いコンクリートに設置されているところへと歩きながら、視線を黒い島影に投じつづけて、大正区S橋近くで物乞いをしていた一組の親子の姿を心に描きました。

雅人が盲目の母親と物乞い生活を始めたのはおそらく五歳くらいからで、母親と死に別れて私たちの家族となる八歳までの約三年間に、幼い雅人が見たものや体験したものは、私の推測をはるかに超えた「世界」であったことでしょう。

私は、あらためて、自分の兄となった雅人と私とが、ついに心を通わせることがなかったことに気づいたのです。

「異族」……。それは雅人が自分という人間に対して抱いた、いかんともし難い概念だったのかもしれません。私は随分昔、何かの雑誌で読んだ狼少年だったか少女だったかの逸話を思い浮かべました。

どこかの国で、狼の群れと一緒に暮らしていた少年だったか少女だったかが発見され、それは鮮烈な奇跡として世界中に報道されたそうです。

その子は狼の群れから離され、手厚く保護されて人間社会への復帰と適応のためのありとあらゆる手だてが尽くされたのですが、ついに狼の習性から脱することなく、十七、八歳で死んだのです。

私は、雅人とその子を同じ俎上《そじょう》で比較するのは正しくないと思いながらも、その底に同質の何かが流れているような気がしてきました。

同質の何かが、いったい何なのか、私にはうまく表現することができません。「似て非なるもの」という言葉を借りるならば、非でありながら極めて類似するものと言い換えてもよさそうな気がします。

幼い雅人は、大正区の時代に、日夜何を見つづけたのであろう……。その心に穿たれた数限りないものを前にして、私たち一家が雅人に与えることができたものは、貧しいながらも日々の食べ物と暖かい蒲団を敷いて寝られる畳の部屋だけだった……。

私の父と母は、ついに雅人の父と母にはなれなかったし、私もまた雅人の弟にはなれなかったのだ……。

私は、ペンキと鉄錆の匂いがするクレーンの作業場から離れ、煉瓦壁の古い倉庫の横を通って広い道へ出ました。そして、ホテルへと帰って行きながら、あした、樋口千春に逢ったら、雅人と実の母親のことを打ち明けようと決めたのです。こんどこそ、その私の決心は変わらないであろうと思いました。

雅人が、勲たちに語ったという場所。雅人の母親が少女のころにのぼったという場所。「星のような海」、あるいは「海のような星」が見える場所……。そこを私は千春と一緒に探そうと思ったのです。その場所からの光景こそが、雅人が憧憬し希求しつづけた「星宿海」への一歩であるはずでした。


翌日、私はなにかしら大きな仕事を終えたあとのような気分で尾道の坂の町を散策したあと、車で大島へと向かいました。

浜浦鉄扇が二人組に襲われて失明し、その二人組が兄の雅人と土橋の坊主に間違いないという私の思い込みは、一夜明けると、どこか痛快でありながら哀しみすら帯びてきたのですが、それでもなお、私は無事にひと仕事終えたときに抱く達成感のなかにいたのです。

私の思い込みが正しいとすれば、雅人は重大な犯罪を犯したことになります。もし逮捕されれば何年間かの刑務所生活が待っているのです。

それなのに私は、向島への新しい橋と整備された道を車で走りながら、

「お兄ちゃん、やってのけたなァ。見事に仕留めたなァ。カメラのフラッシュで浜浦の目をくらましてから、狙いを定めるなんて、練りあげた計画は用意周到やったわけや」

と胸のなかで酔うようにつぶやきつづけたのです。

土橋の坊主の助けを借りたとはいえ、あの雅人がそんなだいそれたことをやってのけたとは……。

事の善悪は別として、私は兄の雅人という、温和な人間のなかにたぎっていた血に快哉《かいさい》を叫びたい思いだったのです。

好天で、意外に観光客の車は少なく、私は向島から因島へと渡り、村上水軍ゆかりの地を見学し、生口島から大三島、さらに伯方島を通って大島に入ると、吉海町役場に行き、大島周辺の詳細な地図を見ました。

大島と四国の今治とのあいだには、武志島《むしじま》とか中渡島《なかとじま》とか馬島《うましま》といった小さな島が点在しています。

そのあたりは昔から来島海峡と呼ばれるところですが、地図上では北側の大三島と南側の四国

の今治市のあたり、そして東側の大島がトライアングルを作る場所の中心は来島諸島が散らばる海域になっていました。

その来島諸島の北側に大突間島はあったのです。大島の宮ノ鼻と呼ばれる突き出たところから目と鼻の先の無人島は、たぶん小さな舟で三十分もかからない距離のように思えました。

私は役場の、まだ十代とおぼしき女の事務員に、大突間島に渡る船はあるのかと訊いてみました。

雅人の母が幼いころにのぼった山は、ひょっとしたらこの大突間島という無人島にあるのではないかと思ったからです。

事務員は、定期便はないと答えました。

「無人島ですから……」

少し怪しむように私を見やり、事務員はなぜか助けを求める感じでうしろに坐っている上司のところに行きました。

――身元調査はお断わりします。

役場の掲示板には、そう印刷されたポスターが貼ってありました。

中年の職員がやって来て、大突間島は無人島だが、どういう目的で行こうとなさっているのかと怪訝そうに訊きました。

「大突間島には蜜柑畑はありますか?」

私の問いに、職員は、

「ありません。無人島ですから」

と実直そうに答えて自分の机に戻って行きました。

私は役場を出て、近くの食堂で遅い昼食をとり、一台だけ停まっていた地元のタクシーの運転手に、千春から教えてもらった住所を示しました。そして、宮ノ鼻というところを通ってこの住所のところに行く道順を教えてくれと頼みました。

千春と待ち合わせをしたのはフクダ地所の事務所でしたが、因島まで引き返すのが億劫《おっくう》になったのです。すると、自分で車を運転するのさえ億劫に感じて、私は自分の車を役場の駐車場に置いて、このタクシーを使おうと思ったのです。

私はタクシーのなかから携帯電話でフクダ地所に電話をかけました。電話に応対した事務員は、樋口千春が社長と一緒に建築用地に行っていると教えてくれました。

タクシーの運転手は大島の南西の海沿いの道に出て、南へと車を走らせました。

「あの大きな島が津島ですね」

と私は言い、その左側に見えている、津島の十分の一ほどの小島の名を訊きました。

「あれは大突間島ですよ」

と運転手は教えてくれました。

「きれいな海ですね」

私の言葉に、運転手は、昔はもっときれいだったと答えました。

「この大島でいちばん高いところは、亀老山展望台ですか？　それとも北側のカレイ山展望公園ですか？　どっちが景色がきれいですか？」

「そりゃあ、亀老山です。カレイ山のは展望公園っていっても、なーんにもないです」

「なーんにもないってのは、景色もたいしたことがないって意味ですか？」

運転手は、そうだと答え、カレイ山の展望公園からはたくさんの木が邪魔をして、何にも見えないのだと笑いました。

「国立公園じゃけん、木を切れんのです。何のための展望公園やら」

その地名からある程度の推測はついたのですが、宮ノ鼻は、ちょうど大島の西側に、人間の鼻のように突き出た場所で、そこからの景色に特別の興趣があるというわけではありませんでした。背後には、柑橘類を植えてある丘がつらなっているだけです。

私はタクシーから降りて宮ノ鼻の先端から大突間島を眺め、煙草を一本吸うとタクシーに戻り、千春がいるであろう旅館の建築用地へと向かいました。

建築用地では、すでにブルドーザーが三台作業をしていて、千春とフクダ地所の社長、そして測量士が図面に見入っていました。

せつは、ブルドーザーから遠く離れたところの草の上に坐って、ひとりで遊んでいました。

「大きくなったねェ」

はっきりと父親に似てきたせつの顔に笑みを向け、私はせつに手をさしのべました。せつは人見知りすることなく、丸い目で私を見つめ、自分の手を差し出してきました。

私は、せつの手を握り、千春のいるところへと歩いて行きました。そこからは大三島と津島が見え、大突間島の東側がわずかにかすんでいました。

「旅館のおおまかなデザインが決まったんです」

千春は私にそう言いました。

旅館を上から描いたパースは、雪の結晶を単純化したような形でした。

「三部屋すべてにちょっと大きめの露天風呂があるんです」

と千春は別のパースを私に見せて言いました。

「三部屋？　部屋数を減らしたんですか？」

「はい。そのぶん、各客室の洗面所とトイレを広くしたんです」

そして千春は、予定を早めて、きのうから宝泉館の解体工事が始まったので、母の居場所がなくなり、私のマンションに引っ越してきたのだと言いました。

「ここの工事は、八月の最初の大安の日に」

「完成は？」

「来年の六月です。ほんとは五月の連休に間に合わせたかったんですけど、丁寧に建てるほうが大事やって設計士にも福田さんにも言われて……」

それから千春は、夕日が四国の今治市周辺を照らし始めるまで、フクダ地所の社長と用地のあちこちに移動しながら打ち合わせをつづけ、私はせつと海辺で遊びました。

私が千春の車に乗ったのは夕方の六時過ぎでした。

「日に灼けましたよ。おでこがひりひりします」

助手席にせつを坐らせ、私は後部座席に坐り、自分の額をさすりながら言いました。

「きれいな海辺で遊んでるうちに、欠伸がたてつづけに出てきて……。三十回くらい欠伸が次から次へと出てくるんです。気味が悪いくらいに。一回欠伸をするたびに、溜まってた疲れが出て行くような気がしました」

そして私は千春を亀老山展望台へと誘いました。

「これからもっときれいな夕日の時刻でしょう。亀老山の展望台に行きましょう」

「亀老山の展望台に？　私は、紀代志さんを凄い夕日が見られる大浴場にご案内しようと思ってたんですけど……」

千春はそう言うと、しまなみ海道には入らず、亀老山展望台へと車を走らせたのです。

この大島で最も標高が高いと思える亀老山には展望台へと至る新しく舗装された道がありました。

「このきれいな夕日、急がないと落ちてしまいますね」

千春は、落日と競争するかのように車の速度を速め、どうして亀老山展望台に自分をつれて行きたいのかと訊きました。

「ぼくは、この山の展望台には行ったことがないんです。そやけど、兄は何回も足を運んだはずです。瀬戸内の詳しい地図を見てみると、兄が好きやった景色は、この亀老山の展望台からしか見えへんのと違うやろかって気がしますし、兄の何人かの友だちも、雅人は仕事で山陽地方や四国に出張したときは必ず立ち寄るところがあったって言ってました。それは展望台らしいんです。

ぼくは、たぶんこの亀老山展望台やろうって気がして……」

展望台の駐車場は広く、観光客の車が三台停まっていましたが、展望台へとつづく階段のところにある露店はもう店を閉めてしまっていました。

その駐車場からでも、瀬戸内の海と島々は眺望できたのです。大島から今治市へと延びるしまなみ海道の長い橋。さっき私がタクシーで走った道。宮ノ鼻と呼ばれる突き出た場所……。

それらは夕日を浴びて刻々と色を変えつづけていました。展望台からはもっと大きな風景が見えるはずだ。私はそう思うと同時に、ここだ、ここが兄の好きだった場所だと確信しました。

せつを抱いた千春と私の足音は、両側を高い壁で挟まれたコンクリートの階段に反響して、谺《こだま》のように繰り返されました。

中年の夫婦づれが降りて来て、それにつづいて二組の若いカップルともすれ違い、私たちが展望台に辿り着いたとき、他には誰もいませんでした。

展望台には御影石が敷きつめてあり、そこには亀老山展望台を中心とした地図が彫られていました。その丸い地図の、時計の針にたとえればちょうど二時の方向には小さく「ニューヨーク」と彫られています。

「へえ、この方向へ真っすぐ行けばニューヨークなんだ」

私は自分の心を鎮めるために、わざとはしゃいだ口調でそう言いました。亀老山展望台こそが、雅人の「星宿海」のための、最初の細胞分裂の地であったと知ったからです。

光の具合で、海は島に見え、島は海に見え、海はときに沼や池や泉の集結した形になり、島もときに湖や河や不毛の丘や大平原や、あらわれては消える水源に変化していたのです。

たぶん、それは私がそう思おうとしたからそう見えたのかもしれません。

雅人の母が雅人に語って聞かせた光景は、雅人の空想のなかで自在に形を変え、それが書道と図画の教師に教えられた中国青海省の黄河の源「星宿海」へと結びついたのだ……。

現実の星宿海と雅人が思い描いた星宿海、そしてこの亀老山展望台からの光景には、大きな隔たりがあったはずだが、雅人の心のなかでは、その違いなどさして問題ではなかった……。

私は「母という風景」と心のなかでつぶやきました。あの雅人以外には何人《なんぴと》も思い抱くことのできない風景の源……。

冷たくなってきた風からせつを守るかのように千春はせつを胸のなか深くに抱いて立っていました。千春はひとことも喋ろうとはせず、海と島影にその形を半分沈めた夕日に視線を投じていました。

やがて夕日がすべて姿を隠すと、風が音をたてはじめました。

「星宿海ですね」

私は千春にそう言いました。そして、これまで自分は一度でも雅人の「星宿海」への執着を語って聞かせたことがあったろうかと考えたのです。

「雅人になんべん聞かされたことか……」

と千春は言いました。

「風がこんなに冷とうなるなんて。せつが風邪をひいたらあかん……。もっとあったかい格好をして、また来ましょう」

私はそう言って、着ていたジャケットを脱ぎ、それでせつを包むようにと勧めました。せつは洟水を垂らし始めていたのです。

「あしたの夜明けに来ましょうか。太陽がのぼる少し前くらいに」

千春はそう言って、ハンカチでせつの洟水を拭き、私のジャケットでせつの体を包みました。

私は展望台からの階段を降りて行きながら、初めて雅人と雅人の母を見た日のことを話し始めたのです。

皆川四郎さんが調べたこと。勲たちから聞いたこと。私が知っているかぎりの雅人のこと。それらを話し終えたのは、千春が予約しておいてくれた向島の山頂に建つ旅館で夕食を終えて二時間ほどたったころでした。私は、浜浦鉄扇についても話しましたが、彼が二人組に襲われて失明したことは黙っておくことにしました。

私の話を聞いているあいだ、千春はまったく表情を変えませんでした。ある意味では見事と言っていいほどに、いかなる感情も一瞬たりとも表情にあらわさなかったのです。

私たちは、千春の部屋で食事をとったのですが、私が話しているあいだ、せつはずっと、テレビの子供番組で覚えた歌を真似るかのように声を出しつづけ、その途中何度も私に拍手を求めました。私の両手を持って、掌と掌を叩かせようとするのです。私が拍手をしてやると、ちょっと「おすまし」をして、それから身をよじって恥じらいの笑みを浮かべます。

そんなせつも疲れたのか千春の膝の上に移り、眠そうな素振りを見せ始めたので、私は自分の部屋に帰ることにしました。千春だけの時間が必要であろうと思ったからでした。

「雅人は、生まれてくる子にせつっていう名をつけて、自分のお母さんを生き直させようとしたんですねェ」

千春はやっと口をひらいて、そう言いました。そして、すべてを話してくれて、自分は紀代志さんにとても感謝していると言い足し、うつらうつらしかけているせつの頬を撫《な》でました。

「せつが寝てしまわんうちにお風呂に入れてきます。ここの大浴場からの夜景も『星宿海』ですよ。亀老山の展望台とはまたちょっと趣きが違いますけど……」

「じゃあぼくも浴衣に着換えて、大浴場にゆっくりつかってみます」

私はそう言って、自分の部屋に戻りました。私の部屋の窓からは、瀬戸内の東側しか見えませんでした。島の灯台の灯り以外、ほとんど何も視界に入ってはこなかったのですが、目が慣れてくると、速い速度で西から東へと動く雲の切れ目に星が見えてきました。

私は、浜浦鉄扇の両目をつぶした犯人が雅人だったとしたらと考えました。そう考えながらも、私は二人組が雅人と土橋の坊主に違いないと確信していたのですが。

もし雅人が見事に母親の仇を討ったとしても、雅人は「してやったり。ざまあみろ」という思いにひたったであろうか……。

事が終わったあと、雅人のなかには大きな悲哀と虚《むな》しさが生まれたのではないだろうか……。そんな気がしてきたのです。私の知っている雅人は、そのような人間であるはずでした。

夜空の雲は切れることがなく、星はその隙間からときおり見えるだけで、私は焦点の定まらない目をただ夜空に向けているだけでした。そのうち、なぜかウイグル族の長老や、あの小さなオアシスの村の小さなモスクの屋根や、ナンを焼く露店の親子や、大平原へとつづくポプラ並木に挟まれた一本道や、そこを青く染めていた靄を見いだしたのです。

それらは平和でのどかでありながらも、歴史の興亡や民族の盛衰といったものを聞こえるか聞こえないかのような声で語っていたように思えます。

そしてあのタクラマカン砂漠。日本列島と同じ面積を持つ死の砂漠。

「空に飛ぶ鳥なく、地に走る獣なし」で、そこにわけ入る者たちは「他人の枯骨を道標とする」以外になかったあの砂漠からカシュガルへと戻るとき、私たちのような窮屈で猥雑《わいざつ》で騒音にまみれた世界の住人は、ある調べのようなものにひきずり込まれるのです。

雅人は、その調べに身を投じたのだ。そうすることが、あの瞬間の雅人の、抗《あらが》うことのできない快楽であったのだ。

私はそう思ったのです。

雅人の生い立ち。雅人の母が選んだ生き方。瀬戸家の養子となってから、尾道の真夜中、浜浦鉄扇の目をアイスピックの先端で何度も突き刺すまでの長い時間。そのあとの、誰も知ることのできない回心の刻一刻。そして、千春の妊娠……。

私はさして深い考えもなく回心という言葉を思い浮かべたのですが、はたして雅人の心にそのようなものが生じたかどうか。

雅人の性格から推し量れば、たとえどんなに浜浦鉄扇に憎悪と復讐心を抱き、それをそそのかす土橋の坊主の周到に練った、ほぼ成功間違いなしの計画に自信を持ったとしても、それを現実に実行するに至るには、何かが欠けていると思えてなりませんでした。私の知るかぎりにおいて、雅人がいっときの激情で何かを為したということは一度もなかったからです。

ですが、物心ついたときにはすでに盲目の母親とともに物乞いをし、夜は橋の下で寝て、闇のなかで体を売る母を見て育った雅人の心の底を、いったい誰が知ることができよう……。

私は考えることをやめました。あれもまた星宿海かもと千春が言った大浴場に身をひたしてみたくなり、私は浴衣に着換えて部屋を出ました。

大きなガラス戸の向こうにある露天風呂につかる前に、私はシャワーのところに腰掛けて体を洗い、耳を澄ませました。タイル壁で遮られた女湯からは何の音も聞こえませんでした。

千春はすでにせつと一緒に湯につかり、部屋に戻ったのかもしれないと思い、私は露天風呂のほうへ行きました。

月が出ていました。雲の厚い層は、いつのまにかほとんど消えて、あまりに明るい月光のせいでその姿を隠していた星々は、私が大きな湯舟に突っ立ったまま、なんだか呆《ほう》けたように島々と海を眺めているうちに数を増していきました。

「星宿海」というものと、露天風呂からの景色を意思的に重ね合わせようとする心のせいだったのか、確かにそこから見えるものは、雅人が語ってくれた「星宿海」に似ていたのです。

大突間島が無人島であり、自分の母親が警察や民生委員に教えた生まれ故郷が嘘であったと知った雅人は、それでもなお、この近辺が母のふるさとであることだけは確信したことでしょう。

雅人にとって「星宿海」は、母親がしあわせな少女期をおくった場所であると同時に、架空の異郷でもなければならなかったのかもしれないのです。

私は突然、いてもたってもいられなくなってきました。兄は生きている。どこかでしたたかに生きている。そんな気がしたからです。

それは荒唐無稽《こうとうむけい》な期待であったかもしれません。けれども、そのような期待と願望は、激情のおさまりとともに消えていくものですが、いい湯加減の露天風呂に首までつかり、どこまでが夜空なのか、どれが海で島なのか次第に判別のつかなくなる光景に心をひたしつづけ、冷静な思考のなかに戻っても、兄はどこかで生きているという勘は私のなかから失くなりはしなかったのです。

女湯のほうからせつの声が聞こえました。

「お母ちゃんから離れたらあかんよ」

という千春の声も響き、露天風呂へのガラス戸があく音も聞こえました。

私は声をかけようとして思いとどまりました。初めて瀬戸雅人という人間の生い立ちを知った千春には、さまざまな感情や思考が渦巻いているはずでしたから、私は千春にせつと二人きりの静かな露天風呂での時間が必要だと考えたのです。千春は、今夜初めて、自分が新しい旅館を建てるために選んだ場所が、雅人の母親のふるさとであったことを知ったのですから……。

母親を生き直させようとした……。千春の言葉は、なにかしら凄味を伴って、私の心に染み入っていきました。私は音をたてないように湯舟から出て、そっとガラス戸を開け閉めし、素早く体を拭くと、浴衣を着て自分の部屋に戻ったのです。

夜の十一時を廻ったころ、千春は私の部屋を小さくノックし、せつが眠ったので、少し話をしたいと遠慮気に言いました。

私は千春を部屋に招き入れ、窓ぎわの小さなテーブルを挟んで、向かい合って坐りました。

「せつはこの時間に寝ついたら、朝まで起きへんのです」

と千春は言いました。

「せつのことが心配で、私、これまでいろんな病院で診てもらいました」

「心配って、何がです？」

と私は訊きました。

「あんまりにもおとなしいから……。たまにぐずる程度で、ほとんど泣けへんし、何が嬉しいのか、しょっちゅう笑うてるし……。私、この子は脳のどこかのネジが二、三本外れてるのと違うかと思うて」

しかし、どこの病院の専門医も、異常はないと診断してくれて、いまではもう案じることもなくなったと千春は微笑みました。

そして、きょうフクダ地所の社長からこんな話を聞いたのだと言いました。

「昔、この瀬戸内には『家船《えぶね》』を住まいにする漂海民がいたそうなんです」

「エブネ？　ヒョウカイミン？」

私が訊き直すと、千春はテーブルの上に指で字を書き、

「大昔から第二次大戦が始まるちょっと前まで、家船で暮らす夫婦と子供たちが、この瀬戸内で漁をしながら、あっちへ行ったりこっちへ行ったり……。陸に上がれへんから網を干す作業をはぶくために、漁は一本釣りか銛《もり》を使うか、網というてもせいぜい手繰網《てぐりあみ》の小さな規模で……。そやから陸に住む漁師にとっては生活を脅かす存在やなかったらしくて、見て見ぬふりをしてたそうです」

「大昔って、いつごろですか?」

「ひょっとしたら、日本という国が成立するもっともっと前かららしいです」

中国大陸や南方の島々の人間が黒潮に乗って舟でこの国にやって来たころ、それらの人々はすべて「家船の漂海民」と呼んでも過言ではなかったと主張する学者もいるらしいと千春は言いました。

「その家船の漂海民が、村上水軍とか小早川《こばやかわ》水軍とかになったりもしたやろし、そんな水軍に属さないまま、一匹狼のように自分たち夫婦や子供たちだけで家船で暮らしつづけた人たちもいたようやって、福田さんは言うてはりました。この話を福田さんは自分のおじいさんとか、村の長老みたいな人から小さいときによく聞かされたそうです」

だがそれらの人々は、かつては秀吉の「海賊停止令」や江戸時代の鎖国制度、さらには日本の近代化による子供の教育制度の発展によって、陸上での生活を法的に強いられるようになり、瀬戸内の島々だけでなく、山口県、広島県、岡山県、あるいは四国や九州の沿岸部に、小さな村を

作って暮らさざるを得なくなった……。

「義務教育制度が、家船の漂海民をすべて陸に上げてしもたらしいって福田さんは言うてはりました。子供が学校教育を受けるためには、海の上の船での生活はでけへんからやそうです」

「へえ……、日本という国家が成立するもっと前に、黒潮の流れに乗って中国大陸とか南方の島々からですか。それは縄文時代とか、もっと前にさかのぼりますねェ」

私がそう言うと、

「雅人のことをあれこれ思い出してたら、きっとあの人にも漂海民の血が流れてたような気がして」

と千春は笑みを浮かべて言ったのです。

「あの人をひとつの場所にとどめとくのは至難の業でした。とにかくどこかへ行きたがるんです。たいして用もないのに、急に電車に乗って、気が向いた駅で降りて。そんなことはしょっちゅうでしたし、会社での仕事のやり方も、それとほとんど変われへんもんやったそうです。『瀬戸流営業流れ旅』って、タツタ玩具の人らは言うてはって、それが瀬戸雅人の営業のやり方で、しかもそのやり方のお陰で、全国津々浦々のおもちゃ屋さんや露店業者とつながりができていったから、誰も『瀬戸流営業流れ旅』に文句をつけたりはせんかった……」

千春はまだ何か言おうとしましたが、私はそれを遮って、

「兄は生きてますよ。ぼくは、そんな気がしてきたんです」

と言ったのです。

すると千春は私の顔を見つめ、自分もそんな気がしてきたのだと言いました。

「ぐるうっと世界を廻って、いつか黒潮の流れに乗って、ひょこっと私の旅館の前に漂着するかも……。そのころ、せつは幾つになってるやろ……」

そして千春は、本当のことを話してくれて、とても感謝していると私に頭を下げました。

私たちはあしたの朝五時に起き、再び亀老山展望台に行くことを約束しました。

千春が自分の部屋に戻ってから、私はゼンマイ仕掛けの親子亀を持って来ていたことに気づいたのです。

雅人が発案し、さまざまな試行を繰り返し、雅人が姿を消したあと、タツタ玩具の社長や職人が改良を重ねて完成させたおもちゃを、私はせつにプレゼントするつもりで鞄に入れてきたのでした。

明かりを消して蒲団に入ってから、私のなかには、大正区S橋近くの路上で物乞いをしていた母と子の姿がふいに大きく浮かんできたのです。あのころの雅人は、なぜあんなにも楽しそうであったのだろう。盲目で、さらに歩けない母親の周りで幸福そうに遊び、毎日毎日、どれほどひもじかったことか。どれほど多くの人から蔑《さげす》まれたことか。それなのに、なぜあれほどまでに濁りなく嬉しそうに笑っていたのだろう。

私たち一家の一員となってからのささやかな団欒《だんらん》の場も城北運河の夜のことも、おとなになってからの雅人のそのときどきの出来事も、私は明確に思い出せないまま、ひたすら母親と一緒に物乞いをしていた幼い雅人の笑顔にあわせて微笑みつづけました。

☆

紀代志と亀老山展望台で夜明けの風景を飽かず眺め、そのあと向島の山頂にある旅館で朝食をともにした千春は、再び大島の旅館建築用地へ行った。紀代志もついて来てくれた。

ブルドーザーで作業する者たちにねぎらいの言葉をかけ、岸辺でせつを遊ばせていると、紀代志は自分はこのへんで失礼すると言って自分の車に乗り、せつの手を握って、

「こんど逢うときは、ここに建つ新しい旅館でやなァ」

と笑い、しまなみ海道のインターへと去っていった。

だが、フクダ地所の社長がやって来て、詳しい工事日程を打ち合わせていると、紀代志は引き返して来た。

どうしていままですっかり忘れていたのか自分でも不思議なのだがと前置きし、紀代志は岸辺に千春を誘うと、雅人に関する奇妙といえばいえるある日の出来事を話してくれた。

――雅人が瀬戸家の養子となって城東区で暮らし始めて一カ月ほどになっていたと思う。自分は当時六歳だったので、記憶も断片的で、それもどこまで正確かは保証の限りではない。

城北運河という川があって、その岸辺には屑鉄屋やスクラップ工場や、小さな鉄工所が並んで

いた。その一角に、いつも近所の女の子たちが遊ぶ原っぱがあった。

男の子たちは、女の子たちのいわば縄張りというべきその原っぱでは遊ばず、川の西側の別の空地を遊び場としていた。

女の子たちは、当時の少女たち誰もが経験したであろう「ゴム跳び」とか「おはじき」とか「ままごと」をして遊んでいた。

母が何かお菓子を買って帰って来て、雅人を呼ぶようにと言った。自分は男の子たちの縄張りの場所へと走り、雅人を捜したが姿はなく、どこにいるのかと雅人の名を呼びながら城北運河の畔を東へと歩いた。

そうしているうちに、女の子たちの遊び場である原っぱに入った。

柳の木の下で四、五人の女の子たちが「ままごと遊び」をしていたが、自分を見るといっせいに逃げて行った。ゴム製のミルク飲み人形、おもちゃのフライパンや鍋や、泥で汚れたお手玉などが散乱していて、自分はなぜ女の子たちが逃げて行ったのかわからず、彼女たちが円陣を組んで坐っていた場所に置かれたままの段ボール箱のなかを何気なくのぞいた。そこには、赤ん坊の格好をさせられた雅人が目をつむって横たわっていたのだ。

いったい誰がどこから持って来たのか、赤ん坊がかぶる白い鍔の帽子や、新聞紙で作ったおむつを身につけて、おもちゃの小さな哺乳壜を口にくわえ、雅人はずっと目を閉じたままだった。

いじめられ、強制されて、自分よりも年長の女の子たちに命じられるまま、いやいや赤ん坊にさせられていたのではない。至福の表情という言い方は当時の自分は知らなかったが、いま思えば、まさに「至福の表情」をして、雅人はおそらく揺り籠《かご》に模したのであろう段ボール箱のなかで赤ん坊を演じていた。

いや、演じていたというよりも、赤ん坊と化していたと言うほうが正しいように思う。

そのあと自分がどうしたのか。雅人は捜しに来た弟に気づいたのか……。どうもそこのところの記憶が飛んでしまっている。

それから何年かたって、雅人が中学三年生のとき、寝坊して朝食を食べずに学校へ走って行った雅人の蒲団の下に、ゴムの吸い口のついた本物の哺乳壜があるのを母がみつけた。

本物ではあったが、薬局で買ったとは思えない古びた廃品に近い代物だった。

母は、どこで拾ったのかはわからないが、あの子はこの哺乳壜を加工して、また星宿海の源の象徴だという「瓢箪」に使うつもりに違いないと推測した。

きっとメタンガスの湧く城北運河に流れてきた使い古しの哺乳壜を拾い、それをどこかで内緒で洗って持ち帰り、うっかり蒲団の下に隠したまま寝てしまったのであろう、と。

それで母は、その哺乳壜を煮沸し、さらにきれいに洗い直して、雅人の机の上に置いた。

「あんな汚ないもん使わんでも、瓢箪の代わりは他にもあるやろ？　あんなもん捨ててしまい」

母は学校から帰って来た雅人にそう言った。雅人はただ「うん」と返事して、二階へあがったという。

ただそれだけの話だ。だが、そのような出来事があったことをついさっき突然思い出し、しまなみ海道のインター付近で車を停め、しばらく物思いにふけっているうちに、何かが胸に迫ってきて、自分たち親子と雅人がついに真の家族とはなれなかったことへの慙愧《ざんき》の念に似た感情がこみあげ、こうして引き返して来た。

話すべきことではなかったかもしれない。けれども、雅人という人間が、あれほど友人たちから頼られ好かれていたにもかかわらず、雅人がいったいいかなる人間であったのかを誰ひとりとして説明できず、その明確な輪郭を描き切れないことを思うと、あの赤ん坊と化していた八歳の雅人の表情と、それから十五歳のときの、蒲団の下に隠していた哺乳壜のことを、せつの母親に話しておきたい衝動に駆られた。

こんな愚にもつかない、「いったいそれがどうした」と言い返されると返答のしようのない、あなたにとってはおそらく不快かもしれないこんな思い出を話すために引き返してしまった自分を、自分はきっと後悔するはずだ。だが、話さずにはいられなかった。女の子たちが作った段ボール箱の揺り籠のなかの八歳の雅人の顔が、どんなにしあわせそうで、どんなにものくるおしかったかを――。

フクダ地所の社長との打ち合わせを終え、昼食をとるために食堂に入り、瀬戸内の島の食堂なのに、よくもこれほどまでにまずい刺身定食があるものだとあきれているうちに、千春は紀代志がはからずも言った「ものくるおしい」という言葉に秘められた紀代志のある種の勘のような感慨に思い当たって箸を置いた。

「せつ、こんなおいしくないもん食べんとき。あとでアイスクリーム買うたげる」

千春は小声でせつにささやき、ちょっと急用を思い出したので向島の旅館に戻ると福田に言って食堂を出た。そして、亀老山の展望台へと向かった。

展望台への階段のところの露店でポンカンのシャーベットを買い、それをせつの手に持たせて、千春は大きなダミ声で喋りまくる中年の女たちのあとから展望台に行き、柵《さく》に凭れた。

千春は雅人との初めての交わりのときを思った。

その機はすでに充分に熟していたのに、雅人は千春の肉体を求めようとはせず、親子ほども歳下の千春にときおり幼な子のような甘えの視線を向けるばかりで、年齢のわりには性的な知識の疎い千春は不満とともに、自分に女としての魅力がないせいだと卑下してしまって、それを意味もなくすねるという行為で訴えるばかりだった。

だが、その日、にわか雨に濡れて雅人のアパートに行った千春に風呂に入って体を温めるように勧めた雅人は、着換えの下着がないからとしぶる千春の服を、なんだか悲壮な決意を固めたかのように脱がしたのだった。

雅人のそれは最初は機能できず、千春もどう手助けしていいのかわからず、ただ互いの肌を密着させ、撫でさするばかりだったが、緊張がほぐれてきたとき、雅人はがむしゃらに、獰猛に、五十男の余裕もどこかに漂わせて最初の交わりを達成した。

夜明けにもう一度、こんどは余計な精神的手順を経ずに絡み合ったが、そのとき上になっている千春の顔を見つめる雅人の視線と体の形は、おとなの男のようではなかった。

だから千春は、

「赤ちゃんが、こんなやらしいことしてる」

と言って、雅人に覆いかぶさっていきながら芝居がかった媚《こび》の鼻声で快楽を表現した。

千春はせつの口の周りや手についているシャーベットをハンカチで拭いてやりながら、避妊をせずに交わったのはただの一度きりだったことを思い、

「せつのお父ちゃんは、腕のええスナイパーやなァ」

と語りかけて笑った。

展望台からは、これまでとはまた異なった風景が拡がっていた。

大島と今治を結ぶしまなみ海道の橋には、光を反射させてバスや乗用車が走り、左側には大きくて精密な地図のように四国の今治市が見えていた。

きのうまでは目に入らなかった小島が、宮ノ鼻の向こう側に点在し、実際は十トン近くあるのであろう漁船が、あたかもよるべない箱舟のようにきらめく波の上に散らばっていた。

島は島として見え、海は海として輝いていた。

どんなにそう思おうとしても、それらは千春の心のなかの「星宿海」へとは変化しなかった。

空気銃の弾で受けた頬の傷……。エビエ……。真喜子……。

千春は、紀代志の言葉をつなぎ合わせて、城北運河で体を売っていた女がいま大阪の大淀区で〈ヤキヤキ〉というお好み焼き店を経営していることを知った。

千春は、真喜子のために随分長いこと「蘇」を作っていないなと思った。忙しくてすっかり忘

れていたし、そんな暇もなかった。湯田温泉に帰って一段落したら、また手間暇かけて真喜子のために「蘇」を作ろう。「蘇」は、まだせつには濃厚すぎて、ほんの少し舐《な》めた程度でもお腹をこわすのに、せつは「蘇」を欲しがって、言葉にはならない声でねだるのだ……。

かしましい中年の女たちが去ると、展望台には千春とせつの二人きりになってしまった。

自分の記憶では、物乞いの親子をいじめる者はいなかった、という紀代志の言葉が甦った。紀代志が雅人について語った言葉のひとことひとことを思い出しながら、千春は、どれが大突間島だろうかと瀬戸内の眩《まぶ》ゆい光のなかで島々を見やった。千春はふいに、自分という女の肉体を久しく忘れてしまっていたなと思った。

「お父ちゃん、早よう帰って来たらええのになァ」

と千春は言い、風が強くなってきたせいか、せつが洟水を垂らしているのに気づき、ハンドバッグからティッシュペーパーを出し、ついでにコンパクトも出してその蓋をあけた。

「お母ちゃんは、せつが大好きや」

と千春はコンパクトの鏡にせつの顔を映してやりながら言った。

「せつのことを知ってる人は、みーんな、せつのことが大好きや」

せつは恥じらって舌を出し、千春の腕のなかで身をよじった。

そのひょうしに、コンパクトの鏡が動き、太陽を反射させて強力な一筋の光の線を遠くの小舟へと走らせた。

それはよほど注意深く目で追わないとたちまち見失ってしまう丸い光の点となって海上の小舟

の周辺で俊敏に上下左右へと動き廻った。

ここから見れば小さな鏡の反射光にすぎないが、小舟の人間にしてみれば、どこから発せられているものかすぐにわかるほどに目に刺さる強烈な光であるに違いない……。

千春はそう思い、子供のころの、鏡で太陽の光を反射させて教室の窓から運動場の誰かの顔に狙いを定めるといういたずらと同じことを、いまやってみたくなった。

それで千春は小舟を指差して、せつに、

「あのちっちゃな舟にこの鏡の光を命中させてみせるから見ときや」

と言った。

鏡が一センチほども動くと、光の点は百メートル近く瞬時にして移動するので、遠くの海上に漂う小舟に的を絞るのは難しかった。けれども狙いが徐々に的に近づくと、ちらつく光の点が、やがて千春には舟の周りで戯れる蝶たちに見えてきた。

参考文献

『星への筏《いかだ》 黄河幻視行』武田雅哉 角川春樹事務所
『瀬戸内の民俗誌―海民史の深層をたずねて―』沖浦和光 岩波新書
『現代日本文學大系69 林芙美子 宇野千代 幸田文 集』筑摩書房

この作品は「星星峡」一九九八年二月号から二〇〇二年四月号に連載されたものに加筆・修正をしました。

〈著者紹介〉
宮本 輝　1947年兵庫県生まれ。「泥の河」で太宰治賞、「螢川」で第78回芥川賞を受賞。また「優駿」で吉川英治文学賞受賞。『春の夢』『流転の海』『錦繡』『人間の幸福』『草原の椅子』など多数の著書がある。近作は『森のなかの海』『天の夜曲』。

GENTOSHA

星宿海への道
2003年1月10日　第1刷発行

著　者　宮本 輝
発行者　見城 徹

発行所　株式会社 幻冬舎
　　〒151-0051 東京都渋谷区千駄ヶ谷4-9-7

電話:03(5411)6211(編集)
　　03(5411)6222(営業)
振替:00120-8-767643
印刷・製本所:中央精版印刷株式会社

検印廃止


ISBN 4-344-00281-4 C0093
幻冬舎ホームページアドレス　http://www.gentosha.co.jp/

この本に関するご意見・ご感想をメールでお寄せいただく場合は、
comment@gentosha.co.jpまで。